群山之巅

迟子建 著

人民文学出版社

一　斩马刀

　　龙盏镇的牲畜见着屠夫辛七杂，知道那是它们的末日太阳，都怕，虽说他腰上别着的不是屠刀，而是心爱的烟斗。

　　只要太阳好，无论冬夏，辛七杂抽烟斗是不用火柴的。他的两个裤兜，分别装着一面拳头般大的凸透镜，和一沓桦树皮。抽烟斗时他先摸出凸透镜，照向太阳，让阳光赶集似的簌簌聚拢过来，形成燃点，之后摸出一条薄如纸片的桦树皮，伸向凸透镜，引燃它，再点燃烟斗。当然，取天火不那么容易，阳光灿烂的夏日，凸透镜瞬间就把火给他盗来了，而隆冬时节，北风呼啸，太阳精气不足，火来得就慢。不过辛七杂也不怕慢，他说用太阳火烧的烟斗，有股子不寻常的芳香，值得等待。那面凸透镜在他身上，像他雇来的长工，被吆来喝去，尽兴使唤着。

　　除了烟斗和凸透镜，辛七杂的宝贝还有形形色色的屠刀——那是他赖以为生的家把什，他也不能不爱吧。但他的这种爱，却是牲畜们的恨！他在龙盏镇做了几十年屠夫，身上那股挥之不去的血腥气，对有着灵敏嗅觉的牲畜来讲，就是一条隐秘流淌的死亡之河，再熟悉不过了。所以他去江边，在岸边吃草的牛马羊见了他，不管身处的草地多么肥美，也要扬蹄奔向别处；他走在街巷中，晒太阳的猪见了他，趴着都哆嗦，有的甚至遗下尿来；而邻家的狗逢了他，不是缩头缩脑地溜回主人身边寻求庇护，就是讨好地凑向他，用舌头舔他的鞋子，好像在为自己争取永久的死亡豁免权。辛七杂不穿皮鞋，不然，他都不用擦皮鞋了。

辛七杂不宰也不吃家禽，说它们弱小无力，对它们下手下嘴太残忍，所以龙盏镇的鸡鸭鹅是不在乎他的。鸡看见他，照旧溜达它的；鸭子也敢晃着膀子与他并行；而那公主似的大白鹅觅食时，发现他的裤脚沾着牲畜的碎肉，会毫不客气地探出长脖子，取而食之。

辛七杂的屠宰用具齐全，杀猪刀，杀牛刀，宰羊刀，剔骨刀，刮毛刀，解牛刀等，大大小小，形制不同，但无一不是锋利的。他爱惜屠刀，从来都是自己磨刀。青灰的长方形磨刀石，摆在屠宰棚西北角，像块巨砚。他磨刀时，将方脚矮板凳放在磨刀石上，横跨着它，像在驯马。

这些手工打制的屠刀，都出自王铁匠之手。如今王铁匠还活着，可他的铁匠铺早就黄摊儿了。跟铁匠铺一样消失了的，还有供给制时期的供销社、粮店，以及弹棉花和锔缸锔碗的铺子。而这些店铺，在三十年前的龙盏镇，还是名角。

屠刀也得吃喝，也要睡觉，这是辛七杂一贯的说法。屠刀吃什么呢？在辛七杂眼里，它们最爱牲畜的油脂，所以屠刀越使越锋利，而放置久了，就会饿出锈来。屠刀睡觉时呢，跟人一样得盖被子，被子要轻便、隔潮、透气，不然它们会喘不过气来。辛七杂用过屠刀，擦拭干净后，会将它们依次摆放在屠宰棚南窗的松木条桌上，蒙上一块油渍渍的白麻布。南窗照见月亮，屠刀上的白麻布便透进月光了，辛七杂说月光是最好的擦刀布。

有两把刀，辛七杂近年是不碰的，一把是七寸长的杀猪刀，还有一把是斩马刀。辛七杂最初宰猪，都是百八十斤的，七寸的屠刀游刃有余。后来的猪呢，即便属于绿色养殖，买来的饲料中，也难免有各类添加剂，一头当年的猪，少说也能长到二百斤，用七寸刀结果它们，明显局促了。为了打制九寸杀猪刀，辛七杂还破费不少，给王铁匠买了一箱高粱烧酒，让他回到废弃的铁匠铺，重启烘炉。王铁匠的力气江河日下，拉风箱时气喘如牛，在铁砧上锻打烧得红通通的屠刀时，抡铁锤的胳膊像遭遇了狂风的树，颤抖不已。所幸他技艺未失，淬火回火恰到好处，那把九寸杀猪刀，形态大方，刀身厚薄适中，亮白如雪，刀尖弧度优美，锋利无比，为他续写着一个铁匠的传奇。九寸杀猪刀在握，辛七杂为它镶嵌上柞木刀柄后，又求绣娘镌刻花纹。

辛七杂使用的屠刀的木柄，为防滑而镌刻的花纹，均出自绣娘之手，这把九寸杀猪刀当然不能例外。为此，他给绣娘送去了两斤自制的牛肉干，一包花茶。辛七杂晒的牛肉干味道好，但是出名的难嚼。别看绣娘上年纪了，牙齿仍是冲锋陷阵的勇士，消受得起。绣娘也没白吃肉干和茶，她给这把杀猪刀，雕刻了两只展翅的鹰！鹰那刚健的羽翼，在刀柄留下细密幽深的纹理，华美，耐用。九寸杀猪刀出世后，七寸杀猪刀虽说还和其他屠刀一起摆在桌上，但已派不上用场了。

另一把闲置起来的屠刀是斩马刀，不过它不在屠宰棚，而是挂在辛七杂家厅堂的墙上。王铁匠说斩马刀是旧时步骑两用的战刀，杀人的兵器，杀马并不适用，所以当年辛七杂让他打制斩马刀时，他抵制过，说这样的刀命相不好。但最终他拗不过辛七杂，或者说抵御不了他接二连三奉上的酒肴，打制了这把刀。它形制如剑，一拃来宽，长约一米，水曲柳的刀柄上，镌刻的尽是天上奇迹：闪电纹和彩虹纹。为了试锋刃，辛七杂曾和王铁匠携其入林，砍向一片春天的红柳。刀起刀落之际，一片红柳倏然折腰，倒伏在林地上，宛如落霞。辛七杂将斩马刀磨得雪亮，挂在厅堂的墙上。那面墙从此就拥有了一道永恒的月光，从未黯淡过。辛七杂说，他手中的屠刀，没有不沾血迹的，他要拥有一把干干净净的屠刀，不然睡不踏实。

这把没沾过一滴血的斩马刀，那些年杀倒的，不是红柳，就是碧草，锋刃横溢着植物的清香气，好像他家吊着一只香水瓶。不过，自从辛七杂的父亲辛开溜说他在山中发现了一条白蛇后，辛七杂的老婆就不让他拿斩马刀出去了，说白蛇都是得道成仙的，万一伤及它，神灵降罪，家里就会遭殃。

辛七杂不待见父亲，在龙盏镇人心目中，他是个贪生怕死、假话连篇的人，不足尊重。可辛七杂心疼老婆，这个比自己大六岁的女人命苦，为她娘家和辛七杂父子操碎了心，没多少欢乐。所以他凡事都依她，不给她添堵，斩马刀便束之高阁了。月亮好的夜晚，辛七杂起夜路过厅堂，总要多看它几眼。月光在刀上行走，似在燃烧。他曾将烟斗凑向它，企图点燃，可斩马刀上的月光，一副舞娘的姿态，无意做播火者，根本不理会他。

雪藏在岁月之河的斩马刀，并没有伤到辛开溜说的白蛇，可还是在冰消雪融时节，闯下大祸！

这事还得从辛七杂的养子辛欣来出狱说起。

而说辛欣来，不得不说辛家复杂的家史。

辛七杂的父亲辛开溜，在户口本和身份证上的名字，是辛永库。他生于上世纪二十年代，祖籍浙江萧山，九旬之身了，腿脚依然灵便，夏季采药，冬季烧炭，一顿能吃两个馒头，是龙盏镇最高寿的人。关于他的履历，他自说的是一套内容，民间流传的是另一套内容。他青年时代参加过东北抗日联军，这本该辉煌的一笔，于他却是一抹伴随一生的阴云。在传说中，他做了逃兵，可他一直辩称自己是个战士，被冤枉了。人们之所以相信他做了逃兵，理由很简单，辛永库在东北光复时，娶了个日本女人，人们因之唾弃他，包括他的儿子辛七杂。没人叫他辛永库，都叫他辛开溜。"开溜"在这儿的方言中，是"逃跑"的意思。

辛七杂对母亲并无太多的记忆，她在他六岁时就失踪了。印象最深的，是她有一张白皙的脸，长长的脖颈，高高的发髻，夏天喜欢擎一把印有菊花图案的油纸伞，冬天下雪时，则喜欢偎在火炉旁，在一册泛黄的纸页上，哼着忧伤低沉的小调，描画着什么。

母亲是日本人，父亲是逃兵，这让辛七杂自幼受尽嘲笑，也让他对父母心生憎恶。他成年后找对象，对媒婆开出的唯一条件，就是这个女人不生养，他不想让不洁不义的血脉流传。

媒婆跑断了腿，也没物色到一个不想生养的女人，但辛七杂的故事却随着媒婆的嘴，传遍了这一带的乡镇，人们都夸他是条汉子。

辛七杂二十六岁时，一个姑娘挽着个包袱，黄昏时分找上门来。

这姑娘又高又瘦，梳两条麻花辫，长瓜脸，眉毛疏淡，眼角下垂，大鼻孔，肥厚的紫嘴唇，尘灰满面，只有眼睛是清澈的，身上散发着一股咸腥气。她见着辛七杂，说她叫王秀满，来自长林镇，三十二岁，因家贫，貌丑，没工作，一直嫁不出去。听说辛七杂要找一个不生养的姑娘，她背着父母，去卫生院做了结扎术。术后刚恢复，见今天日历牌的日子是红色的，太阳也好，于是投奔他来。辛七杂明白那股咸腥气，是她一路走来，汗水湿透了衣衫所致。从长林镇到龙盏镇，步行得一小天儿呢。

不等辛七杂答应，王秀满放下包袱，抱柴点火。院子有两棵白桦树，时值秋天，落叶堆积。王秀满引火就不用桦树皮，而是用金黄的落叶了。她说用它点火，省了桦树皮，还干净了院子。灶火嘭嘭燃起后，她问辛七杂想吃什么。辛七杂没吭气，转身去仓棚舀了两碗面，将面盆端给她，说葱花油饼和面条都中，看你哪样在行吧。王秀满扎上围裙，和了面，将面板支在里屋的炕沿上，取来擀面杖，拉开阵势，熟练地擀起面条。她擀面条时，两条麻花辫在肩头鼓槌一样跳跃着，分外喜人。那锅又宽又长又匀称的汤面，因为放了油渣和白菜，鲜香可口，俩人蹲在灶台前，"噗噜——噗噜——"地吃个底朝天。吃完面，刷过碗，天黑透了。王秀满打着饱嗝，舀了一盆清水，洗了脸，从包袱里取出桃红色对襟花袄，换上，幽幽地问辛七杂，这样的新娘，你愿意要么？辛七杂一股热流涌上心头，顾不得点头，抱起王秀满，上了温暖的火炕。

第二天早晨起来，王秀满梳洗后对辛七杂说，昨晚你在我身上动了刀子，今生今世我就是你的人了！咱啥时去我家，跟父母言语一声，取来户口簿，登个记，名正言顺过日子吧。辛七杂尝到了有女人的甜头，快活地答应了。王秀满又说，都说你爹是个逃兵，你瞧不起他，可不管咋的，他是老的，咱是小的，我得去叫声"爹"。

王秀满的提法，让辛七杂不悦，但他还是把她领到了后院的父亲那儿。

辛七杂带着王秀满走进父亲的院子时，辛开溜正在灶前打苞米面粥，他抬头见儿子领着个女的来，心中明白了八九分。这些年来，辛七杂为履行赡养义务而给他送吃的用的东西，不是放到大门口，就是隔着门楼撒进院子。辛开溜养的狗听见动静，就得充当家丁，进屋给主人报信，提醒他取回东西。

辛七杂见了辛开溜，也不叫爹，开门见山地说："这姑娘叫王秀满，从长林镇来，为我做了结扎，我得娶她了，跟你吱一声。"

王秀满望着面容清癯、头发花白、眼神凄凉的公公，动情地叫了一声"爹"。辛开溜抽了一下鼻子，没有答应。倒是那条依偎在灶台前烤火的黑狗，殷勤地站起来，朝王秀满摆摆尾巴，哼哼两声。辛开溜低下头，用勺子使劲搅了几下苞米面粥，叹了口气，再用勺子敲了下锅沿，抬头仔细打量王秀满。他见这姑娘像根干柴棒，老气横秋，五官不济，心上为儿子屈得慌；再一想她还不能生养，他握勺子的手就哆嗦了。王秀满倒不介意辛开溜对她的冷漠，当勺子从公公颤抖的手中滑落的一瞬，她眼疾手快地上前接住，一副要做辛家掌勺人的姿态。

辛开溜明白这个儿媳不能不认了，只好屈就，苦着脸从箱子里翻出三百块钱和二十尺布票，递给王秀满，让她做套衣裳，买块手表。钱是他在山上窑厂烧炭攒下的。

王秀满一看辛七杂阴云满面，知道若拿了公公的钱物，阴云会化作惊雷，劈在她脸上，连忙说自己缝好了婚服，而且有太阳和月亮这两块天表，根本不需手表，坚辞不要。

事实证明她不要对了。

辛七杂带着她一出父亲的门，就跺着脚对她说："你要了他的钱和布票，小心我剁掉你的手！"

王秀满缩了下舌头，吓得把手抄在袖间。

辛七杂又说："太阳月亮能当表使，牲畜也能！早晨公鸡叫晨，中午驴子叫午，晚上牛羊叫着回栏，你听它们的动静，就知什么时辰了！"

王秀满赶紧点头，说太阳月亮是天上的表，牲畜是地上的表，她记住了。

跟辛七杂过起日子，王秀满才知道，辛七杂也是一块表。无论冬夏，他早晨六点起炕，起来后不洗脸，先坐在窗前闷头抽袋烟。黄烟是自种的，兑了罂粟粉，很香。冬天的早晨，六点还黑着，她醒来的时候，朦胧中会闻到奇异的香气。她看不清他的脸，迷迷糊糊之中，那不寻常的香气，不止一次让她以为来自天上。辛七杂吃晌饭，是正午十二点。一到那时，他的肚子会像钟摆一样，准时打点，咕咕叫起来；而他劳作一天，喜欢泡个热水脚，这通常是晚上九点了。所以从辛七杂抽烟、吃晌饭和洗脚上，一天的三个准确时间段，王秀满也是清楚的。

婚后辛七杂依然做屠夫，种黄烟去卖，王秀满则去生产队干活挣工分。由于父母一身的病，弟妹六个，王秀满年终分红所得的钱，都贴补娘家了。这还不算，辛七杂还得倒贴一些。只要手头宽绰点，王秀满就回娘家。去时大包小裹的，肩上扛着粮食，手里拎着猪肉、白糖或是干菜，兴致勃勃；回来时则像个遭强盗洗劫的旅人，两手空空，满面疲惫。她奉献给娘家的，除了钱物，还有力气。她每次回去都像牛似的，拼命干活。

王秀满顾娘家，辛七杂从无怨言，他明白，支持她，她会更

斩马刀

恋他。但辛七杂很少陪媳妇去长林镇，有数的几次探访，都不很愉快。岳父岳母一见他，就像见了刽子手，面目冰冷，又恨又怕。他们对女儿为他做了绝育术，一直耿耿于怀，总拿话敲打他。

婚后头两年，王秀满嘴上不说，眼睛却是无声地说着孩子的事，路上遇见小孩，总想抱抱。女人们生了孩子，会在门楣挂上红布条，她路过这样的人家，就迈不动步了。那样的红布条，无疑是生命的火焰，令她神往！终于有一天，她向辛七杂提出，能否抱养一个孩子？不然有天走了，都没个后人给他们摔丧盆子。辛七杂想了半宿，子夜时分把王秀满叫醒，说家里有个孩子也好，他脊梁刺挠了，也有个抓痒痒的，抱养一个吧。只是近的不能要，免得孩子大了，知道了底细，再回到亲生父母那儿，他们的辛苦和感情就白付出了。辛七杂的话，让王秀满以为是在做梦。她点起蜡烛，照向男人，说："刚才说话的是你吗？"辛七杂说："不是我，还能是鬼？"王秀满就吹了蜡烛，脱个精光，钻进辛七杂被窝，给他一个女人对一个男人最美的报答。

辛欣来就这样来到了他们家。

他究竟从哪儿来？连辛七杂也不知道。那几年王秀满为了收养一个可心的孩子，不断外出。最终她风尘仆仆抱回的男孩，像只孱弱的小猫，出满月了，才七斤重。她告诉辛七杂，小东西的妈妈是上海知青，跟当地人有的孩子，返城前遗弃了他。至于孩子的父亲是谁，她也不知道。只是说，这孩子的父母永远不会认他。孩子的归属不会起波澜，辛七杂也就放了心。

他们对辛欣来视如己出，百般疼爱，家里好吃的、好穿的，都可着他用。王秀满对他尤为娇惯，总是抱着，他两岁了还不会走路。辛欣来自幼孱弱多病，一年得去卫生院扎好几次针，比同龄孩子瘦小许多。因为他上学总挨欺负，王秀满三度让他休学。别的孩子小学毕业用六年，他用了九年。

　　辛欣来是在与同学打架时，从对方的骂声中，知道自己不是父母亲生的。从此他变得孤僻，行为异常。辛七杂让他挠脊梁，他下死手，挠出血痕，疼得他龇牙咧嘴的，再不敢向他要这享受；王秀满差他打酱油，他把买回的酱油倒进井里，井水浑了，吃这口井的人，都骂辛家养了个孽子。辛七杂和王秀满见他这样，也就不吩咐他做事。他十六岁小学毕业后，把书本文具扔到坟场，说是鬼才念书呢，彻底告别了学校。

　　辛欣来成了龙盏镇最游手好闲的人，除了吃就是玩，辛七杂绝望地跟王秀满说，瞧他这德性，咱们没的那天，他兴许连丧盆子都懒得给摔！王秀满有苦说不出，只能垂泪，说是前世欠了他的，老的才给小的当奴才。辛欣来是活不干，还整天怨气冲冲的。他嫌辛七杂是个屠夫，家里没好气息。嫌王秀满做菜太咸，把他的嗓子齁哑了。嫌他小时营养不良，个子没长高，其实他一米七以上，在男人中也算中等个儿了。他还嫌自己长得难看，大饼子脸，眼睛小得像是没生，嘴巴跟猪嘴一般难看，鼻子歪斜得像是年久失修的门框。他这样发牢骚时，辛七杂也不客气，对他说你模样差，这可怪不得我，得找你亲爹算账去，你这棵歪苗，是他撒的种子!

辛欣来也不是不想找生身父母,可他们就像隔世的彩虹,无影无形。王秀满只告诉他生母在上海,其他的一概不知。在辛欣来看来,养母把他抱来,等于把一个身在金窝的孩子,生生扔进了草窝!在他心目中,生父一定是成功人士,非官即商,生母典雅富贵,是上海滩的阔太太。他这个被遗弃的小少爷,本该过着锦衣玉食的日子。一旦气不顺,他便嚷着去上海寻亲,逼问王秀满他亲生母亲的下落。养母说不出,他就拿餐具出气,摔碗,砸锅,撅筷子,简直成了灶房的魔鬼。辛七杂伤透了心,劝王秀满把知道的都告诉他,让这混账哪来回哪去。可王秀满说,她并不知道他亲生父母是谁。

辛欣来看不上龙盏镇,说这镇子比鸡屁眼儿还小,就不该在地球上存在。他十九岁离开镇子,去外闯荡,说是要干番大事业。可人们从他每年回乡的变化上,看不出他有什么造就,衣着依旧花哨廉价,腕上是假冒的金表,随身的包是人造革的,谈吐依然浅薄,内里内外都没质的变化。不过他在五官上倒是大动干戈,染了黄毛,把四环素牙拔掉,镶了满口雪白的烤瓷牙,还给歪鼻子做了矫正术。即便这样,也没谁高看他一眼。辛欣来二十一岁时,因与人在深山种植罂粟、贩卖毒品而获刑三年,出狱后他安分了一段时日,在龙盏镇筷子厂做工,过着朝九晚五的规矩日子。然而好景不长,一年半后,他嫌拣筷子把他拣得眼花了,撒手不干了。他出去一年多,再度入狱,这次是因为在山中吸烟,引起森林大火，又吃了三年牢饭。

辛欣来二进宫出来，正值春天，被囚禁了一冬的树，也在春风中出狱了，新绿满枝。辛欣来回到龙盏镇，对养父说他两次入狱都冤，外面的世界并不好，他想留在龙盏镇发展了。辛七杂以为浪子回头了，特意取太阳火给他点了颗烟，说："小子，这就对了，哪里不活一辈子？跟我学着宰猪吧。"

近些年靠打"绿色"牌，龙盏镇人过上了好日子，就连辛七杂的小屠宰场，因为用传统方法屠宰，也被冠以"绿色屠宰"的名称，生意红火。辛欣来奔三十的人了，无一技之长，别无出路，只好应允，跟着他宰牲口。劳作一天，他们父子会围桌而坐，在夕阳下喝上两口。辛欣来酒一落肚，就会唠叨他两次入狱如何冤。他说种罂粟固然犯法，可罂粟壳都卖给了酒店和饭馆，他们做火锅底料、炖肉，哪个不悄悄用？凭什么用的人不治罪，却让他坐牢？辛七杂年轻时也种过罂粟，除了抽烟斗用，秋天还熬制大烟膏，咳嗽或是拉肚子时使。就是现在，政府明令不许种罂粟了，他也在园田的花圃中，悄悄掺杂几株，反正罂粟花落得快，没谁在姹紫嫣红的花中，特别留意到它。待罂粟熟了，他会连壳带籽研成粉末，兑在烟丝里。所以在这个案子上，他是同情辛欣来的。至于他第二次入狱，按辛欣来的说法，他并没在林中吸烟，火灾根本不是他引起的。辛七杂问他为什么认罪，辛欣来苦着脸说："那帮家伙审我时往死里揍，还不让人睡觉，一天只给一顿饭，饿得我前胸贴着后脊梁，谁受得了啊。我想睡囫囵觉，一天吃三

　　　　　　　　斩马刀

顿饭，不挨揍，就这么着认了。反正我在外吃的，也不比牢饭强多少。"

辛七杂并不相信辛欣来的话，就像他不相信父亲说他不是逃兵一样。

辛欣来跟养父干了不到俩月就厌烦了，又张罗着离开龙盏镇了。他背着行囊上路时，王秀满正坐在院子的白桦树下洗猪肚。辛欣来说他这次想去上海，问她生母的名字，他想在上海的报纸上登个寻亲启事。王秀满头也没抬，依然忙活她的。辛欣来生了气，取下厅堂的斩马刀相胁，说："你是不是活腻了？"

王秀满仰起头，负气地对辛欣来说，这把刀没宰过牲畜，只斩过红柳绿草，要是死在它手里，跟花花草草一个命，也算走得美！只可惜你天生是个孬种，没那个胆儿！

王秀满的话激怒了辛欣来，他大喝一声，将斩马刀挥向她。

这刀闲置多年，依然锋利无比，"咔嚓"一声，王秀满身首异处了。可怜她的头颅落地的一瞬，还努力朝向辛欣来，似乎还想望他最后一眼。

作案后的辛欣来在午后炽热的太阳下战栗不已。他扔掉斩马刀，进屋取了条天蓝色印花枕巾，罩在养母的头颅上。然后用凉水洗了把脸，换掉沾染了血迹的衣裳，将抽屉里的两千多块钱悉数揣起，抽了支烟，走出家门，去了石碑坊，强奸了他一直觊觎的小矮人安雪儿，这才逃亡。

他强奸安雪儿，等于把龙盏镇的神话给破了。

二　制碑人

安雪儿是法警安平的独女，而安平是老英雄安玉顺的长子。

安玉顺过世七年了，但他和生前一样，仍然享受着一个英雄的礼遇。在长青烈士陵园，埋葬着不同历史时期涌现的英雄，如为开凿深山隧道而牺牲的铁道兵战士，因森林勘探而献身的森调队员，为救落水儿童而亡的知识青年，因扑灭林火而殒命的林业工人，以及因追逐歹徒而殉职的警察等等，总计三十余人。但这些墓中，最巍峨的一座，是入园处安玉顺的墓。这个位置，在他生前就被预留了。也就是说他活着时，便占尽了陵园的风光。

清明时分，残雪犹存，风还是硬的，冷清了一冬的陵园却热闹起来了。一些单位和部门组织的入党、团、少先队的宣誓仪式，不约而同选择在这里。烈士陵园成了露天会场，而无声无息坐在主席台首要位置的，是安玉顺的墓。因为这，安平很不喜欢清明节给父亲扫墓。他和母亲一样，不忍看做道具的父亲——无论他生前还是死去。

安平还不喜欢父亲的墓碑，它有一米五高，八十公分宽，汉白玉的，像堵雪墙，森然凛冽，由政府出资修建的。碑的正面镌刻着父亲的肖像，他双腿直立，昂首挺胸，背着手，唇角上挑，目光炯炯地凝视远方，一派英雄气概。而实际他断腿残臂，头发稀疏，面容清癯，细眯眼，唇角下垂，更像个穷苦的放羊汉。碑的后身刻着密密麻麻的碑文，详尽记录着他荣立的各等战功，对他的配偶和后代却只字未提。他们家人的名字，也就被集体略去了。

其实安玉顺还有一块墓碑的，那是他的孙女安雪儿为他打制的。石材取自龙盏镇五里外的石头山，是块方头方脑的青石，半米见方。这块碑来得神奇，安玉顺去世那年，他的次子安泰驱车回龙盏镇探望父母，路过石头山时，突遇暴雨。电闪雷鸣中，石头山腾起一道锐利的白光，一块石头滚落，拦在他车前。安泰急刹车，待雨小了，下车察看。只见这块青石有如刀削斧砍过，质地刚硬，外表光滑如镜，隐现着数十道弯曲的白色条纹，千溪奔流的样子，煞是好看。安泰把它当成闪电催生的花朵，喜滋滋地抱回家中。

晚年患了小脑萎缩的安玉顺一见这石头，喜出望外地唤了声"儿啊——"吩咐老伴绣娘赶紧生火，给多年不见的儿子做饭。

绣娘煞有介事地挽起袖子，对安玉顺说："好，给咱儿子摊鸡蛋去。"

这时安雪儿来了。她一见这石头，就说是块碑。她这一说，安家的气氛由喜转忧。他们不知这石头冲谁来的，赶紧将它搬到安雪儿的石碑坊。

那个夏天，安家人做事处处小心，唯恐一不留神，自己的名字会上了那块石头。因为安雪儿在石碑上刻谁的名字，谁就性命难保，这是被多次验证了的。因为这，辛七杂和安雪儿在龙盏镇都是被怕的主儿。辛七杂是被牲畜怕，安雪儿是被人怕。人们见了安雪儿，都现出讨好的神情。除夕拜祖宗时，人们忘不了到安雪儿的石碑坊讨寿，给她献上年礼，鸡鸭鱼肉、糖茶果品等，安雪儿回赠大家的，是财神喜神像，以及各色灯烛。

安雪儿没在这块青石上刻名，而是雕像。安家人一看，这不是安玉顺吗！她在祖父断腿处雕了一只竖着美丽犄角的小鹿，在他残臂处刻了一群从树间飞起的鸟儿，完美地掩盖了祖父的残疾。

安玉顺果然在这年深秋去世了，不过政府部门不同意用这块碑，嫌它粗糙简陋，尺幅不够大，无法镌刻碑文。这碑最终摆在了石碑坊的院子里，成了鸟食钵。冬天雪大的时候，山里的鸟儿找不到吃的，会飞临居民区养鹅的人家，与鹅争食。以往到了这时，安雪儿会攀着梯子上到房顶，撒些谷物喂鸟。祖父的青石碑没派上用场，她就把它做了喂鸟的食具。

辛欣来杀掉养母，窜至石碑坊强奸安雪儿前，将一泡尿撒在青石碑上，这一幕，被煎饼铺的单四嫂看在眼里。

而在案发之前，一个放马者曾经看到，辛欣来进城时，路过长青烈士陵园，故意将一泡屎，拉在安玉顺的汉白玉墓碑下。

安平愤怒了！他两眼赤红，血流奔涌，潜伏在皮肤下的毛细血管，刹那间如苏醒的蛇，从身体的各个部位探出头来，勃勃颤动，要吞噬什么的样子；鼻子也成了埋藏着弹药的碉堡，火药味十足，要决一死战的架势。如果说他的脸先前是一张和平的地图，波澜不惊，当侵犯的风暴袭来，他脸上的山河就破碎了，自此变得扭曲。

而比不幸更让他难以承受的，是流言。

安平是长青县人民法院的法警，三十多年来，他在不同的法场，处决了四十多个死刑犯。因为他的职业，人们都不大乐意与他握手。每次回到龙盏镇，他去南市场买副食，摊主们收他钱时，不是让他把钱放到摊床上，就是搁在秤盘上；找还他钱呢，则直接塞他衣兜了。他去饭馆吃饭，所用的筷子和别人的不是一路色儿的，店主为他单独备了筷子。好像他的手和他的手碰过的东西，附着冤魂，一经触碰，就会厄运临头。时间久了，安平知道人们忌讳他的手，便不再主动与人握手；他回龙盏镇买东西，会预备下各种面值的钞票，付钱时不劳摊主找零，免去尴尬；他随身携带一双不锈钢折叠筷，不再用饭馆的筷子；他遇见邻家可爱的小孩子，尽管心里稀罕极了，从不敢上前抱一抱；他不参加别人的婚礼，免得新人看见他，以为死神降临。当然了，也没谁给他发喜帖。

安平二十二岁结婚，新娘是长青县一小的音乐老师，生得娇小玲珑，名字叫全凌燕，大家说他们是"安全"组合，定能白头偕老。安平谈恋爱时怕吓着女友，隐瞒了法警身份，说自己在法院政工科工作。不过结婚一年，他的工作性质就暴露了。安平那年两次出差，归来情绪都很低落，班也不上。全凌燕问他为什么不去单位，他说出差可以享受休假。休假期间，他手头忽然阔绰起来，买酒买肉，一个人喝闷酒，妻子起了疑心。长青是座不大的县城，五六万人口，要想探明一个人的底细，并不困难。全凌燕留了心，仔细打听，终于知道，自己的丈夫原来是个法警！他每次出差，都是执行枪决任务。

长青县隶属松山地区，这个地区所辖四县八区。松山地区中级人民法院在下达死刑令时，都是抽调各基层法院的法警，转战不同的法场，异地执行枪决任务的。安平每执行一次任务，都会获得十天的假期，领到一笔补助金。

全凌燕得知丈夫的真实身份时，身怀六甲。本来她孕期反应就明显，一想到与她同床共枕的人是个法警，反应更强烈了，一天呕吐数次，茶饭不思，瘦得皮包骨，夜里枕着丈夫胳膊甜蜜入睡的好时候，一去不复返了。安平温柔地抚摸她时，她会惊叫着躲闪；安平给她递水杯，她接过来，要擦拭掉杯壁的指痕，才敢入口；她因孕脚肿，安平帮她穿鞋时，她的腿会不由自主地打哆嗦，好像他在给她戴脚铐。最后发展到连安平做的饭，她都不敢碰了。

安平无奈，动了转行的念头。他跟妻子商量时，没想到全凌燕却说，你都枪毙过人了，就是以后不干了，我也害怕你的手，你的手不干净！

制碑人

安平悲哀极了，在他眼里，罪恶是污秽，他清除污秽，让世间清明，这双手是干干净净的啊。

全凌燕在一个落雪的日子生下一个女孩，安平给她起名安雪儿。哺乳期刚过，她就跟安平协议离婚了。

全凌燕不想要安雪儿，觉得她一岁多了，比铅笔盒长不了多少，实在太弱小了，且一天到晚地哭，像是冤鬼托生的，不喜气，带在身边晦气。这样安平就要了安雪儿，他想身为法警，再找老婆也难，有女儿为伴，老了有个病有个灾，身边不缺端茶倒水的，也算有个依靠。

那时长青的托儿所还没有长托的，家庭保姆也没兴起，安平执行死刑任务时又得离开家，而他一个大男人，伺候孩子不在行，安平便把女儿送到龙盏镇，由母亲抚养着。只要他在长青，周末会骑着自行车，回龙盏镇看望安雪儿。

安雪儿身高的异常，家人很快就发现了。这孩子没筋没骨似的，两岁了还不能站立，羊奶吃了不少，可不见长个儿。同龄孩子有水桶高了，她比一杆烟袋长不了多少；她三岁扶着墙，勉强站得住了，个头也长了点，但也没有两根筷子长；到了四岁，她绊绊磕磕走路了，个头却没高过一只矮脚板凳。及至六七岁，绣娘为了让孙女长高，一天给她吃四顿饭，她这才有炉台高了。

除了身高异常，安雪儿三岁才学会说话。她夜里不爱睡觉，常在黑暗中喃喃自语，说些什么，无人听懂。白天她也不困，喜欢握着一根捅火用的炉钩子，四处乱窜，敲打那些能发声的器物。

灶房的水缸、闷罐、酱油瓶和锅，厅堂柜子上的茶壶和糖罐，院外山墙悬挂的各色农具，以及仓房的咸菜坛和米桶，没有不挨她打的。绣娘问她这是干什么？她嘟着粉红的小嘴，说她想听听它们是不是活着。不发声的器物，在她眼里是死了。当然，有时器物没死，让她生生给敲死了，比如玻璃杯、花盆和碗，有的抗不住炉钩子的敲打，粉身碎骨了。为了这，她的爷爷奶奶，不得不将自己最怕敲打的物件看护好，如绣娘随身挂着她做针线用的老花镜，安玉顺则把勋章包裹好，锁进箱子，钥匙须臾不离身。

安雪儿还爱看绣娘给人裁剪婚服，这时她很安静，睁着乌溜溜的黑眼睛，出神地望着那姹紫嫣红的布，心里幻想着什么似的，脸颊跟那布一样的鲜润。而到了雨雪天气，别人往屋里躲，她却往外走，伸出舌头接雨雪，说是天上的东西好吃。她平素吃饭少得可怜，也不爱吃肉，可到了除夕、清明和元宵节，喜沾荤腥不说，食量大得惊人！年三十晚上，她一人能吃一盖帘的饺子；清明节能吞下半篮子煮鸡蛋；正月十五能吃三海碗的芝麻汤圆。大家都说这样的节日里，她身上附着鬼魅，她是替它们吃。

龙盏镇人都说安雪儿是精灵，而精灵是长不大的。

在要不要安雪儿上学的问题上，安平和父母的意见是不一致的。绣娘和安玉顺担心她还没书桌高，上学会受欺负，如果再跟不上学习，伤了脑筋，更别指望她长个头了。可安平想女儿即便是侏儒，也应该有文化，她的心灵不空虚，未来才不惧这世上的风雨，坚持把安雪儿送入学校。

制碑人

谁也没想到，安雪儿上学后，竟成了学校唯一连跳两级的学生。她从一年级直接升到三年级，又从三年级跳到五年级。她领悟力一流，记忆力超群。那些课本在别的孩子眼里比砖头还难啃，在她眼里却是香浓的奶渣饼，食之甘美。她十二岁念完小学，十四岁读完初中。龙盏镇没有高中，安平动员她到长青读，可安雪儿说读完高中她也不能上大学，体检时身高不会过关，读了也没用。再说她只爱龙盏镇，不愿到外面去。

　　安雪儿初中毕业时，身高九十二公分，从此她结束了生长，定格在这个高度。

　　安雪儿刻碑的本领，无师自通，有如天赐。她十五岁那年，镇子里开鞋店的老杨，被松山地区人民医院诊断为肺癌晚期，医生说他挺不过仨月。老杨像片枯叶飘回龙盏镇，凄然等死。他的家人怕他一口气上不来，连仨月都熬不过，赶紧为他打棺材，做寿衣，选墓地，甚至连出殡用的招魂牌都叠好了。老杨唯一的心愿，是请安雪儿给他刻墓碑，说她是下凡的仙女，他的坟前竖着她制的碑，灵魂定能脱离苦海，翩然升天。

　　老杨拄着拐杖，面色苍黄地出现在安家门口时，绣娘正给一对新人做婚服。她将老杨让进屋，搬了把带靠垫的圈椅给他坐，端上热茶。当老杨将他的心愿说与她时，绣娘说安雪儿倒是会毛笔字，字也周正，可要让孙女把这样的字刻在碑上，她可没这本事；即便有的话，她个头这般小，哪有力气使凿子？他们说这话时，安雪儿正坐在窗台望云彩，绣娘话音才落，她便回头对老杨说，备好碑石和斧凿吧，我去你家给你刻碑。绣娘愣了，说你没那金刚钻，可别乱揽瓷器活，再耽误了人家。安雪儿不理会绣娘，将目光放回云彩上。她惊诧这一回头的工夫，先前那团病马似俯卧的乌云竟有了生气，支起了两条前腿！她期待着它完全站起，变成一匹奔腾的马，可它终究还是破散了。安雪儿叹口气，回头问老杨是不是属马的，老杨点了点头，安雪儿说，你今年死不了，碑还刻吗？老杨说，不可能，最权威的医生都说了，癌扩散了，最多仨月了，刻吧！

安雪儿答应后，老杨赶紧差儿子进城，买了一块石碑，以及一套刻字工具，各种型号的扁凿尖凿，一应俱全。安雪儿在杨家开始了第一块碑的打制。她不用尺子量，字符的间距却掌握得毫厘不差！她使凿子，如同使了多年的筷子，灵活自如。她瘦小的身体里，也不知从什么时候起埋藏下无穷的力气，斧凿在手，如握笔管，轻盈自若！她的头上蒙着一块雪白的纱巾，不然字在碑石上次第绽放，粉尘会像飞蛾一样迷了眼睛。安雪儿俯在碑上悉心刻字时，就像栖息在船上歌唱的夜鸟。

那块碑一周刻成了！碑上的字，遒劲豪放，洒脱大气，带着股飞扬的气势，不像女孩子的手笔，老杨很满意。更让他欣喜的是，安雪儿在碑上给他刻的阳寿年龄，比他料想的多出两年。

老杨也的确多活了两年。他如愿地看到了孙子出生，带着做了爷爷的喜悦，心满意足地去了另一世界。安雪儿刻碑之神灵，自此流传。从这以后，龙盏镇人都叫她安小仙了。那些年过七旬的老人，在预备寿材的同时，也不忘了选好墓碑，嘱咐儿孙，等他们踏上黄泉路，找安雪儿刻碑。

绣娘是远近闻名的缝制婚服的能手，因为安雪儿刻碑的名气越来越大，附近乡镇出了丧事的人家，都带着墓碑找她，安家的院子就成了墓园，石碑林立，做婚服的新人嫌晦气，都不上门了。这样，安雪儿便从绣娘那儿搬出，在镇子北口临近格罗江的地方，将一座废弃的板夹泥小屋改造了，开起石碑坊。

安雪儿是成人的年龄了，可因为身高，家人都把她当孩子看。他们不反对她找事做，但不主张她刻碑谋生，说一个女孩子整天匍匐在墓碑上干活，等于趴在地狱之门，日子过得丧气！可安雪儿说刻碑养活自己，是人间美事，没什么忌讳的。安平心疼女儿，想给她雇个帮手。安雪儿回绝了，说她一个人足以应付。绣娘让孙女白天在石碑坊，晚上仍回家住。说如果她不回去，她就来陪她。安雪儿笑了，说绣娘别担心，雪儿有陪的！

安雪儿对家中长辈很有礼貌，该叫什么就叫什么。但对奶奶，她却像别人一样叫她绣娘。绣娘说孙女这么叫她，把她叫得辈分低了。当安雪儿说她晚上有陪的时，着实吓着了绣娘，连忙问是谁来陪？安雪儿说，夜里有月亮和星星，它们的脚长，能跳过窗子，跟我一起躺在枕头上，陪我睡呀。要是赶上哪一晚没月亮没星星，风总该有的，风吹得窗户叫，就是和我说话呀。绣娘说，要是没风呢？安雪儿说，我心里装着好多风，我吐出风儿，和自己说话呀。绣娘无语了。

石碑坊开起后，人们更加相信安雪儿来自另一个世界。北口那儿人烟稀少，加上与格罗江为邻，江风大，雨雪也大。北口柞树很多，这树是灌木丛的常客，黑漆漆的，树皮老相，皱纹累累，虽然长不高，但枝桠纵横，是乘凉的好伞。风从树间穿过，凄厉之声顿起，胆小的孩子夜里都不敢走北口。可安雪儿住在那儿，却没被阴气缠绕，眼睛仍是水汪汪的，肤色比以往还鲜润。

随着她精灵名声的远播，石碑坊广为人知，长青县那些经营石材生意的人都找上门来。安雪儿开始用赚来的钱，买进各色碑石，随客人挑选，并且购进了石碑雕刻机，更为省力了，生意自此做大。

安雪儿对人死期的预卜，几乎都是突然而至的。

她开石碑坊的当年，有天在院子里刻碑，见太阳好，便将葱绿的缎子被抱出来，搭在柞树上晒。晚上收被子时，发现阳光吻过的缎子被，除了有股好闻的太阳味，还有一片褶痕，褶痕中竟嵌着"井川"二字，好像太阳把缎子被当成了写字板。

龙盏镇真有个叫井川的人，是镇政府办主任，一天到晚忙于接待工作，陪吃陪喝，年纪轻轻腆着个肚子，脸上油光闪烁。安雪儿知道他寿路已尽，问井川哪年生人。井川一听安雪儿问他生年，吓得毛骨悚然，赶紧请了病假，闭门不出，想躲过灾星。然而三天后他还是突发脑梗，一命呜呼！他咽气时，安雪儿已为他刻好了碑。想着他脖子上终日戴条金链子，安雪儿特意将他的墓碑描金。

老杨和井川的死，拉开了安雪儿预卜人死期的帷幕。

龙盏镇以前的电是属鬼的，夕来朝走，从山间架设过来的电线杆，都是临时的木杆。天长日久，电线杆被风雨侵蚀得东倒西歪，像逃荒的，一场大风就能要它们的命，倒伏断电。那年龙盏镇终于盼来了二十四小时长电，高大的水泥石柱的电线杆，取代了参差不齐的木电杆。当电杆更换到龙盏镇时，正值盛夏，人们吃过晚饭，喜欢到架线工人住的工棚，听他们聊外面有兴味的事情。

有一天阴云密布，气压很低，安雪儿去杂货店买蜡烛回来，路过工棚，听一个工人正讲荤段子，他眉飞色舞的，逗得众人捧腹大笑。这工人黑红的脸膛，宽额头，高眉骨，鼻梁有颗黄豆般大的黑痣，双下巴颏儿。安雪儿走过工棚时，雷电骤起，她抬头的一瞬，见被闪电撕裂的云层中，隐现出一个人的形影，其轮廓与讲荤段子的工人相差无二！安雪儿叹息一声，回身几步，嘱咐那工人，这位师傅干活可得加小心呀。那人的兴奋点还在床笫之事上，他打了声口哨，阴阳怪气地冲安雪儿说，这位妹妹，你是指哪样活儿呀？人们笑得更欢了。在场的龙盏镇人提醒那工人，别人的话可以不听，但安小仙是神人，还是小心为妙。他不以为然地一摆手说，神仙鬼怪那一套，全是扯淡，老子才不信呢！他的话音刚落，大雨倾盆而下，人们一哄而散，回工棚的回工棚，回家的回家。安雪儿没有带伞，她顶着雨回到石碑坊，浑身湿透，所幸蜡烛掖在怀里，烛芯是干爽的。安雪儿点燃蜡烛，想着那工人年轻的脸庞，眼睛湿了。

第二天雨过天晴，临近中午时，那个工人的死讯传来。他在高空作业时，腰上的安全带突然脱落，他就像被箭射中的鹰一样，从电线杆坠落。他与大地的最后一吻，竟是死亡之吻。

当时在场听那工人讲荤段子的几个龙盏镇人，想起安雪儿的话，更加坚信她就是神灵！他们纷纷奔向石碑坊，有给她送糖果和肉的，有给她送刚从格罗江打上的鱼的，还有把自家园田半熟的甜瓜摘给她的。人们对她愈发崇拜，有人甚至说她不是肉身，没见她的皮肤那么透明么。还有人说她走路轻得没有声响，是因为真身在天，在大地飘移的不过是她的影子。慕名找她算命的，得了绝症来讨灵丹妙药的，甚至与人结仇，要把对手悄悄"做掉"的，都来找她。

安雪儿说她只制碑，将他们一概打发了。

可有一个人打发起来比较难，她就是全凌燕。

一直对安雪儿不闻不问的全凌燕，有天也会找上门来。

全凌燕不到五十，看上去却仿佛六十了，头发半白，形容枯槁，像一册刚出土的薄薄的线装书，似乎轻轻一翻就会掉页。她当年离开安平，经人介绍嫁了个丧偶的税务员。那男人有个十一岁的男孩，非常难缠，处处跟她过不去，嫌她做饭难吃，嫌她说话时喷唾沫星子，嫌她衣服洗不透亮，嫌她屋子收拾得不利索，对她百般挑剔。夜里她和丈夫行好事时，这男孩就趴在门口学鬼叫。他不爱上学，穿奇装异服，染着黄毛，打架斗殴，网络兴起后泡在网吧，沦为小混混。孩子让全凌燕身心俱疲，不料丈夫又出了事，因挪用一笔税款，他被开除公职。为了养家，他们只得东挪西借，开家小药铺，维持生计。当丈夫听说龙盏镇出了个神人，而神人竟是全凌燕所生，他认定安雪儿能医治百病，逼着妻子来认亲，想把安雪儿弄到小药铺坐堂，带旺他的生意。

听完生母诉求，安雪儿没说什么。自从搬到北口，她不再敲打器物了。可那一刻她又拿起炉钩子，照着灶房的锅盖、水缸、搪瓷盆、炉圈儿和水壶，一通猛敲，好像它们触犯了天条。全凌燕问她这是干什么？她不作答，转而敲向母亲的腿，将她敲得一个趔趄，险些栽倒。全凌燕扶住墙，失神地望着安雪儿，仿佛寒冬腊月，嘴里却含着一块冰，彻骨寒冷。安雪儿放下炉钩子，咬着牙对母亲说，我探明了，灶房里的东西都还活着，你——死了。

全凌燕用手指挠了一下墙壁，背起行囊，离开石碑坊。她留给安雪儿的，是墙壁上两道深深的指甲痕；而她带走的，是嵌在指甲里的黄泥巴。

那夜安雪儿的院子，第一次起了哭声。

安雪儿被辛欣来破了真身，龙盏镇人便觉得她与天再无关系了。他们开始探寻她坠落凡尘的先兆：她的肤色不那么透明了，走路有了声响，爱吃肉了，而且不像以前那么喜欢望天了。大家对她的来历，又有了新的演绎。说安平是法警，这么多年枪毙的人中，不也都是罪大恶极的，屈死鬼当是有的！辛欣来强奸安雪儿，真凶不是他，而是附在他身上的冤魂！冤魂借辛欣来的躯壳，来报法警的杀身之仇。这种说法，深深刺痛了安平。

他想不通，人们可以万口一声地把一个侏儒塑造成神，也可以在一夜之间，众口一词地将她打入魔鬼的行列。

三　龙山之翼

辛欣来逃入山里，有如飞鸟入林，实难搜寻。

松山山脉平均海拔六百米，它像一条舞动着的彩练，春夏时节被暖风吹拂得绿意盈盈，秋季让霜染得五彩斑斓，冬天则被一场连着一场的雪，装扮得通体洁白。它绵亘数百里，一路向北，起起伏伏的，初始南北走向，到了青山县，它似乎厌倦了一个姿势向前，调皮起来，这条彩练忽然打了个结，山脉呈东西走向了。它这浪漫的转笔，给这一带的山峦，带来了不一样的气象，峰峦峻拔，林木茂盛，溪流纵横。不像它南北走向时，清一色馒头形的山，山势柔和，起伏不大，且山顶大都未老先衰似的半秃，山间的水系也不够旺盛。

一般来说，山间的乡镇，多建在地势平缓的山脚下，面向滩地和河流，这样背风，取水方便，利于出行、放牧和耕种，可龙盏镇却与众不同地依山而建。

这座山自东向西，盘桓而上，曲折有致，状如飞龙，名曰龙山。山顶生长着秀挺的樟子松，这树是林中的绿娘子，经冬不凋，哪怕寒风肆虐，它枝头的松针仍是苍绿的。山顶对称盘踞着两块雪青色圆形巨石，一丈见方，在日光下熠熠闪光，人们说那是龙珠。

龙山的南北两翼，生长的树种是有差别的。北翼临着格罗江的山坡，以柞树、鱼鳞松和白桦树为主，南翼多是落叶松和杨树。龙盏镇就分布在山的左右两翼，分四部分。南翼为东南岗和西南角，北翼为西坡和北口。这两翼的住屋和人口是不对称的，南翼多，北翼少。而且两翼的生活气象也不同，南翼灿烂明亮，所居多是有头有脸的人物；北翼清冷幽深，住的多是生活底层之人。镇子最高点的西坡，在半山腰上。西坡平缓，出行也还方便。

龙盏镇的主干路叫龙脊路，东西向，依着山势，渐行渐高，直达西坡。从西坡到山顶，有两条曲折的茅草小道，是人们用脚踏出来的。以龙脊路为经，南北两翼又有十几条大大小小纵横交错的路。

这里的路都是砂石路。

龙盏镇经济发达后，镇政府曾一度将龙脊路修为水泥路，还在山顶建了个八角亭。可是改造完成后，这里失去了太平。那年林中带毒的草爬子，咬死了两个人，这是龙盏镇有史以来从未有过的，令人惊恐。而格罗江在那一年两次发难，春季的倒开江和盛夏的洪水，让它所辖的两个村落陷入汪洋之中，损失惨重。镇子地势最低的北口虽没进水，但洪水已逼在眼前。有会看风水的，说在龙山修水泥路，等于在龙脊上贴了一帖膏药，路不透气，龙

龙山之翼

山成了病山。更不该的，是在山顶建八角亭，这不是在龙头上打伞么！龙喜雨，你不让它接天雨，它怎么活？唐镇长一听，赶紧想辙，恢复原貌。亭子他差亲信放了一把火烧掉，就说是山顶的樟子松雷击起火，殃及八角亭，算在天灾上，谁又能追究天的责任呢？水泥路处理起来也不麻烦，唐镇长跑了两趟长青县，将龙盏镇自来水工程项目的批文拿到了手。工程上马，主干路挖沟埋设管线，原路就得掘开。其实龙盏镇的人和牲畜，也不喜欢水泥路，下雨时走在上面，栽跟斗、打滑的事时有发生。

八角亭和龙脊路上的水泥铲除后，镇子不仅恢复了宁静，还比以往兴旺。人们说龙喜欢水，在它体内植入输水管线，等于给它注入新鲜血液，龙颜大悦，恩泽百姓是必然的。

然而一桩震惊松山地区的杀人案，却让龙盏镇沦为阴气沉沉的地方！

在镇长唐汉成心目中，辛欣来强奸安雪儿，比他杀掉养母更加十恶不赦！安雪儿是龙盏镇的一块招牌，或者说是一盏灯。他还想着将来在一心山建寺院时，请安雪儿做居士，参与法事，引来香客呢。

青山县原来是个林业局，龙盏镇则是它下辖的一个林场。建国初松山地区林业大开发，汇聚了各路英豪。唐汉成的父亲唐铁刚，就是最早的林业工人。因为懂技术，他先在林场开绞盘机，后来开运材车。那时已婚职工不能带家属，一年只有半个月的探亲假。女人们思念丈夫，会在农闲时节探亲。当时森林铁路只修到松山，从松山到青山又不通客车，女人们只好搭运材车或是运货的大板车，才能抵达。有时路上周折，走个十天八天也是有的。唐铁刚的车，搭过不少前来探亲的女人。这样的女人通常和助手坐在副驾驶的位置上。省下车费的她们，会将带的好吃的，拿出部分，犒劳他们，夜晚在客栈住宿，还主动帮他们洗衣服，一路有说有笑，亲如一家。

然而有一次搭乘唐铁刚运材车的女人，一身素服，上车就抹眼泪，满面哀伤。原来她丈夫伐木时，一棵脸盆般粗的落叶松，倒伏那刻，因风向突变，没有惯常地顺山倒，仰山倒了，活活将他砸死，她是来奔丧的。那泪光点点的女人中等个儿，杨柳细腰，瓜子脸，娥眉，丹凤眼，月牙形嘴唇，一副梨花带雨的姿态，楚楚动人。唐铁刚仿佛历经严冬，猛然看见了一簇春天的绿柳，直想把她含在嘴里。他仔细打听，知道这女人比自己大三岁，还没孩子。他不顾家人反对，苦苦追求，最终娶了这寡妇，将家安在龙盏林场，生下唐汉成。没想到儿子七岁时，唐铁刚车祸身亡。再度丧夫，连她都觉得自己是晦气之人，发誓不再嫁了，吃了长素，含辛茹苦地养大孩子。唐汉成孝敬母亲，从小就给她洗脚，烧炕，捶背。他十八岁时按照政策，接了工伤死亡的父亲的班，在山场伐木。他挣的每一笔钱，都如数交给母亲。

唐汉成二十多岁时是公认的美男子，一米八的个头，偏瘦，宽肩，眉骨很高，这使得他浓眉下的眼睛，有股不寻常的味道，有几分深邃，几分忧郁，又有几分柔情，这样的眼睛就是摄女人魂魄的法器。来唐家提婚的人很多，可他最终娶的却是陈美珍，比他大四岁不说，还丑得出名。这令许多姑娘心碎。

陈美珍当年在供销社做出纳员，她兄妹三人，自幼失去父母，是哥哥陈金谷把她和弟弟带大的。陈美珍喜欢上了唐汉成，非他不嫁，求哥哥帮忙。在她眼里，哥哥是林场的场长，唐汉成一个伐木工，就得臣服于他。陈金谷明白，如果提亲，唐汉成是不会答应的，他们实在不般配。自然结合不行，只能设圈套，让唐汉成中计。冬天的一个日子，陈金谷让老婆在家做了几道好菜，请唐汉成来喝酒，把他灌得烂醉如泥，搀扶到妹妹的住屋。陈美珍毫不含糊，将他扒得溜光，自己也脱得只剩背心短裤，躺进一个被窝。唐汉成的母亲见儿子去陈家喝酒，月上中天了，还不回来，知道不妙，连忙去寻。一进陈家的院子，她就听见屋里传来姑娘的哭声。原来陈金谷料到唐母上门，早就交待给了妹妹，听见门响就哭，陈金谷夫妇则佯醉不起。唐汉成的母亲一推开屋门，陈美珍便披头散发跑过来，哭诉唐汉成喝多了酒，闯进她屋子，生生将她糟蹋了。唐母从杯盘狼藉的饭桌上捧起烛台，去了陈美珍的住屋。她见儿子睡在炕上，衣服扔在地上，知道他被算计了，叹了口气，返身到灶房的缸里舀了一盆凉水，朝儿子头上泼去。唐汉成醒来，看到袒胸露臂的陈美珍，异常羞愧，以为自己真的做了糊涂事。

唐汉成只得娶了陈美珍。新婚之夜，他一入洞房，便吹灭喜烛，不想多看她。陈美珍那张浓妆艳抹的脸，比她素面朝天时还恐怖。为了遮掩脸上粗大的毛细血孔，她给脸加保暖层似的，打了浓厚的脂粉，她咧嘴笑时，那脂粉仿佛生出了翅膀，扑簌簌直落。为了给人双眼皮的感觉，她在睫毛上描出两道深黑的眼线，好像暴雨前聚集的蚂蚁；而她丰厚的嘴唇，像吃了死孩子肉似的，涂得油红。不过唐汉成没有想到，陈美珍脸上粗糙不堪，身上却光滑细腻！而且，她居然还是个处女！唐汉成在林场工段伐木时，跟给他们做饭的一个已婚女人，有过鱼水之欢，知道怎么回事。唐汉成一夜无眠，第二天老早起来，去母亲的屋子请安，懊恼地对她说，原来陈家那场酒，是给他摆的鸿门宴，他并没糟蹋陈美珍。早知如此，就不跟她结婚了！其实唐母知道儿子是被冤枉的，之所以让他娶陈美珍，一是不想让陈家人四处张扬儿子睡了人家而不负责任，二是她看上了陈美珍是个过日子的女人，虽说她有点跛扈；三是她耳闻儿子在工段和一个妇人不干净，想着他不老实在先，娶个丑女也不冤。唐母从儿子的懊恼中，知道儿媳是个黄花闺女，心下欢喜，对唐汉成说，酒装在瓶子中是老实的，一进人的肚子，就爱作妖儿，记住妈的话，以后无论跟谁，都不能喝大酒，一个人不能因一件事，一生栽两回跟斗啊。唐汉成记住了母亲的话，从此，哪怕招待贵客，喝酒只是蜻蜓点水，轻触而已。

　　龙盏镇人现在说起唐汉成，都觉得他娶陈美珍值得，没有他大舅哥的提携，他一个伐木工，哪有今天的地位呢。

　　陈金谷是仕途的宠儿，他从林场场长起步，升至青山林业局副局长，青山建县的那年，又在众多的竞争者中杀出重围，就任第一任县长，之后又从县长，高升至松山地委组织部长、副书记，可谓官运亨通。虽说他再过两年就退休了，但仰仗他的权势，三十年来，他的亲属们没一个是白丁，都混得有模有样的。

陈金谷的弟弟陈银谷是青山县副县长，他的小舅子和小姨子，一个是松山地区财政局副局长，一个是计生委主任，都是县处级干部。而他的一儿一女，一个是松山地区公安局副局长，一个在林市环保局工作。亲属中只有唐汉成官小，还是科级，不是他没机会提拔，而是他不想离开龙盏镇。陈美珍常说丈夫是井底之蛙，把自己耽误了不说，她也受了牵连，窝憋在巴掌大的地方。陈金谷做青山林业局副局长时，唐汉成夫妇双双转干；而他做县长时，唐汉成升为副镇长；他就任松山地委组织部长时，唐汉成就成了镇长了。本来陈金谷想让妹夫更进一步，在青山县给他谋个处级职位，可唐汉成认定了龙盏镇，哪儿都不去，陈美珍没办法，死了向仕途发展的心，做了南市场管理中心主任，将龙盏镇的个体商业，掌控在自己手中。

唐汉成和陈美珍有两个孩子，女儿唐眉，儿子唐志。唐眉二十七了，还没男友。而在加拿大留学的唐志，虽说二十三，却换了四个女友，这其中包括两个洋妞。唐眉唐志相貌迥异，不像一奶同胞。唐志跟母亲一样五短身材，稀疏的眉毛，大鼻头，小眼睛，厚嘴唇，虽说耳朵生得好，是讨喜的元宝耳，可惜它们长在人脸的侧面，他这五官中最明亮的旗帜，无法为面部增色。唐眉长得则随父亲，她一米六八的个头，高颈细腰，胸臀凸起，苗条而性感。她柳叶眉下的眼睛随了祖母，是双会说话的丹凤眼。一个女人有魅人的身段和撩人的眼睛，已经令人心旌摇荡了，偏偏唐眉还有白皙的皮肤作为五官的底衬，有秀挺的鼻子作为面部骄傲的领航者，有下巴优美的弧线作为妖娆的收笔，真是把女人的风光占尽了！

唐眉高中毕业后，考取了林市医学院。刚入学时，她的眼睛就像溪流上的云朵，湿润明媚，顾盼生辉。可一场学读下来，那双丹凤眼宛如被霜打了的花儿，黯淡无神。陈美珍说不该让女儿读医学院，尤其不该学药剂专业，整天在实验室接触药水，把女儿的眼睛熏坏了！

唐眉医学院毕业后，本可以靠着大舅陈金谷留在城市，可她非要归乡。回到青山倒也罢了，起码是个县城，可她偏偏要到龙盏镇卫生院工作，往深山钻，气得陈美珍大病一场，哀叹命苦，撞上一对傻透腔的父女。现今人们都找各路关系，不惜血本地往大地方奔，他们家有便利条件，一老一小却不为所动，难道这龙盏镇是天宫？她想将来能让唐眉离开的，只有出嫁一条路了。她爱上一个人，就会死心塌地跟着他走——就像她无论如何也得跟着唐汉成一样。所以唐眉刚回来时，她发动亲朋好友，给她在龙盏镇外介绍对象。那些未婚的条件优越的男士，只要来龙盏镇见到唐眉，没有不被她的气质打动的，可她看他们，却个个是俗物，总说气不相投。看着一个个俊男靓仔被唐眉挡开，不仅陈美珍急，连唐汉成都急了，声言他厌倦这里了，要举家进城，唐眉这时就会淡淡地说，你们走你们的，这辈子我就待这儿了。

转年，他们明白了唐眉为什么留在龙盏镇。

唐汉成夫妇住东南岗，唐眉毕业后只与他们住了半个月，就要搬出，说她是大人了，需要独立的私人空间。唐眉看上了西坡一座废弃小屋，那是当年林业工人住过的马架子，土坯墙，草屋顶，几十年风雨侵蚀，有如中风患者，歪歪斜斜的，成了野猫野狗的聚集地，照陈美珍的说法，如今叫花子都不住这样的房子了，可唐眉喜欢，说住那儿听得见格罗江的水声。陈美珍阻止不了女儿，只好把马架子推了，用上好的松木，原地盖起一座木刻楞小屋。它清隽挺拔，小巧玲珑，像座乡村教堂，为西坡增添了一抹亮色。为了唐眉的安全，唐汉成挖空心思，说北翼是龙盏镇治安差的地方，派出所应该进驻那里，对潜在的犯罪分子是个震慑。这样镇政府斥资，在唐眉的木屋旁，盖起一栋二层小楼，将东南角的派出所搬迁过来。派出所二十四小时有人值班，等于给唐眉找了个全天候的卫兵。木屋建成后，陈美珍又特意从松山农科所，移植过来耐寒的沙果树和李子树。每到花开时节，唐眉的院落一片粉红，芳香四溢。赶上风大的日子，花瓣四处飞舞，眼神不好的见了，会说今年的蝴蝶来得可真早！

木屋是当年秋天竣工的，唐眉落雪时节搬入。转年春天，她出了趟远门，领回一个人。这个人就像一道魔咒，从此深深地籀在陈美珍和唐汉成的头顶，令他们头疼不已。

她叫陈媛，是唐眉的大学同学。据说她毕业前夕得了怪病，全身麻痹，畏寒，流泪，幻听，记忆丧失，智力直线下降，休学在家，没有拿到毕业证。陈媛家在农村，母亲早逝，父亲再娶，为她添了一弟一妹。所以陈媛退学，全家上下一片忧戚。他们无钱给她治疗，眼见她一天天衰败下去，几近瘫痪。唐眉说她看不得好友受难，做出了一生一世守护她的决定。

　　唐眉到陈家表明心意后，陈家人都喊她大救星，迫不及待地把包袱甩给她。怕她反悔，陈媛那精明的继母，在唐眉带走陈媛后，特意跑了趟林市，找到晚报的记者，把唐眉的善举张扬出去。那份整版的报道，对陈家人来说，就像一份不成文的公开契约，把陈媛永远地绑架给唐眉；而对唐汉成夫妇来说，却是一块从天而降的巨石，压得他们透不过气来。

　　女儿一夜之间成了道德模范，陈美珍直说唐眉的脑袋让驴踢了。

　　唐眉每天去西南角的卫生院上班，总是牵着陈媛的手。她们同龄，但逐年发福的陈媛，越来越像个大妈，所以从身材看，陈媛像唐眉的长辈。可从面貌看，唐眉却像是陈媛的长辈了。陈媛只有五六岁孩子的智商，一脸天真，而唐眉的眉宇间总有挥之不去的愁云。

　　卫生院规模不大，算上院长甘芷生，才六个人。院里医疗设备简陋，只能做个 B 超、血常规尿常规的化验。医生处置的，不过是头疼脑热的小病和简单的外伤，连阑尾炎的小手术，都得转到青山县人民医院。其实唐汉成有能力改造卫生院，让它上一个台阶的，之所以维持现状，他是有私心的，他想让唐眉对一个衰落的卫生院心生懊恼，最终别它而去。可唐眉就像踏着枯枝依然歌唱的鸟儿，对它没丝毫的厌弃。

安雪儿被辛欣来强奸，最初的医学鉴定是唐眉做的。唐汉成想恢复安雪儿精灵的名声，得找两个关键人物，一个是参与鉴定的唐眉，一个是目击证人单四嫂。

龙盏镇人都知道，唐眉对两个人最好，一个是陈媛，一个是安雪儿。她们住在龙山北翼，走动频繁。唐眉进城买东西，总不忘了给安雪儿带点礼物，彩虹条的衣服，黑白格的背带裤子，红雨靴，绿裙子，带水钻的发卡，海蓝的围巾，这些让安雪儿出彩的服饰，都是唐眉送的。安雪儿回赠唐眉的，是她制碑之余，亲手做的物件：桦树皮糖盒、白杨木牙缸、青草手镯。当然，她送唐眉礼物总是双份，从不落下陈媛。

唐汉成走进女儿的院子时，唐眉正和陈媛坐在果树下，迎着斜阳，晾着她们刚洗过的头发。安雪儿出事后，唐汉成是第一次见到女儿。

唐眉瘦了一圈，脸色暗黄，眉头紧蹙，唐汉成知道她是为安雪儿的事情难过。他拉过一把椅子坐下，李子树枝条垂下的碧青的果子，恰好触着他的额头，好像那果子是鼓槌，认他的额头做鼓面，非要敲出点响声似的。唐汉成痛骂了一番辛欣来，长叹一声，问："安小仙真的被那混账给糟蹋了？"

唐眉咬了下嘴唇，"嗯——"了一声，甩了甩头。她发丝间的水滴瞬间迸射出来，像无数个句号，飞溅到唐汉成的脸颊上。陈媛见状，跟着甩头，看见也甩出水滴了，咯咯乐起来。

"那个医学鉴定，我跑趟县公安局，想办法给它撤销了，你别问为什么了！你要做的是，将来谁问到你，就说又给她检查过了，安小仙真身没破！"

"鉴定又不是我一个人做的。"唐眉说，"再说辛欣来是个畜生，干吗为他推脱罪责？"

唐汉成说："他杀了人，只这一宗罪，就够判他死刑了，何苦再搭进一个可爱小人的清白名声！"

"公安局通缉令都下了，悬赏缉拿辛欣来，他一落网，就会承认强奸了安小仙，而做医学检查时，法医也在现场，从她体内提取到了精液，鉴定结果是辛欣来的。就算你能把鉴定给推翻了，也堵不住单四嫂的嘴啊。辛欣来强奸安小仙，她看到了。"唐眉说完，进屋给爸爸泡茶，而等她捧着茶壶出来时，唐汉成已走了。没有风，可父亲坐过的椅子旁的李子树，在果园中兀自摇晃着。看来唐汉成走时，拿这棵树撒气了。陈媛指着那棵树，带着哭腔对唐眉说："它挨打了——"

唐汉成从唐眉那儿出来，没去北口找单四嫂，这个时辰，她应该在南市场卖煎饼。市场人多嘴杂，他想晚上去她家谈。他不相信辛欣来会落网，因为松山地区也就七八十万人口，却有一个法国那么大的面积，境内群山环绕，无人区多，好隐蔽。再说季节也帮他忙，山里到处是可吃的东西，水源充足；而且正值防火期，一般人不允许进山，等于给他提供了广阔的逃亡空间。而辛欣来小时常跟辛开溜进山，野外生存能力强。综合种种因素，唐汉成认为，追捕到辛欣来，几乎是不可能的事情。

在龙盏镇，唐汉成就是龙头老大。为了长坐镇长的交椅，他在首个镇长任期结束后，曾象征性做过一年镇党委书记，然后又杀回原岗位，说是这样还能连干两届。他卸任书记后，县里派来一个大学生接任，唐汉成嫌其碍眼，将他起走，连书记一并兼上，将权力完全掌控在自己手中。这些年，他每次到沿海和发达地区考察，总是丧气而归。那些地方的经济发展，往往以牺牲资源和环境为代价。尽管高楼大厦林立，空气和水却是污浊的。而他在山里长大，热爱大自然。每当他疲惫地回到青山县，看见山，看见清澈的河流，呼吸到新鲜空气，他的血流就畅通了，一路的风尘也被洗去了。所以这些年松山地区招商引资，关乎龙盏镇的，凡影响到环境的产业，他总找借口搪塞。在他眼里，破坏资源的发展，就跟一个人为了抵御严冬，砍掉自己的腿当柴烧一样，会造成终身残疾。

春夏时节的龙山，简直就是一只倾倒了的巨大的香水瓶。落叶松、樟子松、鱼鳞松、白桦树、各色野草野花，没有不放香的。植物的香气跟人的脾性一样，各不相同，有浓有淡，有甜有涩。在唐汉成眼里，安雪儿是一株仙草，一年四季释放香气。龙盏镇气息好，与她的存在大有关系。可以说，她潜在地帮他治理了镇子，让人知道人终有一死，诸恶莫作，敬畏神灵。

太阳总算落山了，天渐渐黑了。唐汉成吃过饭，朝北口走去。他喜欢模糊的天色，这为他免去了许多不必要的寒暄。做镇长的这些年，他最累的不是心，而是嘴。人们见了他只叫声"唐镇长——"他就得回上很具体的问候。每家情况不同，他的问候就得不同，不然显得不亲民。

北口在龙山脚下，二十多户人家。这里有铁皮屋顶的红砖房，也有油毡纸做顶的木刻楞房屋，以及干草苫顶的板夹泥小屋。北口最低处是辛七杂的屠宰场，最高处是王铁匠废弃了的铁匠铺。王铁匠搬到南翼的西南角了，但他常回北口。他那割舍不下的院落里，有口水曲柳的棺材，那是他七十大寿时，请木匠为自己打下的。每隔两三年，棺材的红漆褪色了，他会重刷一遍。

单四嫂家在北口中央，与安雪儿的石碑坊相邻。因为开煎饼铺，她家有头驴，还有一盘石磨。磨盘是白的，驴是黑的。驴在院子里拉磨转圈时，就像一幅黑白分明的太极图。

单四嫂的男人单尔冬，在单家排行老四，人们都叫他单四。单尔冬没和单四嫂离婚前，是龙盏镇政府的文书。他干瘦干瘦的，面色苍白，戴副眼镜，喜欢将头发留过鬓角，说话文绉绉的，不大合群。单尔冬人不坏，但心眼儿比针眼儿还小，芝麻大点的小事就会翻脸。不过他有个爱好，喜欢写作，常常投稿给报刊杂志。他们的孩子十岁时，单尔冬交了好运，在省级刊物连发了三篇小说，声名鹊起，常外出参加笔会。成名后，单尔冬腰包揣上稿费，顿时扬眉吐气了。以前他低头走路，现在昂着头了；以前他去南市场买肉，尽拣便宜的碎肉，现在他理直气壮地买里脊肉了！他嫌龙盏镇庙小，要往外调。昔日相濡以沫的妻子，他也瞧不上了。不好在相貌上鄙薄妻子，他就挑剔她的活儿，什么菜做咸了，裤线烫歪斜了，皮鞋油擦得不匀了，茶壶藏锈了，被褥没有叠整齐，花盆的花儿伺候得不精神，都能让他翘胡子，发上半晌脾气。最终他离了婚，抛妻弃子，调到松山地区文联。可怜单四嫂跟他过了一场，什么都没落下，只落下未成年的儿子单夏，和一个因做过他结发妻子而背负的称谓。

单四嫂离婚后，将西南角的房子卖了，搬到北口，开起煎饼铺，发誓要把儿子培养成才，对他严加看管，除了学习，什么都不让他做。结果单夏在青山读完高中，四次高考落第，精神崩溃，成了呆子。单四嫂没有想到，她将儿子捆绑在书本的十字架上，没能让他飞升，反倒使其受难，这让她非常自责。她将儿子领回龙盏镇，将他用过的教材一股脑儿扔进茅厕沤肥，让他彻底告别书本知识，教他干活。单夏热爱劳动，干起活来眼睛就活泛了。你吩咐他一件事，只要不喊停，他会专心致志地做到底。唐汉成同情这对母子，有了适合单夏干的活儿，就分派给他，让单四嫂增加点收入，手头宽裕些。

唐汉成走进单四嫂家时，单夏在院子里借着窗户透出的微光劈柴，单四嫂则在屋里泡豆子，她见着唐汉成非常吃惊，因为他从没单独来过。单四嫂手忙脚乱的，拎起板凳，想到他是领导，该坐椅子，于是撂下板凳去搬椅子。椅子落的灰多，情急之下她用自己的衣袖擦了椅子。唐汉成坐下后，单四嫂又张罗着泡茶，可她拿起柜上的茶叶罐，却想不起茶壶搁哪儿了，急得一头汗。唐汉成连忙说不必了，他很快就走。当他说明来意后，没想到单四嫂一口回绝，说她看见的都是事实，自己已在公安局做了笔录，不能反悔。唐汉成便利诱她，说南市场越来越兴旺，一个清扫员不够用了，想再招一个，考虑让单夏去，每月挣个千八百的，够他的生活费了。单四嫂眼睛亮了起来，看得出她想为儿子争得这份工作，但她犹豫片刻，还是坚持说，她不能作伪证。唐汉成不好勉强，垂头丧气地离开了。他走出单四嫂家的院子时，单夏还在埋头劈柴。

单四嫂坚持她的说法，并不是出于正义，而是心里打着另外的算盘。

四　两双手

　　有一个女人不怕安平的手，而且她的手也像安平一样被万人怕，她就是青山县殡仪馆的理容师李素贞。安平和她，是半公开的情人关系。

　　李素贞是有丈夫的，这男人年轻时在青山县粮库工作，五大三粗的。可就是这么个气壮如牛的人，新婚不久，竟患上了罕见的渐行性肌肉萎缩症。他从四肢和手脚开始萎缩，一直发展到胸肌和面部，整个人就像被蛀虫掏空了，只剩一副骨架，最终瘫痪在床，一病二十年！虽说他们没孩子，李素贞可以离婚，一走了之，但她对他不离不弃，每天坚持给他喂药、按摩。这个男人能活到今天，连医生都称奇迹！

　　李素贞那时没工作，丈夫病倒后，他唯一的弟弟怕受连累，不敢来他们家了，街上碰见李素贞，连嫂子都不叫，只是"哦——"一声，算是打招呼，令李素贞寒心。而她的娘家哥哥，也惊弓之鸟似的，远远避开她。丈夫的病就像一场火，而亲情是一张脆弱的纸，顷刻间化为灰烬了。李素贞是个刚强人，她想反正两家的老人都过世了，没需要赡养的，平辈的亲戚不认他们了，权当陌路人，没啥了不起！李素贞到幼儿园当临时工，以微薄的收入，挑起家庭重担。后来青山县成立殡仪馆，要招一名理容师，月薪二千八，她动心了。她一去就聘成功了，因为没有竞争者。她的工作说白了就是给死者化妆，让他们有个好走相。每当她的手触着死者冰冷的脸颊时，她对丈夫的怜惜，油然而生！尽管他萎缩得形同枯叶，但毕竟还有温度！一个人身上的温度，多么令人迷恋啊。

安平和李素贞好起来，源自一次握手。他的一位同事的父亲故去，他去殡仪馆送葬，看到了李素贞。听说她是理容师，安平如遇知音，主动伸过手去。他们的手被人群冷落惯了，一经相握，如遇知音，彼此不愿撒手。这次长久的握手，让安平回味不已。李素贞的手弹性十足，温润绵软，与他想象中的理容师的手，大不一样。后来他们好了，安平才知道，李素贞很注意保养手。理容师工作时，通常都戴塑胶手套，李素贞却不，她觉得那是对死者的不尊。她不想让自己因操劳过度而变得粗糙的手，刮疼了死者的脸，所以格外呵护它们。每天临睡前，要仔细洗手，然后将用蛋清、蜂蜜和野玫瑰的浆汁调和而成的润手霜，涂抹在手上。她的手如丰唇，在死者脸上留下人世最后的吻——温暖而洁净的吻。

安平第一次约李素贞吃饭，是在一家羊蝎子小馆，那是腊月天，零下三十多度，他刚外出殓人回来，心里冷得受不了。一坐下来，李素贞就眨着眼睛对安平说："咱俩都是长脸，小眼睛。"安平说："长脸小眼睛的女人有味道。"李素贞莞尔一笑，说："长脸小眼睛的男人知道心疼女人。"一番对话，是一条看不见的红绳，把他们紧紧地拴在一起了。吃了火锅，喝过烧酒，他们走出小馆时，北风呼啸着，两个人在夜色中情不自禁地牵起了手。虽然他们戴着棉手套，可手上的热气像火焰一样，穿透棉絮，直达掌心，让他们感受到彼此的热度。安平没吭气，一直把她牵到自己的住处。那个夜晚他们是落在室内的两片雪花，相拥的一刻，融化了彼此的寒凉！李素贞从面相看清汤寡水的，但除去衣服的她，异常丰满、青春，尤其是双乳，像两座年轻的山脉，生机勃勃。安平将脸埋在她怀里，热泪奔涌。他的泪水为这两座山脉，引入了一股甘泉。

李素贞接受了安平。丈夫的疾病，对她而言是一次生活的塌方，她被掩埋在废墟下，是安平的力量和柔情把她发掘出来，重获新生。为交往方便，他们认了干兄妹，安平常到李素贞家帮她干活，单位节日分发的福利，也直接送到她那儿去了。李素贞的丈夫虽瘫在床上，身体虚空，但他思维是敏锐的。尽管安平从不在李素贞家和她有任何亲昵之举，她去他那里，经过身体的雨露洗礼后，也从不一起过夜，那男人还是察觉出他们非同寻常的关系。他做出的报复举动是，安平一来，他就扯下盖在身上的毯子，露出赤条条的身子，吆喝李素贞做按摩。很奇怪，他的身体快成灰烬了，嗓音依然高亢。看着李素贞纤细的手指，在那骷髅似的身体上抚过，安平仿佛看到了末日情景，痛彻心骨。

这么多年来，安平有了不快，只要给李素贞打个电话，不需倾诉，只是听听她的声音，就像教徒聆听了圣音，顿时云开日朗。他外出执行死刑任务归来，李素贞总会在他家里，备下他喜欢的酒菜，温柔地为他洗尘。

他们无法离开对方的手了。

他们最惬意的时光，就是激情过后，软绵绵地并排躺着，互为倾诉他们的手的故事。在别人看来，这样的手下发生的故事，一定恐怖和血腥，其实不然。有时在法场和殡仪馆，也有动人的故事发生。

松山地区一共有七块法场，都在无人的山间，其中二进峰和南伊岭法场是两个大法场，安平去那里的次数最多。法警执行任务时，一般穿便服，戴墨镜、口罩和长檐帽，这样死刑犯和来收尸的死者家属，看不出法警的真面目。枪毙一个死囚时，通常是两名法警立其身后，如果一人打不中，另一人立即补枪。安平心理素质和枪法都好，不止一次给同行补枪。当然，他们的半自动步枪的枪膛里只有两颗子弹。两颗子弹，意味着法警只能犯一次错误。

安平记得有一年春天在二进峰法场，被处决的三个死刑犯中，有个十九岁的青年。他因继父酒后殴打母亲，一怒之下，用菜刀砍死继父。他不像别人临刑前浑身哆嗦，拿不成个，他挺直胸膛，面带微笑，跟法警开玩笑，说是把他送好了，他去西天取到长生不老经，会通过梦境传给他们。他要求站着死，说自己从没给人下过跪；还要求面对枪口，说是背后放枪的人，在他眼里都是孬种！一般来说，对于死刑犯的最后请求，行刑官会满足他们的心愿。这个青年背对沙坑站着，面对法警。想必他那一脸粲然的微笑，让子弹胆寒了吧，安平身边的法警，两枪都打飞了，小青年调侃那名法警，说这怪不得他，而是那两颗子弹爱上云彩了。他转而对安平说，叔，你要是能让我死得痛快、干净，不毁我容，我就化作一只鸟儿，给你唱一路的歌！安平点点头，让他把嘴欠开一道缝儿，就在他张嘴的一瞬，安平扣动扳机。子弹从他牙缝中穿过，宛如风儿呼啸着越过峡谷，连一颗牙齿都没伤着，从他后颈钻出，只留下一个圆圆的弹孔，一枪毙命。小青年的脸干干净净的，连血迹都没溅上，验尸官都称奇迹。更奇的是，安平收枪的一瞬，一只黄雀儿忽然从林中飞来，低低地盘桓在他头顶，发出鼓掌似的清脆叫声。安平上了吉普车，这黄雀儿竟一路追随，直到他进了城，打开车门，探出身来，它为他留下最后几声明丽的叫声，才飞回山林。

还有一次在南伊岭法场，深秋时令，安平处决一名女犯。这女人因恋上一个有家的男人，而那男人离不了婚，一时糊涂，在食物中投毒，杀了那男人的老婆。她才二十一岁，水汪汪的大眼睛，皮肤白皙，长发飘飘。那天风很大，她穿一身火红的衣服，化了淡妆，像个新娘。临刑前她提出两个请求，一是不能打她脑袋，以免毁容；二是给她松绑，她想毫无束缚地走，不然另一世行路艰难。这两个请求，第一个不难满足；第二个实难应允，死刑犯临刑时，没有不被五花大绑的。行刑官拒绝了这女人的第二个请求，安平和另一名法警，将枪瞄向她的心脏，正要扣动扳机的时刻，意外发生了！一条老狼忽然从林中蹿出，奔向那女人。现场的人吓了一跳，以为它要充当法警，吃掉那女人。谁知它在女人背后停下，用锐利的牙齿咬断她手脚的绳索，不等人们将枪口转向它，老狼已绝尘而去。松了绑的女人像一棵旱苗得到了水，挺起腰了。行刑官待她把腰完全伸展开，才悄悄挥下令旗。安平扣动扳机，子弹准确地飞向她的心脏。事后他听说，这女人十四岁前，住在只有十几户人家的山村。有年春天的黄昏，一头羸弱的小狼出现在家门口，她父亲说这小狼失去母亲，自己还没学会捕食，饿坏了，才循着人烟来乞食。他们把小狼抱回屋，女孩精心喂养它，几个月后它强壮了，他们才把它放归山林。人们说为那女人松绑的老狼，就是当年他们救过的狼！

这样的刑场故事，听得李素贞泪涟涟的，直说天地有灵，说安平的手虽然毙了人，但让他们走得如意，他的手积德了！她亲吻他的手，说它们是她的手套，她的护耳，她的毡靴，总之，都是抵御严寒的物件！

而李素贞讲述的发生在殡仪馆的故事，也令安平感动。他亲吻她的手，说它们是他暗夜中的蜡烛，是严冬中神仙送来的灶火，是他生命的萤火虫，总之，都与光和热有关。

李素贞最初做理容师，跟安平第一次执行死刑任务一样，心情是忐忑的。安平首次从法场归来，像是干了什么坏事似的，形神不安，吃不下饭，夜夜做噩梦，眼前总萦绕着死刑犯中弹后，"噗——"地倒向沙坑的情景，鼻腔漫溢着挥之不去的血腥气。李素贞第一次给死者理容，也是同样的感受。那是个车祸而亡的人，他从太平间的冷柜被推出来时，脸上血肉模糊。李素贞用药棉签蘸着酒精，花了四个小时，一点点地清理掉他伤口的血污，然后用温水擦拭尸体，换上寿衣，让他焕然一新地入殓。而她回到家中，足足三天，除了喝点水，一口饭也吃不下去，连日失眠，一合眼就是死者的模样。熬过第一关，到了第二次，她为一个八十岁的老人理容，看着他微笑的遗容，她的心境平复了，原来死亡也可以这么安详！及至她跟安平一样，经历了几次与死相关的令人动容的事情，她对这个职业的恐惧感，才彻底消失了。

李素贞做理容师的第三年，冰消雪融时节，她为一个因宫颈癌死亡的年轻女人化妆。死者的丈夫是美术老师，深爱妻子。殡仪馆门前停放的棺材，一般都是通红的，而他为妻子备下的却是口花棺材。他在棺材的里外，画满了妻子喜欢的花卉，红百合，白芍药，黄玫瑰，粉杜鹃，紫马莲，姹紫嫣红的，吊唁的人都围着棺材转，说这女人睡在花园里了，到了另一世，起码是个花神。当李素贞要给死者化妆时，美术老师嘱咐她，他妻子不喜欢浓妆，要化淡妆。李素贞点着头，一边给那女人理容，一边跟停尸床上的女人悄声说着话。她说妹子你命真好，你走了，你男人送了那么多花儿，你不是带着春天走了么！我命苦，当家的瘫在床上，怕他一个人在家闷得慌儿，我给他养了鸟儿，养了花儿。鸟儿倒是叫得欢，可那一盆盆花儿，除了玻璃翠，都是干长叶，不开花，要是我家窗台的花儿，也开成你家男人带给你的那么鲜亮，该多好呀。李素贞动情地说着，眼睛湿了。她忍着泪，给那女人化妆。死者被病魔折磨得脸颊凹陷，李素贞给她敷了层淡淡的粉，在凹陷处打上几抹胭脂，她的脸顿时生气浮动，宛如山谷的落霞，有了几分明媚；她又在她眼睑处，涂了浅蓝的眼影，让她紧闭的眼睛中簇生的睫毛，就像一排湖畔的翠柳，充满柔情，不显得突兀；最后她给她的嘴唇，微微涂上唇膏，使它好像美美呷了一口红酒，有了醉人的光泽。她没有在她眉毛上动用眉笔，它们生得实在太好了，又弯又黑，描一笔都是多余的。李素贞给她化完妆，叹息一声说，生活多不公平啊，你生得这么好，日子过得这么和美，老天却叫你去；我生得一般，吃了这么多苦，身体却啥毛病没有，要是我替你去多好呀。可惜老天不会要我，你去能做花神，我去能干啥？当个扫街的？天上也没灰尘呀。李素贞说到这儿，寂静的太平间里，突然响起一个女人的笑声，她以为来了人，四下一看，未见人影，而她再低头望她，发现她的唇角漾着笑意，李素贞叫了声"好妹妹"，热泪奔流。

最奇的事情发生在这女人出殡之后，李素贞家窗台的花儿，居然次第打起骨朵，春风还不浓烈，可盆里的花儿，争奇斗艳地开了，煞是热闹。李素贞的男人欢喜得不得了，直说花神到他家了。

还有一朵花儿，比真的花儿还绮丽呢，那是一枚戒指开出的花朵。

李素贞跟安平好的那年，她的邻居张老太没了。对待那些死在家中的老人，殡仪馆也提供上门服务。张老太八十一寿终，属喜丧，一些家长牵着病弱的孩子来钻棺材，说是可以祛病增寿。办白事的人家，对待这样的孩子，都满怀怜惜，随他们钻棺，可张老太的儿子们却不，非要收人家的钱，钻一次五十块，弄得孩子家长很不高兴。李素贞当时正在屋里给张老太理容，听到外面因钻棺材起了争执，就走向灵棚，劝说张老太的儿子，说是老人家心善，病孩子钻她的棺材，等于帮她暖了炕，她睡在那里，身上就不会有寒气。若是你们做后人的收费，她怕是不会开心的。张老太的儿子非常生气，说你算哪根葱，管上我们家的咸淡了？顶得李素贞哑口无言。

张老太的儿子们没一个穷的，但他们对待母亲，却出奇的吝啬。张老太的男人死得早，她跟大儿子一起过，另外两个儿子出赡养费。张老太有一次想吃鱼，大儿媳阴阳怪气地说，你那俩儿子给的养老费，只够吃素，我只好把你当姑子养，想开荤，就让他们多给俩钱儿！夏天时家家开着窗，张老太的大儿媳嗓门又高，这话被过路人听见，给传了出去，人们哀叹张老太命苦，她含辛茹苦养大仨儿子，怎么都狼心狗肺！

张老太身上唯一值钱的物件，是右手无名指上的一枚金戒指，十二克重，这是开蔬菜店的老李头送她的。老李头比张老太小五岁，晚年丧偶，看上了常去他店里买菜的张老太。俩人情投意合，很想一起过日子。张老太的儿子们很高兴，他们就手可以把赤贫的老母送到李家，由李家子女赡养，可老李头的子女坚决反对，他们以死相要挟，不许父亲娶张老太，在他们眼里，那是张家儿子联手扔来的一个大包袱，他们不能接。两个老人没办法，断了再婚的念头。但他们对彼此的牵挂，却是断不了的。张老太能走能撂时，每周都借着买菜的由头，去蔬菜店看看老李头。而她生命中最后两年，因脑血栓瘫痪后，老李头只好来看她了。他也不白登门，每次都拎着一兜时令蔬菜，所以张老太的家人也欢迎他去。他娶不了她，还是给她买了枚金戒指，亲手为她戴上，表达对她忠贞的爱。

没想到这枚金戒指在张老太咽气后，成了麻烦。张老太的三个儿媳都说它该归己所有，大儿媳说婆婆住在她家，她出力最多；二儿媳和三儿媳叉着腰强调她们出钱了，如今出钱的人，才算出力最多的。她们为这枚戒指口角时，主事的出来和稀泥，说干脆将这枚戒指在金匠那里毁了，一分为三，爱打制耳环的就打耳环，爱打戒指的打戒指，嫌克数小的，可以添钱打大的。三个儿媳一想独吞不可能，同意了。可从张老太手指褪这枚戒指，比登天还难！戒指没留活口，不能伸缩，张老太卧病在床后，身体空前胖了，这戒指就像她身上的一块肉似的，死死地嵌在无名指上，即便用肥皂水，也褪不下来，三个儿媳傻了眼！她们终归不敢剁掉婆婆的手指，那枚戒指，也就成了葬礼上她们最沉重的叹息。

令人啧啧称奇的事情，发生在张老太入殓前，老李头上门吊唁，想最后看她一眼。初始三个儿子摇头，可老李头在灵棚前的随礼账本上，分别在他们名下随了三百块钱，三个儿子点头同意了。李素贞刚给张老太梳妆整齐，老李头便进来了。他像个害羞的孩子，站在张老太灵前，怯怯地拉着她的右手，深情地望着，说你走了，我卖的菜给谁吃呀！张老太的大儿子在一旁催促，说看一眼就行了，是入殓的时辰了！老李头恋恋不舍的，最后紧紧握了一下张老太的手，他撒手的一瞬，张老太无名指上的戒指，竟然自动脱落到他掌心！张家的三个儿媳，听说老李头只是握了一下婆婆的手，便取回了诱人的金戒指，知道张老太有灵，吓得魂不附体，跪在灵前，捣蒜般地磕头，祈求婆婆不要加罪于她们。

当然，法场和殡仪馆，也有令他们愤怒的事情发生。单说法场吧，安平处决的犯人中，就有个二十来岁的大胖子，至死气焰嚣张。他是一家酒店红案的名厨，因看上一个女孩，这女孩心有所属，拒绝了他，便残忍地将女孩的男友杀害肢解，喂给狗吃。当他在法庭上陈述自己如何将尸体喂给狗时，庭审的法官们，无不作呕。枪毙他的那天，法警将他押到法场的沙坑前，按其跪下，他梗着脖子，一口咬掉舌头，将血喷了法警一脸。安平实在没忍住，飞起一脚，将他踹倒在沙坑旁，而他刚回到行刑者行列，未等发令旗举起，一名愤怒的法警，已让子弹射穿那人的喉咙！

还有一次枪毙一个强奸杀人犯，那男人四十多岁，人高马大，虎背熊腰，一脸的络腮胡子，他流窜于乡镇之间，蒙面强奸了多名妇女，弄得人心惶惶，女人们晚上都不敢出门了。他第六次作案是在麦田，深秋的黄昏时分，遭强奸的妇女奋力反抗，撕下他的面罩，他怕暴露，掐死了那名妇女，慌乱中遗失了钱夹，警方从中获悉了重要破案线索，侦破此案。这个死刑犯临刑前夜，喝了他人生最后一顿酒后，提出一个要求，要女法警行刑，说是他这辈子是为女人生的，死也要死在她们手里。次日到了法场，他见清一色的男法警，便骂司法机关养着一群太监！当他被按到沙坑前时，又嬉皮笑脸地说打他身体哪个部位都行，就是不能打裤裆，要是他的老二废了，另一世不能睡女人，他就化作厉鬼，折磨朝他开枪的人！安平忍无可忍，发令官一举令旗，他没有犹豫，让子弹在他裤裆开花。那人抽搐着身子咒骂安平时，另一位法警开枪击中他的脑袋，结束了他的污言秽语。那是安平唯一一次被同行补枪。事后他为自己的行为自责过一段时日，但一想那人死不悔改的模样，他原谅自己的那一枪了。

对死刑犯施以人道的处决方式，虽说安平早已耳闻，但当它终于变为现实，而且是在辛欣来强奸杀人案发生后，他难以接受！也就是说，辛欣来如果落网，最终判决死刑，按照刚颁布的法令，他将被押解到一辆执行车上，平静地躺着，以注射的方式，毫发无损地离去，感受不到痛苦！而安平是多么想在庄严的法场，用枪亲手毙掉他啊。

安平认为对罪大恶极的人来说，法场是必不可少的。失去了震慑力的处决，在人道上胜利了，但对罪恶惩治的色彩却减淡了。

当然，对于那些痛悔罪行的死刑犯来说，给他们安然洁净的死法，是人性的抚慰。可在他眼里，辛欣来不配这样的死法。

安平曾经跟法警们讨论过，如果上帝给人两个脑袋，这个世界会怎样？最后他们一致认为，如果每个人可以掉一个脑袋的话，不管这世界有多少教堂和庙宇，都阻挡不了杀人犯的横行。所以上帝让人只有一命，而且法律规定故意杀人者偿命，是维护人间秩序的有效手段。

青山县人民法院在接到松山地区中级人民法院收枪令后，指派身为法警队队长的安平，带领两名法警，将法警队的五支半自动步枪，上交到松山地区中级人民法院。押运枪支，对安平来说不是第一次，但唯有这次最让他痛心！他领命后心如刀绞，在办公室拿椅子撒气，打瘸了它一条腿，之后出了法院，到和李素贞第一次约会的羊蝎子小馆，喝酒吃肉。他越喝越怕自己，平素他半斤就醉了，可那天两斤烧酒下肚，面不改色心不跳。安平想醉，又要了一斤高粱烧。店主认识他，以为他刚执行任务回来，心情抑郁，小声提醒他高粱烧酒后劲大，千万别喝多了，回家没个人照应不行。安平一拍桌子，吼道："谁说老子回家没人照应?！"店主吓得赶紧把高粱烧递给他，溜进后厨，差店小二出来跟安平说，老板有话，安警官是老主顾，今儿的酒钱免了！谁知安平又一拍桌子说："老子又不是叫花子，堂堂一个警官，还付不起这点酒钱了？哼!"

安平把那瓶高粱烧喝掉，付过账，出了小馆子。夕阳正好，可他觉得脊背冷飕飕的。他没有回家，去了殡仪馆，见门前没摆棺材，也无车马，知道这小城今天没有见阎王爷的，李素贞应该在家，便到街头的水果摊买了袋水果，拎在手上，朝她家走去。

李素贞家离殡仪馆，也就十分八分的路程。那一带是低矮的平房，住的多是吃辛苦饭的人，卖菜的，拉脚的，修鞋的，扎纸花的，做寿衣的，擦排烟罩的，刷墙的，打家具的，拔火罐的，卖种子和农药的，剃头的等等。他们将自家的山墙当作了广告牌，文字数字彩蝶似的，满墙飞舞。文字写的是他们从事的行当，数字是联系电话。李素贞家房屋的灰色山墙上，就写着"理容师"三个大字。在这座小城，理容师只她一人，都知道她是干什么的。初始那字是蓝色的，因为李素贞说死者的家属都希望已故亲人升天，得用跟天空一种颜色的字。若是用黑字，人家以为死者下的是地狱；用红字呢，又以为亲人此去赴汤蹈火，都不妥。李素贞和安平好上后，安平对她说，其实绿字比蓝字好，绿色有生机，养眼。李素贞想想也是，特意请了个漆工，将蓝字抹去，涂上绿字。青山县有半年是冬天，北风呼啸的时令，这三个绿字，就成了这座小城不凋的绿叶，鲜润夺目，麻雀都爱往这儿飞。

李素贞对安平的到来非常吃惊，她正在外屋给丈夫榨芹菜汁。这两年他进食困难，蔬菜水果，都得榨汁来喝。安平放下水果，便去清扫院子。他每次来，总要帮她干点活。李素贞闻到安平身上浓重的酒气，知道他心情不好，她服侍丈夫喝完芹菜汁，赶紧榨了杯柠檬汁，捧给他解酒，小声埋怨着，"再不痛快，也不能喝

两双手

这么多酒啊——"

安平直起身子，放下扫帚，也不吭气，接过杯子，一口气喝光柠檬汁。

李素贞叹口气，对他说她今儿心情也不好，民政局接到上级部门下发的殡葬改革通知，从明年八月一号起，死者一律火葬，青山县将在小西山建立火葬场，殡仪馆要迁往那里。小西山离城里六七里路，往后照顾家就没那么方便了。安平问火葬仅限于县城的人吗？李素贞摇着头说，县里管着的乡镇，都得遵照新规了，以后那里死了人，由县里的殡葬车统一拉到火葬场，烧完了再拉回去埋。

安平弯腰拎起扫帚，说："那殡葬车往返的费用谁出？"

李素贞说："自然是出了丧事的人家出了！"

"长林镇离县里这么远，死了人也得往这儿拉？"安平问。

李素贞点点头，叹口气，看着西天，无限伤感地问安平："你说能把人烧成灰的火，是不是得跟这火烧云一样红？"

安平说："你是说天上早就开火葬场了？"

"看你说的——"李素贞嗔怪着，说，"天上的都是长生不老的，哪能有火葬场呢。"

安平笑了。李素贞喜欢安平的笑，很阳刚，回声嘹亮。李素贞的男人听见笑声了吧，在里屋声声唤着"素贞"，说该是给他做按摩的时候了！李素贞先前还是一块红通通的火炭，喜洋洋的，突然间被浇了一瓢冷水，立刻灰了脸。安平说你忙你的去，我扫完院子就回家。李素贞的眼睛湿了，悄声说："要不我晚上偷空过去一趟?"安平摇着头，压低声说不必了，他要外出三天，回来再聚吧。李素贞以为安平像以往一样，要去毙人，她伸出手，温柔地握了一下安平的手。安平握着扫帚，所以她连扫帚也一起握了。

五　白马月光

　　绣娘快八十了，却还像年轻时一样，喜欢骑马出行。她做好婚服，会择个好天气，骑马给人送过去。

　　绣娘眼里的好天气，光明是必不可少的。没有光的日子，在她生活的篇章中，就是一张白纸。

　　她不爱在没光的日子出门，也是心疼她的马。这样的日子唱主角的通常是雨雪，坏天气役使马，无疑是对它们的一种折磨。

　　绣娘骑过的四匹马，都是鄂伦春马。这个品种的马，直头大眼，腰背平直，四肢粗短有力，蹄质坚硬，即便不挂马掌，也能步步踩到实处。而且这马性情坚韧，能忍饥耐渴穿山越岭，毫不腿软。它寿命也长，鄂伦春人得了它，就是得了一个长工，有了分担生活的伴儿了。

　　绣娘骑的第一匹马，是黑鬃黑尾的红马，这马跟了她二十年，直到老得迈不动步了，绣娘才物色第二匹。第二匹马来她家时，绣娘已是两个孩子的妈妈了，这匹跑起来旋风似的黑马，不仅绣娘骑，孩子们也比试着骑。安平安泰的好骑术，就是在它身上练就的，所以当它十二岁时在瘟疫中死去，他们哭得比她还凶。绣娘的第三匹马，是匹有着金色鬃毛的栗色马，这也是安玉顺唯一喜欢的马，这马伴了他们十八个春秋。

绣娘如今骑乘的马，是匹银鬃银尾的白马。它奔跑起来，就像一道闪电划过大地。绣娘喜欢它，也是因为人到老年，苍凉四起，这世上的黑暗渐入心底，她希望白马那月光似的尾巴，能做笤帚，将这黑暗一扫而空。

她相信这会是她此生驾驭的最后一匹马了。

绣娘与安玉顺的婚姻，是英雄美人的传奇。

安玉顺祖籍锦州，家境贫寒。他的父亲是放马人，母亲给大户人家帮佣，两个貌美的姐姐在棉衣坊做活儿。日军入侵锦州时，安玉顺的大姐在棉衣坊，遭到三个鬼子轮奸。两天之后，她用父亲拴马的绳子，吊死在房梁下，死前特意用木梳蘸着水，将两条长辫子梳得又光又亮，扎上过年才舍得用的红头绳。安玉顺的母亲失去长女，哭得死去活来。他父亲自作主张，将次女许配给一个当过土匪的盐商，说东北已全部沦陷，做过土匪的男人，有股子蛮劲，不会让自己的小女儿在乱世中受辱。谁知成亲不久，这盐商的两处储盐仓库，在日军的轰炸中，尽遭焚毁。盐商不怪罪日本人，反说新娘子是扫帚星，败了他的家业，逼妻为娼，将钱给他赚回来。安玉顺的二姐不堪凌辱，吞鸦片死了。两个如花似玉的女儿相继自杀，安玉顺的母亲疯癫了，常把灶底灰当粮食吃，把废纸当菜叶吃，夜晚到马棚和马说话，一说就是半宿。有一天她走到城外，掉进河里淹死了。母亲去世那年，安玉顺十七岁，在街市做脚夫。父亲连遭打击，精神萎靡，有天他对安玉顺说，日本人来了，咱没太平日子过了。爹年纪大，不能扛枪打仗了，你要想过上好日子，就打鬼子去吧！炮弹不长眼，佛主是长眼的，爹会出家，吃斋念佛，保佑你平安无事！将来你想爹了，就念声佛号，爹在千里之外，心里也能听到！有一天胜利了，你也不要寻爹，爹踏进佛门，跟你就是两路人了。人生是苦的，爹这一走，笃定不会还俗了，你找也没用的！

安玉顺听了他爹的，打鬼子去了。

而他父亲在那年秋天，去海城的大悲寺，出家做了和尚。

安玉顺最初参加的是东北民众自卫军，发起者邓铁梅曾率部攻克凤城和庄河，声威远播。队伍极盛时，达一万余人。他们在辽南地区打鬼子，是日伪军的眼中钉。安玉顺小时喜欢打弹弓，所以他当了兵，枪一上手，感觉是牵着了一条忠诚的老狗，没有陌生感。那枪也格外听他的话，子弹出膛，没有白费的。家人的悲惨遭遇，是安玉顺心头永久的痛！杀鬼子，缴获武器，对他来说就是节日！由于日伪军持续围剿，东北民众自卫军陷入困境，力量削弱，最终邓铁梅在伤病期间，被叛徒出卖，在沈阳惨遭杀害。东北民众自卫军损兵折将，化为小股游击队，继续与敌人周旋。安玉顺在一次游击战中负伤，在辽南农村养伤，伤愈后参加了东北抗日联军。抗战胜利后，又随抗联队伍加入东北野战军，参加对国民党的最后决战。安玉顺的半条胳膊和一条腿，就是在锦州战役的硝烟中失去的。锦州之战惨烈，和安玉顺一个连的战友，只活下三人，个个落下残疾。

赶走了日本人，又赶走了国民党人，锦州解放了，老百姓的日子终于恢复了平静。安玉顺在后方医院养伤回到锦州，新中国成立了，组织安排他在部队后勤部工作。他思念父亲，还是动了寻父的念头。他行动不便，托人去海城大悲寺探寻，回来的人说，除了云游的和尚，留在寺里的，没有来自锦州的。向他们打听云游者中有没有姓安的，和尚们都说出家人只有法名。安玉顺明白，褪去俗名的父亲，与自己真的是两个世界的人了。

安玉顺在锦州工作清闲，生活有保障，只是三十好几了，终身大事还没着落。组织上曾介绍一个部队医院的护士给他，初次见面，他见她哭红了眼睛，一坐下来，便低头失神地看着他的断腿，如临深渊般发抖，知道她满心不乐意，赶紧放她走，跟组织说这护士太单薄，不称他意，给她以找健全人的自由。这之后他的一个老战友，又给他介绍了一个，这姑娘倒是愿意，可他受不了她身上的味儿。她是酱菜厂的工人，比他大一岁。又黄又瘦不说，还一脸霉斑似的痦子，说话唾沫星子四溅，口腔散发出恶臭。感觉她在酱菜厂，经年累月的熏染，自己也成了一棵酱菜，安玉顺找了个借口回绝了她。

在婚姻上他最终认了命，心想等吧，是你的终会来。就像人们不喜欢黑夜，可月亮最终投入的，却是它的怀抱呀。

他也果然等来了一轮好月亮。

五十年代初，安玉顺参加了军区系统组织的英模事迹报告团，巡回演讲。两个月的时间里，他们走遍了东北最重要的城市。每到一站，当地政府都会安排一场文艺演出。他们到最后一站林市，已是遍地白霜了。安玉顺一路上讲抗日战争和解放战争的艰苦卓绝，已讲得懈怠和疲惫了，到最后一场，他的心境与时令一样，苍凉肃杀，终于道出一直憋在心里的话，说他能够在战争中活下来，也要感激出家的父亲。他父亲说过，炮弹不长眼，佛主是长眼的。安玉顺念了一句佛号，涕泪长流，以低沉的话语，结束了一路高调的演讲。他的这番心灵话语，打动了一个姑娘的芳心，她就是坐在台下的孟青枝。

孟青枝比安玉顺小十多岁，是个热烈奔放的鄂伦春姑娘。她出现在报告会现场，是被林市抽调来，为英模报告团作文艺演出的。她的鄂伦春独舞，在松山地区很有名气，而松山地区隶属林市。

孟青枝中等身材，不胖不瘦。她圆圆的苹果脸，疏朗的眉；眼睛不大，但很明亮；虽塌鼻梁，可嘴唇丰艳，仿佛是一轮红日托起一片乌云，乌云也是美的了；她的脸颊不涂胭脂，泛着自然的红晕。她穿着鲜艳的民族服饰，足蹬轻巧的鹿皮靴，在舞台上欢快地独舞时，就是落在大地的彩云。安玉顺做梦也没想到，这团彩云会落到他头上。

"你一个亲人都没了，我嫁给你吧，你愿意跟我去古约文乡吗？"这是孟青枝在演出结束后，走到台下的安玉顺面前，对他说的第一句话。

安玉顺看着这个明媚而健康的姑娘，叫了声"阿弥陀佛"，迫不及待地问："古约文乡在哪儿？"

孟青枝说："长青林业局。"

"长青林业局又在哪儿？"安玉顺再问。

"松山地区。"孟青枝说。

安玉顺倒吸一口冷气。松山地区他知道，在中国的高纬度，一个冷得不能再冷的地区。但他不怕冷，他的生命里有了一团火啊。

安玉顺向组织申请，转业到地方，跟孟青枝一路北上，在长青林业局落了脚。因为他多次荣立战功，身有残疾，地方政府将他安排到武装部当政委，可以赋闲在家。夫唱妇随，孟青枝从古约文乡调到长青林业局文工团。可他们在长青仅仅生活了四年。安平两岁时，孟青枝便厌倦了那里。她嫌长青生活无聊，丈夫像个木偶被提来拎去，一到中小学的开学典礼或是职工代表大会召开，安玉顺就去宣讲他的战斗事迹，而那内容是千篇一律的。最要命的是安玉顺对出席这类活动不但不烦，反而得意，让孟青枝不能容忍。她喜欢骑马，他们结婚时，她特意从古约文乡牵来心爱的马，为它搭了马厩。可她在长青骑马出行时，人们都把她当怪物看，让她好生郁闷。林业局的领导也对安玉顺说，别让你老婆在街上骑马了，你是个英雄，影响不好。好像骑马的女子，都不贞洁似的。那匹马闲起来，威风扫地。而孟青枝生过安平后，迅速发胖，也是风采不再！她沉迷于酒中，容颜憔悴，上不了舞台，只能在文工团当道具师。孟青枝觉得自己再在长青待下去，会疯癫的，向安玉顺提出离婚。安玉顺不同意，孟青枝就说你真想和我过下去，就随我去古约文乡吧。这个要求让安玉顺为了难。古约文乡离长青有一百多里，即便他这个政委是个闲差，每年也有事务性的工作要处理，往来不便。安玉顺不想失去妻子，他找组织谈，组织又找孟青枝谈，折中的结果，他们到龙盏镇定居，这里离长青只有二十多里，往来方便。

孟青枝到龙盏镇的第二年，生下次子安泰。为了照顾丈夫孩子，她干脆不工作了。在她眼里，再好的单位都是囚笼，进去了就失去了自由。她一喝多了酒，就嘟囔自己年轻时怎么那么傻，进什么文工团，给那些并不懂得舞蹈的人跳舞！她说好舞蹈应该跳给月亮看，跳给河流看，跳给野花看，跳给心爱的马和心爱的男人看。龙盏镇的人知道她是因舞蹈与安玉顺结的缘，都逗她，安玉顺是你心爱的男人了？她噘嘴说，起先是，现在不是了，人们就笑。

安泰出生时，安玉顺又被授予一枚三级八一勋章，这在松山地区是绝无仅有的。也就是从那年起，刚兴建的长青烈士陵园，把入园处最显赫的位置留给了他，虽说那时他人在中年。

安玉顺夫妇的隔阂，始于这块墓地。孟青枝说他不该进烈士陵园，因为那里埋的，是真正的牺牲者，而他衣食无忧地活着。安玉顺则说他在战争中失去了胳膊和腿，早就作了牺牲，组织安排他进那块墓地，合情合理。孟青枝讥讽说，那该由他丢掉的胳膊腿进烈士陵园，而不是他！安玉顺被激怒了，说你是想让我到阎王爷那里，把炸飞的胳膊和腿弄回来，埋进烈士墓？孟青枝也不客气，说我就是这意思。安玉顺咆哮道，你这不是咒我死吗？孟青枝不卑不亢地说，你是英雄还怕死吗？

其实孟青枝对安玉顺的失望，源于安玉顺愿意进烈士陵园，意味着放弃百年后与她合葬，因为她是没资格进烈士陵园的。跟一个不想和自己葬在一起的男人过日子，对孟青枝来说，无异于抱着一坛馊酒，美味不再。

孟青枝就从别处寻找生活的滋味。她在古约文乡时，练就了一手刺绣的好手艺，她开始缝制婚服，招揽顾客。她拈着绣花针，在柔软光滑的丝绸上描龙绣凤。荷花鸳鸯、牡丹蝴蝶、喜鹊红梅、碧草蜻蜓、明月彩云、溪流红鱼，都是她热衷勾勒，也是深得新人喜欢的图景。她绣东西不重样，就说她绣的蝴蝶吧，没一只是一样的。而她绣同一种花儿，在姿态和颜色的处理上，也一定不同。她凭赏收费，家境殷实的人家，多给她钱，她也收着；贫寒的新人，不给她一分钱，她也乐意效劳。当然有人以物抵资，她也高兴。安雪儿童年时，最喜那些带着物品来做婚服的人了。物品的内容相当丰富，烟酒糖茶，肉干点心，衣裳鞋帽，手电筒，剃须刀，暖水瓶，甚至马吃的豆饼，都从酬劳的通道进入安家。

自从做起婚服，人们就管孟青枝叫绣娘了。

但安玉顺不叫她绣娘，他说这名字听起来像青楼女子的艺名，不名誉，仍叫她青枝。

安玉顺一天要叫她三遍"青枝"，天明、正午和夕阳西下的时刻。他喊她也没别的事情，只是因为一个时辰到了，百无聊赖地唤一声而已。孟青枝也不答应，她觉得他叫的其实是太阳，她不能代太阳说话。有时绣娘出去了，安玉顺就去马棚叫一声"青枝"，所以绣娘骑乘的马，至少有两匹，都以为自己的名字叫"青枝"。

绣娘除了做婚服，还喜欢冬季骑马打猎，夏季去河里叉鱼。绣娘打猎最浪费子弹了，不是她枪法不好，而是她一进山，拿酒敬奉山神时，自己也蹭上半壶。她的眼力和手力被烈酒一烧，成了逼近西山的太阳，一路下滑。她眼花手抖，自认看准了狍子或松鸡，可子弹掠过，它们毫发无损地逃掉了。她也曾把黑漆漆的树墩当成野猪，一通扫射，看着树墩不倒，她还嘟囔："轮到你转世了，别硬挺着了——"沦为笑柄。她叉鱼却是十拿九稳，这时她不喝酒，心手一致。她站在河湾，瞅准了鱼，用人字形鱼叉奋力一叉，水面的涟漪中，立刻泛起鱼血的鲜红，一条鱼随着鱼叉浮出水面。绣娘喜欢叉大鱼，她嫌小鱼刺多，吃起来麻烦。她不用挂网逮鱼，除了为了独享站在水中的那份快乐，也是想让鱼死得痛快。挂网打的鱼，往往欢蹦乱跳着，它们离死，还有一段挣扎的路途，而鱼叉能干脆利索地让鱼气绝。

后来政府收缴了鄂伦春人的猎枪，绣娘就没法上山打猎了。鱼叉她也懒得用了，因为水里的鱼和山上的野兽一样，连年减少，成了黑夜尽头的星空，很难发现闪光点了，渔猎工具在不知不觉间成了摆设。

安玉顺在生命的最后几年，因老年痴呆，不再出现在报告会现场。这时的他成了儿童，忽然可爱起来。绣娘从外面回来，他会拈着她脱下的衣裳，觑着鼻子闻味。若是闻到花香草香和肉香，他会咧嘴乐；要是闻到厕所味和集市的辛辣气，他就撇嘴。他上午通常安静，抱着拐杖，坐在窗前的圈椅里，呆呆地看天，可午饭一过，他就像接到了出征令，开始躁动不安了。他拄着拐杖，一会儿去灶房摸火柴，说他饿得慌，要点火做饭；一会儿又去找雨伞，说要下雨了，爹娘在地里干活忘了带伞，他得接他们回家。绣娘怕他玩火，把火柴都藏起来。而雨伞无论冬夏，总帮他备下，免得他找不到时心急。晚饭后的安玉顺，眼睛异常明亮，这时他会将铺盖用绳子捆起，背在肩上，在院子里驴拉磨似的转圈。绣娘问他这是干啥，他有时说逃荒，有时说迎亲，有时说打鬼子去。他转上两三个小时后，回屋放下行李，站在穿衣镜前，照上一刻钟，把自己看个够，叫一声阿弥陀佛，这才睡觉。龙盏镇人都慨叹，一个战斗英雄，没倒在枪炮下，却倒在了疾病的隘口，真是命呀。

安平不忍看小脑萎缩后痴呆的父亲，所以他探望他，通常上午来，午饭后离开。如果过夜，他不是去安雪儿的石碑坊，就是在酒馆混到夜深，待父亲睡了才回家。安平站在父亲床前，看着他熟睡的面容，默默垂泪。安玉顺去世时，在送殡的队伍中，作为长子的安平没哭，人们背地说了不少闲话。只有绣娘知道，他的泪流干了。

辛欣来作案潜逃后，绣娘连婚服也不做了，虽说夏季是结婚的旺季，来做婚服的人不少。绣娘几乎不着家，骑着白马在山里转。她带着猎刀、吊锅、火种和吃食，有时三四天才回来一趟。从她和白马空前的疲惫上看，她们走了很多路，却一无所获。她回到镇子要做两件事，去南市场给安雪儿买上一篮吃食，放到石碑坊门口，然后到辛七杂的屠宰场，仔细搜寻一遍，连仓房的米缸都不放过。

有一天，绣娘从山里骑马归来，带回两样东西。一个是活物，一只金毛带黑纹的小松鼠；一个是死物，一件千疮百孔的泛黄的白背心。她将松鼠装进笼子，送给安雪儿，想让活泼伶俐的小松鼠，给孙女带来些许快乐。安雪儿出事后，她不忍见她遭了蹂躏的模样，所以将松鼠笼子放到石碑坊门口，便转身走了。

绣娘接着去了辛七杂的屠宰场，她抖着手里破烂的白背心问他，这是你家那孽障穿的吗？辛七杂瞟了一眼，摇摇头说："那该死的嫌白色丧气，别说白背心，狗东西连白袜子都不爱穿！"

绣娘叹口气，明白她在山里捡到的背心，不是辛欣来丢弃的。她知道再搜寻屠宰场，也是徒劳，步履沉重地离开了。

绣娘出了辛七杂的院子，碰到背着药篓、要上山采药的辛开溜。他瞄见绣娘手中的背心，就像饥肠辘辘的人看见了刚烙好的手撕饼，两眼放光，激动得面颊潮红，说："在老柴岭捡的吧？那是我春天采药扔下的！你捡它做白马的汗巾？"绣娘听了，嫌恶地扔掉背心，气呼呼地说："我垫狗窝用！"辛开溜抽了一下鼻子，灰着脸走开了。

绣娘讨厌辛开溜，这个逃兵一直以与安玉顺作对为乐。安玉顺没退休前，每隔十天半月的，会去武装部上上班。从青山来的吉普车接安玉顺时，辛开溜常在山路上设置路障，横上两棵倒木，或是从山上推下几块石头。安玉顺失神的那几年，他更是幸灾乐祸，背地喊他安大傻。而安玉顺咽气的当晚，他居然去南市场买了两瓶烧酒，一斤猪头肉，大吃二喝的，把过年才点的红灯笼张挂出来。辛七杂知道后，气咻咻地提着杀猪刀，从父亲的门楣上扯下灯笼，将它当成西瓜，杀了个稀巴烂。

绣娘没心情回家，径直去了南市场，在酒馆枯坐一天。近年来因酗酒而亡的鄂伦春人接二连三，绣娘说过于贪恋酒，会毁了他们的民族，带头不碰酒了。她去酒馆，就是喝茶。日落时分，有人告诉她，安平回来了，他脸色铁青，扛着两袋东西，瘦得像个鬼。他进家后不久，骑着白马出来，马上驮着他带回的东西，先是去了辛七杂家，提了一把杀猪刀出来，然后出了镇子。绣娘听了一惊，推开茶碗，奔回家去。

马厩空空荡荡的，白马果然不见了。绣娘摸了摸马槽的草料，发现它很湿润，证明白马先前还在吃草。绣娘呜咽地叫了一声"儿子——"摇摇晃晃走出马厩。夕阳正好，可她觉得眼前发黑。

　　　　　　白马月光

六　生长的声音

是谁最先发现安雪儿开始长高的呢？无疑是她自己。

石碑坊的炉台，依照她的身高盘的，比普通炉台低三十公分。再低也不行了，那样炉膛吞吐量不足，劈柴燃烧不充分，屋子会冒烟咕咚的。即便这样，安雪儿站在炉台前，还得踏着炉旁一个两层砖厚的水泥平台，不然她将水壶坐到炉圈上都吃力。

安雪儿用的炉台是特设的，灶台却跟别人家一样，水桶那么高。面对灶台，她的身高应付自如。只是有一点不同，别的女人在灶台前哈着腰，她直着腰，能更清楚地看到锅里饭菜烹制的成色。她煮的粥，不会糊锅底；她炒的菜，也绝不会过火。

安雪儿突然发现自己踏上炉前的平台时，炉台比以前矮了，原先在她胸部，现在降到腰际了，好像被谁凭空削去一截。她站在灶台前，也得微微含胸了。她不相信自己长高了，又和窗台比量。从前与她比肩的窗台，现在跟胸部一齐了！好像窗台老了，身子萎缩了。安雪儿吃惊极了！她的心咚咚跳着，又拿衣柜和椅子比较，发现衣柜不那么高高在上了，而椅子也不必跷脚坐上去了。她再奔向院子，跟院子的柞树比高，柞树也在生长，可自己明显比它长得还快，以往伸手够不到的枝桠，现在牢牢在握了。她仍不相信，又去和戳在墙根的那一块块石碑比，结果发现她与不同尺幅的石碑，都发生了高度对比的变化，她真的长个子了！

除了物体的参照，让安雪儿知道生长消息的，还有镜子。她发现自己的脸庞大了，鼻翼与颧骨间距加宽，眉毛和唇线也延长了。以往拳头般大的苹果，她要用刀切开，才能填进樱桃小嘴，而今能囫囵个儿啃着吃了。她的裤子都嫌小了，穿上后没有不短腿的了。衣裳上身后更是紧巴巴的，胸部的纽扣就像火线上的士兵，神经绷得紧紧的。安雪儿捂着咚咚跳动的心，对着窗外飞来的燕子说："我长个儿了。"对着沉默的石碑说："我长个儿了。"对着树下的蚂蚁说："我长个儿了。"对着夜晚的星星说："我长个儿了。"对着她头颅压出的深深的枕痕说："我长个儿了！"

安雪儿关门闭户近一个月了。绣娘嘱咐她近期不要出门，说是再坏的事情，跟风一样，人们热议一阵，也就过去了。安雪儿听了她的，拔掉石碑坊的电话线，反正她出事后，生意一落千丈，乏人问津。绣娘每次送东西，总是搁到门口，隔门提醒一声，就离开了。

绣娘在山中骑马，见多了被马蹄踏过的野花。它们折了腰，花枝零落，抖抖颤颤，一派颓唐。可过不了几天，也许就在一夜之间，那些生命力顽强的，又在清风雨露中傲然抬起了头！绣娘相信安雪儿是这样一枝花儿。

　　　　　　　　生长的声音

除了绣娘，常给安雪儿送吃食的还有辛七杂。他不打招呼，把吃食包裹在食品袋里，从门外撇进院子。卤煮五花肉，酱焖猪蹄，油炸猪脑，葱花油饼或是肉馅包子，都是他亲手做的。有一次油饼正落在青石碑上，那张焦黄的饼，看上去就像谁撒的纸钱。

　　强奸案刚发生时，对那种凌辱场面的强迫性回忆，以及身体被撕裂的痛楚，让安雪儿茶饭不思，以泪洗面，彻夜难眠。她恨不能化成一块劈柴，被人填进炉膛烧成灰！后来绣娘和辛七杂不断送她吃的东西，她尝试着在食物中忘却这一切！她开动身体的马达，让肠胃高速运转起来，将他们送来的吃食，风卷残云地吞掉，这时她的大脑一片空白，饱胀之后只有一个睡的心思，身心的痛楚都在微妙地减弱，她一发不可收地热恋上了食物。她仓房米缸的大米直线下降，三十斤装的圆鼓鼓的面袋，以往能吃仨月，现在半个月就瘪了肚子。只要看见吃食，她就流口水。夜里躺在床上，万籁俱寂时，她能听见身体生长的声音。她周身的关节喊里喀喳地响，像是举行着生命的大合唱；她的肚腹好像蒸腾着沸水，噗噗直叫；她的指甲嫌疆域不够辽阔，哗哗地拓展着势力范围；她的头发成了拔节的麦子，刷刷地疯长着。

　　她听着自己生长的声音，安然入睡。

　　为了证实自己长高了，安雪儿打算出门，看看镇子里人的反应。刚好绣娘给她送来一只松鼠，她有出去的由头了。

　　初夏时节的龙山常常云雾缭绕，安雪儿作出出门的决定时，连日大雾，她只有等待。她怕雾中人们视线不好，再把她看低了。

她终于盼来了一个美丽的早晨！阳光好得能看清蜘蛛在树间扯下来的细弱蛛丝。安雪儿过年似的，愉快地装扮起来。她洗脸梳头，搽了香喷喷的雪花膏，高高吊起马尾辫，别上唐眉送她的镶嵌着水钻的蝴蝶夹。在衣裤的取舍上，她颇费周折。它们显小了，但她没有更大的，只好迁就。她选择了一条蓝地白花的锥形裤，裤腿高吊着，那些花儿就给人飞翔之感。为了配裤子的颜色，她穿了一件大翻领的白衬衫。怕纽扣吃不住劲崩断露羞，她将胸部的两颗扣子剪掉，朝边缘处挪了挪，飞针走线地缝上。她换下拖鞋时，才发现自己的脚，比个头长得还猛，鞋架上的鞋子，成心跟她过不去似的，全撇脸子，给她小鞋穿，挤得她脚趾生疼，她只好趿拉着拖鞋出门了。她的脚趾本来芸豆般大小，现在却像芍药的蓓蕾，圆润可爱，粉红娇嫩。这样的脚趾当然值得炫耀了。

　　她提着松鼠笼出了家门。

　　安雪儿揣足了钱，她这一长个儿，衣裳鞋帽全成了过季的花儿，得重新添置了。还有，仓房的米缸和面袋都快空了，她得买粮食了。

　　她最先去的单四嫂家。这段时间她关门闭户，单四嫂几次敲门，想进来看她，她都谢绝了。安雪儿担心单四嫂忌恨，用塑料袋提上一只猪心作礼，这是辛七杂一大早送过来的。

　　单夏正握着刷子，守着只铁皮桶，在院子里给黑驴刷毛。每到月中，单四嫂都吩咐他给黑驴通身清理一下，所以这头驴，是龙盏镇最干净的牲畜。

　　　　　　　　　　　　　　　　生长的声音

安雪儿叫了一声单夏，可他没听见似的，不吭不响，依然埋头干活。倒是黑驴偏过脸，鼓着眼看了一眼安雪儿，"啊呜——"叫了一声，勾了下左前蹄。

单四嫂摊完了一天该卖的煎饼，正抱着它们出煎饼屋，打算放到独轮车上，推到南市场去卖。猛一眼看见安雪儿，竟未认出，问："你找谁呀？"安雪儿抿着嘴，调皮地眨着眼睛。单四嫂从她眼底的波光中，看到了熟悉的光芒，仔细再瞧，认出她来，惊叫一声，怀抱的煎饼掉地上了！好在煎饼用纱布裹着，没怎么脏，可是新摊的煎饼鲜香酥脆，是小姐的身子，经不起摔打，没一张完整的了。

安雪儿从单四嫂的表情上，看出了自己的惊人变化，她期待她能够说出来。语言在此刻就是老师手中的判题笔，虽说她知道自己做对了一道难解的题，可不被打上对号，心里还是打鼓。

单四嫂捶着胸说："老天爷，小仙，这些天没见，你怎么长这么高了？！石碑坊来了仙人了吧？怪不得我叫门你总是不开！"

安雪儿吁了一口气，说："哪有什么仙人啊。"

单四嫂指着笼中的松鼠，期期艾艾地说："难道它就是仙儿？——"

安雪儿摇着头说："这是绣娘送我的，我正想问问您，它爱吃什么呀？我这几天净喂它馒头渣了，它好像不大爱吃！"

"它要是普通的松鼠，我知道它爱吃啥；要是仙儿，人家吃啥喝啥，咱咋能知道呢。"单四嫂说。

“它就是一只平常的小松鼠嘛。”安雪儿说。

单四嫂说：“松鼠牙齿好，凡是带壳的东西，它没有不喜好的！松子，瓜子，花生，榛子，核桃，对它来说都是亲娘！”

安雪儿点着头，将猪心递给单四嫂。

单四嫂一看，惊喜地说：“单夏最爱吃它了！他没得病前，还说一头猪要是长着七八颗心该多好哇，这是你给我们买的？”

安雪儿如实相告，这是辛七杂送她的。

单四嫂立刻灰了脸，将装着猪心的塑料袋，挂在门把手上，失落地说：“他给你心，你给了我，他知道了不生气吗？”

安雪儿说：“又不是人心，他生的什么气呢？”

单四嫂红了脸，不再纠缠这颗心，她吆喝单夏停下来，说是再洗刷下去，黑驴就成白驴了。

安雪儿提着松鼠笼出了单四嫂家。

松山地区的冬天，太阳通常很低，低得就像一只吊在头顶的输液瓶，面色昏黄，无精打采。夏天的太阳却不一样了，它经过一个长冬的疗治，再经过一个春天的颐养，丰盈美丽，光芒四射！而且它跟安雪儿一样长个儿了，高高在上！这时节的太阳很有点大管家的意味，山林，河流，庄稼地，道路，房屋，没有一处不见它影子的。安雪儿感觉太阳细心得连她的身高也管，她穿鞋的时候，感觉阳光在鞋底聚集，凝结成一副金色鞋垫，无形中为她增高了。

快到龙脊路时，安雪儿放慢了脚步。这条路是南北两翼人们走动的必经之路，人多，车多，游走的牲畜也多。不用说别的，镇子里的路灯都是单排的，而龙脊路却是双排的。不过这双排路灯，平素只亮一排，只有重大节日和上级领导来视察，它们才同时亮起。若不是节庆，人们见龙脊路两翼通明，便骂，"他妈的上头又来人了！"

安雪儿一踏上龙脊路，就感觉气氛不对。路上的行人三三两两的，都在议论着什么。一辆警车从镇政府方向疾驰而来，朝西坡驶去。警车屁股后面跟着三条狂奔的狗，汪汪大叫。狗的身后，远远跟着一群老人。安雪儿诧异，碰见挑着担子卖豆腐的老魏，连忙叫声"魏叔——"打听镇子出什么事了。

老魏跟单四嫂一样，开始也没认出她，他说："你是外乡来串亲戚的吧？没听说以后再死人，不能用棺材下葬了，得炼成灰，装进骨灰盒？预备下寿材的老人不干了，去镇政府闹，一生气砸了玻璃，我们镇长这个小妈养的，这不让派出所的警察，来抓带头闹事的老人了吗？"安雪儿这才明白，那三条跟着警车的狗，是因为它们的主人在车上。其中两条狗她认得，白蹄花母狗是王铁匠家的，黄公狗是李木匠家的，他们都是高寿之人。

"你咋知道我姓魏？"老魏忽然反应过来，"啪"地放下担子，定睛看着安雪儿，看出真面目后，咧着大嘴"嗨哟——"叫了一声，上了什么大当似的，拍了一下大腿，晃着脑袋说："是小仙呀！你能出门了？怎么几个礼拜不见，模样和声音都变了，个头儿也蹿了？"

安雪儿盯着老魏的豆腐担子，木板上那些莹莹欲动的豆腐，把她馋坏了，虽说早饭她吃了一碗粥，两个馒头。她放下松鼠笼，掏出钱对老魏说："我想吃两块豆腐。"

老魏从兜里扯出一只塑料袋，吹开袋口，用木铲撮了两块装进去，递给安雪儿说："小仙好久没吃我的豆腐了，白给你吃！"

安雪儿也不客气，把钱揣回去，接过豆腐，站在路上吃起来。她吃出一股拉风匣的声音，呼呼直响。眨眼之间，两块豆腐落了肚，塑料袋里只残留着豆腐溢出的一汪乳黄的汁液。

老魏是对眼儿，他的黑眼仁儿平素就像做了错事的孩子，半个身子躲在眼角里，可是他瞪眼时，黑眼仁儿就像一对蜜蜂飞出来了，这时的老魏看上去很有神采。他见安雪儿飞快吃掉两块豆腐，瞪着眼问她，还想吃吗？安雪儿盯着他的黑眼仁儿点点头。老魏豪迈地说，想吃的话接着吃，我一分不收！

安雪儿真的没吃够，她吃得太快，顾不上品咂。而人的喉咙像山谷一样幽深，好食物得细嚼慢咽，美味才会传扬。既然老魏舍得她吃，她便有机会让这样的山谷豆香气四溢。她自取豆腐，又吃了三块。这回她吃得慢，吃得美，软糯细腻的豆腐在她口中，是柔情似水的白娘子，由着她的舌头恣意品咂，直到软得化成泥，彻底被征服，她才送它们入腹。吃完豆腐，安雪儿只觉齿颊留香，余音袅袅。看来香气跟钟声一样，涤荡心扉，经久不散。

老魏目不错珠地看着她吃完豆腐，像是被噎住了，"呃"了一声，清了清嗓子，说："安小仙，你这么吃下去，我敢说，你得把自己吃成一头奶牛！"

龙脊路上的行人，本来议论着老人们围攻镇政府的事，人们瞧见老魏跟个陌生姑娘说话，以为他从外面领来了相好的，都凑过来。当他们发现那是长高了的安雪儿时，无不惊诧。他们告诉她，明年八月一号以后，亡者必须送到青山县火葬场，棺材一律销毁。他们忧心忡忡地问她，人死后挨烧时疼吗？人化成灰后，进了骨灰盒，是不是就不能转世了？

"人死如灯灭，转世个屁！"老魏说，"及时行乐吧！"

老魏是镇子的一个异数。他以前是青山县机修厂的车工，结婚不久，和他的女徒弟搞上了，被人在车间撞上。那时生活作风出了问题，是天大的事情，他被开除公职，老婆也跟他离了婚。老魏丢了工作，名誉扫地，在青山县待不下去，就到龙盏镇生产队，跟喂牲口的住在一起，赶马车挣工分。一到年终分红，他得了钱，就跟鹅似的，亢奋地伸着长脖子走了。十天八天后，他又像遭了瘟疫的鸡似的，耷拉着脑袋回来了。人们都说，他那是进城寻欢去了。生产队黄摊儿时拍卖牲畜，老魏买了头驴，又在北口买了个带院子的房子，做起豆腐。他做豆腐的手艺，还是在生产队跟郝百香学的。

郝百香的男人王庆山是伐木工，常年的爬冰卧雪，让他四十多岁时得了类风湿，从此后累活重活一样干不了，只得病退在家，种个园子，养个鸡鸭，靠妻子在生产队做豆腐撑持家。郝百香清早从家来生产队牵驴拉磨时，住在牲口棚的老魏就被扰醒了。

郝百香相貌平平，但却是龙盏镇最丰腴的女人。丰腴的女人，自古至今都是成年男人的致命杀手。郝百香有着浑圆的屁股，高高隆起的乳房，银盆似的脸庞。她自己就像一条豆腐，肤色白润，汁液饱满。男人们逢着她总要多看几眼，夸她前后都风光。前面的风光是指乳房，后面指的是屁股。老魏迷上了郝百香的风光，可她不待见他。为了讨好她，郝百香一来牵驴子，老魏便翻身爬起，帮她套驴。驴拉磨时，他瞅郝百香忙不过来，便帮她往磨眼里添泡涨的黄豆。郝百香明白，老魏帮她干活，是想吃她的豆腐，可她不想跟他胡来。所以老魏一帮她干活，她就赶他走。赶不走的话，她也不搭理他，就当雇了一个哑巴。

豆腐房哈气重，云雾缭绕似的，即使太阳出来，也伸不进脚来，所以豆腐房里仿佛没有黎明，这样的氛围让老魏更加想入非非。有一天他终于忍不住，在驴子转圈的"哒哒"声中，一把抱住郝百香，说你可怜可怜我，让我吃一次你的豆腐吧，我愿当你的驴子，一辈子给你拉磨！郝百香力气大，一把将他推开，说你再纠缠，我就把你剁碎了，塞进磨眼儿，磨成糊糊，压两板人肉豆腐，喂给全镇子的狗吃！老魏吓得差点没尿裤子，再不敢造次。郝百香再来牲口棚牵驴时，他动也不动。

郝百香最终在豆腐房突发心脏病死了，老魏伤心欲绝！有个夜晚他喝了一斤老白干，在牲口棚抱着郝百香役使的驴子，痛哭失声。老魏没把郝百香搞到手，但把她做豆腐的手艺学来了，他没法报答她，便报答郝百香的男人。老魏做豆腐，喜欢挑着担子，走街串巷地卖。他第一站去的，总是郝百香家，撂下担子，给王庆山送上一块热乎乎的豆腐。王庆山吃豆腐时，不止一次流泪说："怎么跟百香做的一个味儿呀。"老魏白送他豆腐吃，直到烟婆出现。

王庆山本不想再婚的，可郝百香死后第四年，他们唯一的孩子，在青山县二中读高一的儿子，一个周末的傍晚，和同学下河洗澡，意外淹死了。失妻丧子，王庆山绝望了，他拿根绳子，拴在窗帘杆上，想去西天与妻儿团聚。结果他刚吊起来，窗帘杆"咔嚓"一声断了，只磕掉他两颗门牙。王庆山认定郝百香另一世找伴儿了，不要他了。人没死成，王庆山镶好牙后，求媒婆给他找老婆，说一个人待在家里，总觉暗无天日的。可媒婆介绍来的女人，一见王庆山像个稻草人，家里又穷，没一个乐意的。正当王庆山灰心丧气的时候，媒婆又从煤矿给他领来一个女子。确切地说，是领来三个人，那女子带着七十多岁的娘，和一个未成年的女儿。

这女子是矿工的遗孀，个子矮矮的，脸黑黑的，言语不多，跟辛七杂一样，喜欢叼杆烟袋，牙齿焦黄，整个人就像一截黑烟囱，媒婆叫她"烟婆"。烟婆的男人死于瓦斯爆炸，她说打死也不会嫁下煤窑的了。听说王庆山没家庭负担，干不了重活，一天到晚蜷伏在家，烟婆一口答应了，说这样的男人安全，不会出事。还有，烟婆厌倦了矿区弥漫着煤尘的空气，媒婆口中山清水秀的龙盏镇，对她来说是一扇充满了诱惑力的窗口，她渴望着下半生能坐在这样的窗下过日子。烟婆做事干脆利落，不留后路，也不管人家能否相中她，卖房子卖地，把值钱的家当带上，一路向北，来到龙盏镇。

王庆山一见烟婆，心里直哆嗦。如果说郝百香是块美玉的话，烟婆就像茅坑的石头！他无法想象跟这样的女人睡一张床，何况她还带着一老一小！王庆山一口回绝婚事，烟婆却毫不退却。她在王庆山家门口搭起帐篷，安营扎寨，在杂货铺买上炊具，众目睽睽下，垒锅埋灶，打起持久战。每天做了饭，无论好孬，总给王庆山递上一份。这三代女人住的帐篷，也就成了龙盏镇一景，人们饭后溜达时，总爱去那儿瞧瞧。烟婆话少，但她有替她说话的，那就是半尺高的铜质长嘴茶壶。茶壶没断过茶，只要来了人，她就倒上一碗奉上，等于与客人说了万语千言。喝了热茶的龙盏镇人，都跟王庆山说烟婆是个好女人，没有不劝他娶她的。

烟婆一家从夏末住到深秋，风越来越凉，眼瞅着雪要来了，王庆山看着瑟瑟缩缩蜷在帐篷里的一家老小，终于咬咬牙，把她们让进屋，认了命。其实烟婆优点也不少，身体好，厨艺好，家务活好，还知道疼丈夫。不过她有一件事情心眼儿小，王庆山一和别的女人说话，她就生闷气。更过分的是，她还跟死人计较，当她得知老魏是因为对郝百香难以忘怀，才送他们豆腐吃，从此不碰老魏做的豆腐，好像那豆腐是郝百香的肉做成的。人们都说烟婆这是丧夫之后，得到王庆山不易，唯恐再失去，心理变态才这样的。

生长的声音

烟婆和老魏，是最让镇长唐汉成头疼的人。烟婆从她第一个男人的矿难赔偿中，积累了丰富的诉讼经验，维权意识强。她一成为王家女主人，便进城为王庆山独子溺亡事件讨说法。当年学校没给王庆山一分赔偿，烟婆认为不该。孩子是在校期间死的，他们有责任。因为过了诉讼时效，烟婆没法起诉，她就打扮成叫花子，到了上下学的高峰期，人流最旺的时候，披头散发地坐在青山县二中门口，抚掌大哭，说是她儿子上学期间在河里淹死了，至今无人给个说法，学校不是教书育人的地方，而是小鬼横行的阎王殿了！校长差保安把她赶走，可她力气大，磐石一般，两个保安都拖不动。接送孩子的家长们知道事情原委后，都以为她是淹死的孩子的亲娘，没有不同情她的，有解囊相助的，有帮助呼吁的，校长最终受不了烟婆的闹腾，专门召开校委会，校方拿出一万，又在教师间募捐了三千多块，一并给了烟婆。烟婆拿到钱，直奔商场。那是暑天，她先给家人各买了一双凉鞋，之后隆重奖赏自己。她买了紫地白花的雪纺绸衬衫，黑色蚕丝百褶裙，棕色羊皮鞋，然后找间厕所，换上新装，又去理发店做了头发，到饭馆吃了两海碗炸酱面，去茶馆喝了壶好茶，身心舒泰了，这才班师回朝。龙盏镇人自此对她刮目相看，王庆山也庆幸娶了她。

烟婆不仅为死去的人讨说法，也为活着的讨说法。王庆山是病退的林业工人，每个月仅能领到一千八百块工资，公费医疗取消后，他的大半工资都填进药篓子了，烟婆不平，说是她男人当年伐木，为国家建设出力了，不能病了自己掏钱吃药。一有药费票据，她就去镇政府。唐汉成知道她难惹，偷着帮她解决一些。后来她去得频了，唐汉成就不待见她了。不过烟婆有办法让他待见，只要看见镇子张灯结彩，大扫除了，镇政府办主任抓鸡牵羊，她就知道有重要领导要来视察。她拿着药费票据，隐藏在出口路的树丛中，看见一溜汽车驶来，便跳到路中央，拦住车队伸冤。几次下来，唐汉成只得低头，说服陈美珍，让烟婆去南市场当卫生监督员。这岗位是专为她而设的，不然也没个正当理由给她开钱。烟婆不过是戴着红袖标，每天在南市场走一遭，象征性地检查一番，每月便可领到七百块钱。因为这，南市场的业主背地都撇嘴，说瞧烟婆那模样，自身的卫生都没搞好，一天到晚蓬头垢面的，无论去哪儿，都跟狗舍不得扔掉没肉的骨头似的叼着烟袋，牙齿焦黄，哪有资格检查他们铺面的卫生？烟婆在南市场，还惯于做顺手牵羊的事情，检查卫生时，不是从这家摊床拿块姜，摸头蒜，就是在那家摊床拎棵葱，揣个鸡蛋，让业主们分外厌烦，但唐汉成和陈美珍，都不敢辞退她。

烟婆的闹，是为自家争利益；老魏的闹，除了为自己，也为他人。他喜欢新鲜事物，但凡城里有的，他认为龙盏镇也该有的，就会向唐汉成提议。比如有线电视、固定电话，龙盏镇人都比别的镇子拥有得早，与老魏三番五次的呼吁，不无关系。在老魏眼里，这是社会进步中，人应该享受到的福利，做镇长的，就该为镇子谋取。现在老魏又在缠磨唐镇长，说是青山县早就通网络了，街上随处可见网吧，龙盏镇也该有上网的地方。唐汉成说你一个卖豆腐的，上网干啥？老魏瞪着眼说，网上花花事多，看着有意思；网上新闻来得快，哪里有个灾有个难的，第一时间就能知道；网上还能找对象，用不着媒婆；最要紧的是，要是气不顺了，在网上穿个马甲骂骂人，也没人知道你是谁。唐汉成没好气地说："你去北口找老于吧，他那儿有网！"老于是个打鱼人，家中各种型号的网都有。

因为网络，唐汉成最近见着老魏，总是绕着走。

安雪儿吃过豆腐，朝南市场走去，老魏挑着担子尾随着。他见着人不吆喝豆腐，而是吆喝人，让大家看看安雪儿，"瞧瞧，你们还认得出安小仙吗？"

南市场的早点摊还没散，安雪儿到了后，又在众人的围观中，吃了两根油条，一碗绿豆粥，三个糖酥饼。人们惊诧地看着安雪儿，都不做声，心里有种说不出的惋惜。只有烟婆，叼着烟袋愉快地说："嘀，辛欣来这小子也算有功劳，小仙让他这一日弄，嚯，这不成了大姑娘了吗！"

老魏一向护着安雪儿，烟婆这么说她，他生了气，操起挑豆腐的扁担，"啪嗒"一声，打落了她的烟袋！这杆乌木玛瑙嘴的烟袋，是烟婆那矿难死去的男人送她的，是心爱之物，老魏打掉烟袋，等于掘了她前夫的坟。烟婆愤怒了，她捡起烟袋，红着眼冲向老魏，用烟锅"啪啪"敲他的脑壳，骂："你找死不是！"

老魏跳着脚说："你才找死呢！明年第一个进焚尸炉的，一准儿是你这个母夜叉！"

烟婆哈哈一笑，仰着脖子说："中！要是我第一个进焚尸炉，也算抢个头彩，这辈子值了！"

他们吵得正欢，绣娘来了。绣娘一到，他们立刻闭了嘴。在龙盏镇，没人敢在绣娘面前撒泼。老魏挑起担子，悻悻地接着卖豆腐去了，烟婆则用袄袖擦掉烟袋上的灰，点了一锅烟，"吧嗒吧嗒"猛抽几口，呼出一口长气，检查卫生去了。

绣娘看着安雪儿，就像望见了雪山，打了个寒战。安雪儿叫了一声"奶奶"，绣娘没应，她便又叫了一声"奶奶"。绣娘终于忍不住，颤着声说："你不是叫我绣娘的么——"绣娘落泪了，安雪儿却一点难过的表情都没有，她的兴趣点还在吃上。当她看见对面卖水果的摊床挂出了一串香蕉，口水又不争气地流出来了，她撇下松鼠笼，奔那月牙儿似的香蕉去了。

绣娘擦干眼泪，吃力地蹲下身子，打开笼门，将亲手捉来的松鼠放掉。那只松鼠饿坏了吧，出笼的一瞬，它先是大胆地吃掉安雪儿遗落在地上的糖酥饼渣，然后才拖着蓬松的大尾巴逃跑。

绣娘提着空笼子站起的一瞬，只觉天旋地转，好像太阳掉下来，一头钻进了笼子，刺得她睁不开眼了。绣娘一阵恶心，扑倒在地。松鼠笼滚了几下，在绣娘脚畔停下。它看上去就像一只镂空花瓶，插满阳光。

七　追　捕

太阳是地球的长工吧。一年四季，极少见它歇息。

它在夏季尤其能干，早晨四点多出来，下午六七点钟才走，一出工就是十多个小时。也不知到了这时节，老天能否给它加点工钱。

安平骑着白马，在林中没追捕到辛欣来，却随处可见太阳的踪影。太阳没白出工，它的活儿干得也漂亮，山林因它而蓊郁，溪流因它而温暖，野花因它而繁盛，鸟儿的叫声因它而明丽。走在被太阳照耀的夏日山林，就是走在天堂！

安平出来十多天了。他带了足够一个月生活的食品，肉干，酱菜，风干肠，炒米，食盐，压缩饼干等等。当然，帐篷，吊锅，火种，刀斧，手电筒，指南针，常规药品，避蚊油，这些野外生活的必备品，也一样不少，搭在马鞍上。白马老了，力气不比从前，但依然勤恳，灵敏。狼，黑熊，野猪，这些威胁到主人性命的动物，一旦被它发现踪影，就会及时摆脱掉。聪明的马，既是主人的奴仆，也是保镖。

安平带了一张松山地形图，对辛欣来可能的藏匿点作了种种分析。他知道自己犯了死罪，一定会朝人迹罕至之地逃亡，远离居民区和公路铁路所经之地。而他成功逃脱后，随着时间的推移，夏尽秋来，他还面临着食物匮乏、恶劣天气、疾病等死亡的威胁。而这其中最难忍的，也许是孤独！安平盼望着辛欣来有一天意志崩溃，走出深山自首！

他这么判断，不是没来由的。

这次押运枪支，安平他们乘坐火车执行任务，因为火车比公路安全。安平跟两位同事——大徐和小蒋，晚上八点半，登上开往松山的列车。夏至后的日头，就像泡酒馆的酒徒，红红的脸，下山很晚。他们上车时，天刚黑起来。因为执行特别任务，院领导准许他们包下一个软席包厢。安平他们上车后与列车长取得联系，希望必要时予以协助。

大徐比安平小九岁，一米八的个头，四方大脸，大嗓门儿，硬朗剽悍，喜欢吃，喜欢讲笑话，是法警队的副队长。就是这样一个天不怕地不怕的汉子，第一次执行枪决任务时，竟然尿了裤子。事后他跟安平说，他并不是怕，而是看到枪口下的死刑犯尿了裤子，想着这是他们最后一尿，忽然觉得尿裤子是件无限美好的事情，所以他一边开枪，一边恣意地也将尿撒在裤子里。小蒋未婚，二十多岁，纤细，因为气色差，脸上好像从未晴朗过，人们都叫他"小阴天"。他言语不多，但很机灵。他来法警队三年，只是开庭时押犯人到庭，还没执行过枪决任务。上级法院一安排他执行任务，简直邪门了，他的心脏立刻跳到每分钟一百三十次以上，血压像牛市的股票一样，一路飙升，只好住进医院。而医生每次给他检查后，都说他心血管并无病变，他的症状是过度紧张和兴奋导致的，神经性的。为了这，小蒋专门在黑网站上，下载了几款危险又刺激的杀人游戏，闲来无事就打。那个巴掌大的游戏机成了他的好伙伴，随身带着。他在虚拟的杀人场，是个夺命高手，一路冲关，毫无惧色。他做好了实战的充分准备，可临到要执行任务，他又会像被雷电击中的树一样，倒伏在病床上。所以废除枪决的法令下达时，小蒋既兴奋又沮丧。兴奋的是他不用再那么丢人地突然躺倒，沮丧的是他在游戏中练就的高超杀人本领，永远失去了实战的机会。

那天小蒋带了不少吃食，酱牛肉，卤鸭脖，熏豆干，咸鸭蛋，五香花生米，罐装啤酒，小二锅头等，满满当当的一大袋。他说他妈知道他和领导出行，特意预备的。可押运枪支非同小可，安平下令不得沾酒，就是上厕所，他们也是轮流去，保证包厢有两个人在，以备不测。干吃酒肴，却不能碰心爱的酒，大徐抓心挠肝的，直说这是入了洞房，偏偏新媳妇不让睡她，活活憋死人！安平见状，准许他喝一罐啤酒解解馋。

大徐启开啤酒，嘴唇一触着啤酒沫，便幸福得摇头晃脑的。他敲了一下车窗，无限陶醉地说："老天真赏脸，给咱这么好的出门天气，还帮咱备了下酒菜，又是烤鸡，又是虾球的，真不赖！"

大徐把大半个金黄的月亮比喻成了烤鸡，把星星比喻成了虾球。

安平说："照你这么说，银河就是啤酒池了？"

"那当然！"大徐将啤酒递给安平，说："来两口，我知道你也馋！咱平时三四两白酒都没问题，几罐啤酒，小菜一碟，一泡尿也就没影了！"

小蒋也怂恿他，"安队喝一罐吧，我坐火车从来睡不着觉，你们就是醉倒也没事，我来守夜。再说没人知道咱们出来干啥，包厢没外人，门闩一拉，就是独立王国！你们放心，哪怕苍蝇进来，我都会折断它的翅膀！"

大徐哈哈笑了，说："安队，你看小蒋多懂事，这么好的年轻人，一准儿能找到好媳妇！有他在，咱高枕无忧，来一罐吧。"

未等安平答应，小蒋已启开一罐啤酒递上，安平只得接了。那漫溢的雪白的啤酒沫，就像一朵绽放的梨花，幽幽发光，散发着春天般的芬芳之气，安平禁不住诱惑，和大徐对饮起来。

他们慢慢喝掉一罐，大徐觉得不过瘾，趁小蒋去厕所的工夫，他咧着嘴，也不商量，像个故意耍赖的孩子，又启开两罐。安平这次主动接过来，一口气喝掉半罐。他压抑，太需要酒的抚慰了。大徐知道安平的郁闷源自何处，他隔着茶桌，将手伸向好友的肩头，拍了一下，说："老哥，相信我，辛欣来没多大的尿水，孬种一个！我连襟不是在公安局刑警队吗？他跟我说当年审讯辛欣来时——哦，就是引发山火的那次，这小子开始两天嘴硬，坚持说自己没在林子里扔烟头，可他们揍他几顿，夜里不让他睡觉，一天只给他一顿饭，这小子抗不住，立马认账了！我估摸着他逃进深山，现在只有一个活的念头，不会轻易暴露行迹，搜捕也难。再过几个月，等天儿冷了，长夜漫漫，缺衣少食，他受不了，就得往有人烟的地方挪动，抓住他迟早的事儿！"

安平听闻青山县公安局的个别刑警，在审讯嫌疑犯时，如遇不畅，有私下动刑的行为。尽管大多时候，他们因此获取了真实的口供，得以破案，但屈打成招也是有的。在安平眼里，这是对人肉体的征服，而不是灵魂。那些受了冤屈的犯人，心底会埋下仇恨的种子，多少年的劳教都无济于事。这样的犯人一旦出狱，就是一颗流向社会的炸弹，十分危险。

虽说被打的人是辛欣来，让安平心里痛快了一下，但他还是对大徐说："动刑采口供我还是反对的，冤案十有八九是这么来的。"

大徐说："他们不动刑也不行啊！那场林火，当时松山地委领导下令，十天内必须找到火灾原因！辛欣来在火灾那天恰好从那儿经过，身上有香烟和打火机，再说他进过一次监狱，有前科，不锁定他锁谁吧？"

"他招了，可证据在哪儿呢？"安平问。

"老哥，你可真迂！这还不简单，找俩证人，给他们点好处费，就说那天他们看见辛欣来在那一带林间吸烟了，提审他时再给他几颗烟抽抽，悄悄留下烟头，就说在案发现场的公路提取的，口供物证俱全，证据链形成，不就结案了？只要在规定时间内对上有了交待，对下你就是抓一百个冤死鬼，谁会追究呢？"大徐说，"再说辛欣来不是好货，也冤枉不了他。"

"照这么办案，我毙掉的人中，会不会有屈死鬼呢？"安平忧心忡忡地说。

"就是有又能怎么着？死刑核定跟咱们无关，说穿了，你我不过是一枪手！就是真有屈死鬼，那是他自己的命！"

安平不由得倒吸了一口冷气。

大徐见安平阴沉着脸，以为他是因有朝一日辛欣来伏法，不用吃枪子而难过，他同情地说："也他妈巧啊，枪决早不废除晚不废除，偏偏赶在安小仙出事这节骨眼上，我知道你心里憋屈！其实就是真的抓到他，判他死刑，你与这个案子有瓜葛，上头也不会派你去处决他。不过你放心，一旦抓着他，我找哥们儿，把他折磨够，再让他死，不能便宜这小子！"

安平说："怎么折磨他？"

"他不是强奸了咱闺女吗，放警犬咬他的屌！"大徐说，"辛欣来是个畜生，咱就用狗对付他！"

安平说："大徐，要是在旧社会，你就是黑道上的老大！"

"你以为现在就没黑道了？安队，你不是跟我装糊涂吧？黑白两道通吃的领导，你就真没听说过？"大徐正想展开来说，小蒋回来了。小蒋一回来，他们就把话题转向别处了。尽管小蒋脸上不晴朗，但心底还充满阳光，他们不想让年轻人过早知道社会的黑暗。

小蒋说他上完厕所后，特意在软席过道观察了一番，往来的旅人没有形迹可疑的，叫他们放心吃喝，就当是旅游度假。

大徐说："小蒋，要不你也来一罐？以毒攻毒，多喝几次，你的酒精过敏，就治好了！"

小蒋说："万一还是过敏呢？我明早起来一脸的痘痘，咋见人呢？"

大徐打趣小蒋："你不会对女孩也过敏吧？"

小蒋抽着唇角问大徐："那徐队说说看，对女孩过敏啥症状？"

大徐挤眉弄眼地说："你睡一个女孩就知道啥症状了！飘啊——飘啊——"大徐一手拎着啤酒罐，一手握着啃了一半的鸭脖子，双臂张开，作飞翔状。

小蒋"哼"了一声，撇着嘴说："谁又不是没飘过——"，踩着踏板，一纵身跃到上铺去了。

大徐瞪大眼睛，"嗨"了一声，对安平说："听听，咱还以为人家是个童子，谁知人家早飘过了，看来'新枪'比'老枪'厉害啊。"

小蒋从上铺探过头来，打着响指，说："新枪哪如老枪厉害，老枪都是身经百战的！"

大徐和安平放声大笑起来。

他们将小蒋带的六罐啤酒喝掉后，大徐跃跃欲试地拿起小二锅头。他见安平坚决地摇头，只好亲了一下酒瓶，说："小娘子，今夜朕不敢临幸，明儿好好宠你！"把小二锅头投进食品袋中。

他们清理完茶桌，大约十点半了。安平和大徐分别去了趟厕所，回来后将包厢门反锁上。让他们意外的是，声称在火车上从来睡不着觉的小蒋，已打起了呼噜。

大徐说："少喝还真对了，靠他值宿儿别想了。"

安平说："年轻人觉多，让他睡吧。这样我值前半宿，后半宿你来。"

大徐也不客气，说："那我先睡了，后半宿一定叫醒我啊，你知道我觉沉，一觉就是天亮。"

安平答应着，熄了灯。

安平和大徐睡下铺。大徐睡眠好，头一挨着枕头，鼾声就起来了。自从安雪儿出事后，安平就没睡过一个囫囵觉，每每夜半起来喝闷酒，直至天明。

以前安平乘火车，听着车轮碾压铁轨发出的"咔嚓"声，会有一种说不出的亲切感。这宛若冰河消融的声响，总令他想起李素贞温柔的脸庞，想起安雪儿天使般的容颜。可那个夜晚，这声音却像无形的尖刀，戳着他的心。安平知道烈酒是起效最快的止痛剂，但他明白重任在肩，不能再沾酒了。可夜深时分，他胸闷难忍，终于没能忍住，将手伸向了装着小二锅头的塑料袋。

行进在松山地区的列车，多不整洁。安平他们身处的包厢，被褥散发着一股霉味，枕头好像从煤坑滚过，黑黢黢的。而那对开的墨绿色化纤窗帘，窗帘钩缺损，拉不严实，不过这样也好，月亮能照进包厢，即便熄了灯，也不昏暗。安平没费眼神，就把二锅头拿在手上。烈酒浸润喉腔的一瞬，他觉得一缕阳光从心中倏然升起。见大徐和小蒋睡得熟，他索性将窗帘彻底拉开，对着大好夜色，畅快地独饮着。

安平记得离开包厢的准确时间——零点一刻。因为那时火车刚好经过南伊岭法场，他看了一眼腕上的夜光手表。想起曾在这一带处决过一个女人，那女人要求松绑时，最终是一条狼帮的忙。安平无限感慨，对着窗外轻轻说："不是你怪罪我没给你松绑，报复我来了吧？真是这样的话，你冲我来啊，别冲我的雪儿，她是那么的弱小！"安平哽咽了。

就是那一瞬，安平突然想，如果辛欣来逃到这一带山中，想着案发多日了，公路铁路的盘查松懈了，他要逃到山外去，也许会踏上这趟夜行列车。这样一想，他坐不住了，干掉瓶中酒，像战士听到冲锋号角似的，不假思索地爬到上铺，取下陪伴了他多年的那杆枪，拎着它出了包厢，朝硬座车厢走去。

他们这次是便衣出行，对枪支也精心作了伪装。上缴的五支枪，有半自动步枪，也有自动步枪，制式不同。安平用的这支56式老款，用麻绳和防雨布单独捆扎，填充了棉花，使它上下一般粗细，从外观看不出枪的形态。另外四支枪呢，两两相捆，分别装入青山木器厂所出产的落地灯的包装盒，伪装成地灯。

那趟车的软席在列车中部，安平先向车头方向搜寻。软席挨着餐车，他路过餐车时，发现这时辰了，那个黑瘦的、留着八字胡的列车长，在享用一碗热气腾腾的馄饨。一个穿白服的女服务员，用不锈钢的托盘，给他端来米醋和辣椒油。辣椒油一定是新炸的，从厨房飘出浓烈的香辣味。从青山上车后，安平曾与这位车长取得联系，说是押运枪支，请他多加协助。他当时看了安平的工作证和单位介绍信后，很热情地说："没问题，我们是连续千日运行无事故的列车，放心吧！"不过此刻安平拿着枪从他身边经过，他头都没抬，目光始终在那碗油汪汪的馄饨上。

过了餐车，是硬卧车厢，旅人都睡着。安平想辛欣来潜逃，是临时上车，卧铺紧张，他不可能买到票的。安平匆匆走过两节硬卧，到了硬座车厢，神经立刻绷紧了。无论男女长幼，他都怕是漏网之鱼，仔细打量。因为男人装扮成女人潜逃，不是没有的。而现在一些高仿真人皮面具，能把小伙变成老汉，把中年人变成少年。未到运营高峰期，硬座车厢还有空座。旅人大都睡着，睡得千姿百态，有的倚窗仰着头，有的趴在茶桌上，还有的把头搭在相邻旅客的肩膀上。在安平眼里，逃犯就是一副倒扣着的扑克牌中的一张，真凶未现时，所有的牌——那些看不见脸面的人，都是可疑的。安平从未这么没礼貌过，一再将趴在茶桌的旅客推醒。他们睡眼蒙眬抬头的一瞬，安平会说声对不起，找错人了。

安平搜查到第三节硬座车厢时，列车停靠在松涛站台。这是个五等小站，停车两分钟，上下车的旅客稀稀拉拉的。安平路过车厢门口时，无意间朝月台望了一眼，这一望不得了，他发现最后一个朝出站口走去的人，无论身形还是步态，像极了辛欣来！安平头脑一热，不假思索地跳下列车。而等他冲到出站口时，背后的列车"哐当"一声，像是痛快地放出一个响屁，舒舒坦坦地离开了站台。

一般的小站，夜深时分的出站口形同虚设，松涛小站也不例外。你看不到验票员，出站口的栅栏门，就像站街女的裙衩大开着，安平顺利出了站，而他盯着的人，还没步出站前广场。安平快步奔向他，未等出手，那人听到身后异样的脚步声，回过头来。薄白的灯影下，安平看见了一张尖嘴猴腮的脸——哪里有辛欣来的半点模样啊。这张脸就像墓道的一块青砖，令安平绝望，他颤栗着，怒吼着："妈的！谁让你走路这个姿势的？滚吧！快滚，不然老子拿枪崩了你！"

那人吓得撒腿就跑。

安平茫然四顾，扔下枪，瘫软地坐在地上，哆哆嗦嗦地掏出香烟。广场水泥地凉意森森，沁人肌骨，他仿佛坐在冰面上，阵阵发抖。他多么希望此刻发生一场大地震，让大地的裂缝作为墓穴，埋葬他啊！

安平吸第二颗烟的时候，有两个人一前一后朝他走来。他们一高一矮，都很瘦，路灯将他们的影子拉得很长，好像他们拖着尾巴，给人鬼影的感觉。

这是两个在出站口揽活儿的出租车司机，高个儿的开夏利轿车，矮个儿的开摩托车。他们眼见他出了站，却滞留站前，过来问他是否用车。高个儿的说乘他的轿车快，矮个儿的说坐他的摩托车便宜。

他们的出现，让安平彻底醒过神来。他对高个儿夏利车主说："兄弟，我想追上刚才那趟去松山的火车，多少钱都可以，帮帮忙！"车主一抖肩膀，不解地说："你不是刚从这趟车下来吗？"安平点点头，说他有癔病，一到旅行就发作，刚才在车上喝多了酒，车到松涛，仿佛听见有人在月台上喊自己的名字，迷迷瞪瞪就下来了。可车上有他的同伴，他们明晨要到松山执行任务，必须追上火车。矮个子这时靠近高个子，悄悄扯了一下他的衣袖，压低声说："咱别是遇见鬼了——"安平赶紧站起，将警官证递给他们，说他是人。他们看了证件后更加害怕，有癔病的人怎么能做警察呢。他们转身要溜的时候，安平把兜里的钱悉数掏出，说只要他们帮忙，这些钱可作酬劳。那沓钱仿佛最美的人间消息，留住了他们，也团结了他们。高个儿的接过钱，一张张捻着，对矮个儿说："是真钱。"矮个儿的抽出一张，跑到路灯下仔细照了照，回来对高个儿的说："不是纸钱，他不是鬼。"

高个儿的和矮个儿的走到一旁，商量了两三分钟，回来告诉安平，这生意他们做了，两辆车同时启动，摩托车主顺道先把他的车送回家，然后他们一起开夏利车追火车。安平拎起枪，跟着他们走到出租车前时，猛然想到应该先给大徐打个电话，告诉他和小蒋千万别声张。他掏出手机，才发现这里没信号——松山地区还没实现无线通讯网络的全覆盖，而松涛不幸是其中之一。安平想，已经这样了，只能听天由命了。

摩托车主家离车站很近，驱车两三分钟就到了。矮个儿送回摩托车，拎了一条尼龙绳出来，他讪笑着，歉意地对安平说，只有绑了他的手脚，他们才能安心上路。安平知道他们担心什么，答应了。但他提出到了能通手机的地方，请他们帮自己拨个电话。

安平他们所乘的那列火车是慢车，时速在六七十公里，他在松涛站耽搁了大约半小时，如果路况好，车的性能好，两三个小时追上火车应无问题。可那辆夏利车是二手车，性能差，时速到一百公里时，就像中风了，浑身哆嗦，要散架似的。而且那一带公路不平坦，也开不快，急得安平眼睛生疼。他们行驶了五十分钟，经过玉林站时，与安平一同坐在后座的摩的司机说，这里有信号，可打电话了，帮他掏出手机。

手机一到摩的司机手上，就唱起了歌儿，有电话呼入了，摩的司机连忙把它举到安平耳畔，是大徐打来的："安队，你在哪儿？！"

安平说："我不小心掉下火车了，别急，人没事，我租了车，正追火车，天亮前会合。"

大徐急切地问："少了杆家伙，在你手上吗？"

安平说："在。"

大徐带着哭腔说："安队，你可不能干傻事，害人害己啊！"

安平的眼睛湿了。

事后青山县法院的人，都把安平携枪下车的事，当作一个笑话来讲。一个老法警，带着杆被层层包裹的没有子弹的枪，哪里是追捕逃犯，分明是追鬼啊！看来仇恨和酒一旦相遇，人就丧失理智了。

　　最先发现异常的是小蒋，他夜里醒来，打开床头灯，发现安平不在，以为他去厕所了，等了十来分钟，未见他归，心下生疑，仔细一看行李架，少了一杆枪，赶紧叫醒大徐。大徐一看枪不在了，吓得腿软，一遍遍拨打安平的手机，可总是无法接通，急得他直想跳车。小蒋害怕，劝大徐报警。所以安平还没追上火车，警车先把他追上了。

　　青山县法院院长多方疏通，最终把此事低调处理了，就说安平由于多年做法警，心理压力大，阵发性精神病发作，致使中途携枪下车，撤掉他法警队队长职务，让他病退了。大徐跟安平受了牵连，法警队有两名副职，他本来排在前面，应该在安平正常退休时接任他，因为押运枪支出事，作为同行者，他负有责任，所以排在他后面的刘副队长，一跃做了法警队队长。

　　大徐郁闷，怀疑小蒋陷害了他们。他明明知道押枪不能喝酒，非要带酒上车。他说自己乘火车从来睡不着觉，可他睡了不说，还在关键时刻醒来。最让大徐起疑的是，当时他打不通安平的电话，听手机提示音，安平不在服务区，应该说是手机未关，看来他行动自主，没有潜逃的可能，可小蒋非要报警。结果报完警不久，大徐就与安平联络上了。如果小蒋不夜半醒来，如果他们坚持不报警，安平会追上火车，在某一站再登上列车，浑然不觉地回到他们中间。大徐甚至怀疑那些酒菜，是刘副队长备下，让小蒋带上车的。

　　安平却不这么看，小蒋带上车的即便是炸弹，只要他们不碰，它怎么可能爆炸呢！错儿还是在自己身上。

安平搜捕辛欣来，手上的武器是辛七杂弃之不用的七寸杀猪刀。很奇怪的，安平出发前去辛七杂家讨要这把刀，一踏进他家院子，未等张口，坐在白桦树下的木墩上抽烟斗的辛七杂，只是扫了他一眼，就明白他来干什么了。辛七杂将烟斗灭了，起身去屠宰棚，拎出这把刀。安平将刀拿在手上时，辛七杂嘱咐着，"逮着那小子，想干掉他的话，捅他心窝子，他单薄，一刀就透了！看在我的面子上，给他个痛快的死吧！"

安平定睛地看着辛七杂，脊背发凉，他觉得那把刀是那么的沉重。

看来一个人心里的杀机，是逃不过一个老屠夫的眼睛的。

安平没有追捕到辛欣来，却看见老鹰追捕上了兔子，蛇吞下了地老鼠，小鸟围歼着虫子，蚂蚁啃噬着松树皮，蜜蜂侵入野花的心房，贪婪地吸吮花粉。万物之间也有残杀和凌辱，不过这一切都静悄悄地发生着，有的甚至以美好的名义。

这一夜安平宿在溪畔，内心总有不安的感觉。拴在一旁的白马不停地倒蹄，一只猫头鹰端坐在黑漆漆的雷击树上，像是丧夫的女人，发出哭一样的叫声。安平睡不着，他到溪畔洗了把脸，捡了颗石子，朝猫头鹰撇去。它不但没吓跑，反而更加嚣张，变着调地叫，忽而"哈哈"似大笑，忽而"哝哝"似低语，忽而"啊喀"似咳嗽。安平看着猫头鹰的眼睛发出的幽光，恐家里有事，赶紧收起行囊回返。

八　女人花

王秀满被杀，至少让三个女人，看见了婚姻的曙光。她们中有两个是为自己看见的，另一个是为别人看见的。

辛七杂丧偶，陈美珍觉得让女儿摆脱陈媛的大好时机到了。因为唐眉只要外出，会把陈媛送到辛七杂那儿——送别处陈媛也是不干的，除了卫生院，她只乐意待在辛七杂家。陈媛喜欢看辛七杂宰猪，喜欢吃他炒的辣椒腰花，喜欢闻他的烟斗弥漫出的香气，甚至搭在晒衣绳上的辛七杂的衣服，她都钟情，每每见了，会把脸贴上去。辛七杂爱穿古铜色的衣服，跟他的脸色一致，所以陈媛的举动，人们都理解为她在婉转亲吻辛七杂。最让人惊奇的是，一到下雪天，她就从西坡来到北口，捕捉辛七杂的脚印。辛七杂中等身材，但脚出奇的大，是龙盏镇唯一穿四十六码鞋子的男人。他留在雪地的脚印，又深又大，每一个都像一眼泉！陈媛把脚伸向这样的雪窝时，会发出陶醉的笑声。所以王秀满在世时，曾对辛七杂说，万一我哪天没了，就把陈媛娶回家吧，这傻丫头一门心思对你好，嫩成，丰满，一副旺夫相。

唐志得知姐姐把一个痴傻的女同学带到身边，曾在越洋电话中提醒母亲，同性恋在国外屡见不鲜，唐眉和陈媛没准是对恋人，否则她怎么会为她，牺牲自己的青春和爱情呢！陈美珍觉得儿子说得在理儿，几次三番"棒打鸳鸯"。陈美珍先是要把陈媛送到松山市老年公寓，院长那儿她都说好了，可唐眉威胁说，陈媛要是进老年公寓，她就跳崖！陈美珍以为女儿怕陈媛缺乏家庭温暖，不舍得送，特意跑了趟陈媛的老家，说通陈家人，只要他们肯接回陈媛，精心照料，她每年给他们一万五千块钱。陈家老小，无不欢喜，因为陈媛一夜之间从家中的包袱，变成了金条！陈媛的父亲立马放下农活，跟陈美珍北上，来到龙盏镇。可唐眉坚决反对，说是陈媛回老家，他们会把她当牲口使，日日往田里驱赶。陈美珍无奈，作出妥协，说是可以让陈媛留在龙盏镇，但不能和她住一起，让陈媛寄居红日客栈，费用她出，唐眉每周见一次陈媛。

　　红日客栈的老板娘刘小红，是青山县水利局局长屈承业的妻子。当年屈局长在外养小，要和她离婚，刘小红气不过，去纪委告他生活作风腐化，屈承业怕受处分，回家住了，不再提离婚的事情。但他们依然同床异梦，屈承业一直找机会摆脱她。刘小红在电业局上班，按当地政策，女性工人到了五十岁就得退休。屈承业熬到她五十岁时，在龙盏镇西南角的云水街，给刘小红买下一处门面，随她退休后做点什么，变相把她驱逐出家。如今屈局长和刘小红的独子在外读大学，刘小红十天半月才回家一趟，屈局长独自在青山县，明目张胆地住情人家了。

刘小红的婚姻名存实亡，可她与人说起丈夫，还一口一个"我们家老屈"，好像别人都不知道她的家事似的。她的客栈规模不大，上下两层，两百多平米，但布局合理，没一米是浪费的。楼上八间客房，楼下两间小屋，一间灶房，其余是餐厅。红日客栈之所以生意好，因为有两个金字招牌，一个是厨子葛喜宝，一个是服务员林大花。

葛喜宝是安泰的小舅子，鄂伦春人，四十来岁，扁平脸，小眼睛，大嘴巴，一头卷毛，又矮又胖，喜欢烈酒。他原来是古约文乡招待所的厨师，鄂伦春风味菜做得地道，青山县领导接待上级领导，往往去古约文乡，很大程度上是为了品尝葛喜宝烹制的佳肴。葛喜宝从古约文乡迁居到龙盏镇，是因为他妻子因病去世后，他常常酒后去山上的墓园，睡在妻子的坟旁，也不管他年幼的孩子。有一年冬天，他醉倒在坟旁，几近冻僵，被拉烧柴的人救下。葛喜宝活下来了，但被冻掉两个脚趾，从此他走路就跟鸭子一个风格了。安泰的妻子葛秀丽怕弟弟长此下去，会疯癫了，劝他离开古约文乡。赶巧那年刘小红的客栈开张，正缺一个厨师，就把他介绍来了。安泰夫妇在东南岗帮葛喜宝买下两间屋，他带着儿子葛小宝，搬到龙盏镇。改换环境后，葛喜宝果然变得活泛了，客栈常传出他的笑声。青山县的头头脑脑知道葛喜宝来到龙盏镇，也都高兴，因为来这儿享用鄂伦春风味菜，比去古约文乡近便多了。而唐汉成接待上级领导，必定有一顿饭，会安排在这里。红日客栈有两个大冰柜，藏满了松山地区的野物，飞龙，熊掌，狍子，野鸡，犴鼻子，雪兔等，大都是国家禁猎的动物。它们从什么渠道来，食客们心照不宣，但没谁戳穿这个。摆在客栈明面的菜单，罗列的都是小鸡炖松蘑、酸菜汆白肉、鸭血豆腐、地三鲜等家常菜，看不到一个野味。但进出其间的熟客，都知道它是靠野味装门面的。

红日客栈的另一块金字招牌林大花，是烟婆的女儿。她初二就辍学了，说是再读下去，她会和单夏一样疯掉的。她喜欢音乐，会拉手风琴。烟婆怕女儿出去受欺负，不让她离开龙盏镇，给她买了手风琴，还让她跟绣娘学习刺绣。别看烟婆衣着不整，一口黄牙，随意吐痰，她深知琴声和绣品，对女孩来说，是身上的两道华美流苏，会为女儿找个好人家增加砝码，所以她舍得花钱，请音乐老师上门，提高林大花的琴艺。林大花在学琴上听了母亲的，但她讨厌刺绣，一拈绣针就头疼，她去了绣娘那里三五回，再不去了。

不知是来自煤矿的缘故，还是父亲的死，给她留下的阴影太深了，林大花惧怕一切与黑相关的事物。天一黑她就不敢出门。她不吃黑木耳黑豆黑芝麻，连黑鞋黑袜都不穿。一见着黑狗黑马黑猪黑鸭子，她就像撞见了鬼，吓得掉头就跑。烟婆给她的零用钱，她都买了各色美白霜，涂了脸了。她住屋的窗帘是白色的，像是病室。夏天无论阴晴，她总是打伞出门，当然，她从不打黑伞。冬天北风呼啸时，她怕吹黑了脸，用围巾把脸包住，只露一双眼睛。

烟婆个头矮，骨盆大，壮硕，大脸庞；林大花中等个儿，小骨架，单细，瓜子脸，细眉细眼的，加上皮肤白，格外秀气。刘小红开客栈时，看上了林大花的灵巧，雇她做服务员。烟婆想，女儿在家干闲着，也没更好的前途，红日客栈有背景，来这儿吃饭的头头脑脑多，女儿被有权有钱的人相中的机会多，所以刘小红一约，烟婆谈了个好工钱，让她来了。

林大花不仅自己来，还带来两样东西，手风琴和一套火罐。王庆山常年腰骨酸痛，烟婆给他拔火罐时，把这手艺传给了女儿。林大花除了打扫客房，客人有个头疼脑热时，她会拔火罐助疗，所以红日客栈的老熟客，哪怕身体没有不适，也会让林大花给拔火罐，图个舒坦。打她主意的客人，不是没有，但林大花从不上钩。烟婆一再跟她说，她没有好出身，没有好工作，也没有惊人的美貌，这在现世，等于是个"三无女人"，前途出现彩虹的几率少，一定要保护好自己的处女身，这对某些看重它的男人来讲，就是豪车宝马！所以烟婆跟警察似的，晚上常去红日客栈巡查，看看她都和什么人在一起。

陈美珍想把陈嫒安置在红日客栈，一方面为了唐眉，一方面也是为自己，她怀疑丈夫和刘小红有染，因为没有上级领导来，唐汉成也常去那里，说是馋葛喜宝做的菜了。每次从红日客栈回来，陈美珍为了试探他是否偷腥了，主动求欢，但唐汉成总找各种借口推脱。那样的夜晚，唐汉成呼呼大睡，陈美珍辗转难眠。

　　　　　　　　　　　　女 人 花

她心里清楚，唐汉成从未爱过她，虽然他们有了两个孩子。近年来陈美珍数次到大城市，做过多项医疗美容，割眼袋，点痣，去除脂肪粒，隆鼻，打瘦脸针等，受了不少皮肉之苦，想塑造一个全新的美丽的自己。开始时起到奇效，皮肤变得滋润了，脸颊秀气了，人也年轻了许多。但新皱纹层出不穷，她动刀带来的新鲜，保持不了多久。陈美珍一再做医疗美容，恶果终于显现，脸部就像经历了大地震似的，鼻子歪斜了，脸颊不对称了。最恐怖的是眼角，一再缝合皱纹的结果是，眼皮绷得鼓似的，眼睛闭不严了，睡觉时欠着条缝儿，一副死不瞑目的表情，唐汉成不止一次说他是跟鬼睡在一起，伤透了陈美珍的心。而这个刘小红，相貌倒不出众，一张马脸，细长的眼睛，平淡无奇的鼻子，嘴有点大，但她有两大优势，一是皮肤白皙，二是头发乌黑柔顺。这一黑一白，占尽了女性的风流。陈美珍与刘小红年龄相仿，可她头发白了多半，三四个月就得染一次头，不然鬓角就像悬了支鹅毛笔。而刘小红的一头秀发，就像茂盛的椴树丛，充满生命力。龙盏镇人背后议论刘小红，说她以客栈为家，看来客栈有她喜欢的。有人说她喜欢的是唐汉成，还有人说是葛喜宝。陈美珍觉得刘小红不会喜欢一个厨子，再说葛喜宝说过，他喜欢鄂伦春女人。

如果陈媛住进红日客栈，既可让唐眉与之疏离，唐汉成来客栈吃饭的夜晚，陈美珍也能以探望陈媛为由，上门盯梢。可唐眉说红日客栈气场不好，刘小红也不像个善主儿，陈媛去了那儿，没准儿被逼卖淫呢，坚决不许。陈美珍虽遭拒绝，但因为女儿说刘小红不好，她心里很是受用，所以常把这话当作武器，在丈夫面前亮出，敲打唐汉成。

陈嫒没去成红日客栈，但陈美珍从此不再怀疑女儿与她是同性恋了，因为这个计划落空之后，她耳闻女儿与驻军部队的汪团长交往甚密。汪团长常驱车来卫生院开药，也常派车接唐眉去部队为他诊病。谁都知道，驻军部队的医疗设施，比镇卫生院要好得多，而且唐眉学的是药剂专业，看病并不精通。人们背地议论唐眉做了汪团长的情人时，陈美珍倒是长出一口气，这毕竟证明了女儿性取向正常。但陈美珍并不希望唐眉与他交往下去，因为汪团长有老婆孩子，即便他为唐眉离婚，陈美珍也不愿女儿做后娘，所以她还是想搬开陈嫒这块绊脚石，给唐眉找个称心如意的郎君。

陈美珍快到辛七杂家时，没闻到熟悉的蒿草味，便知他今天没做生意。辛七杂宰猪，怕猪的呻吟骚扰邻居，总是用一根细麻绳捆住猪嘴，所以你不能从声音判断他有无生意，但他宰猪时会烧蒿草除秽，从气味能探明屠宰棚的情况。

辛七杂站在院子里，正望着晒衣绳上的衣服发呆。

辛七杂与父亲长得一点都不像。辛开溜刀条脸，小眼睛，鼻孔像号角似的朝外翻，薄唇鼠牙，头发和胡子稀稀拉拉的，走路很轻，像风一样，整个人就像一只螳螂，细脚伶仃，有几分怪诞；而辛七杂国字脸，浓眉大眼，厚唇，大板牙，浓密的头发，黑苍苍的胡子。脚大，走起路来咚咚响；手也大，臂力过人，拎起一头两三百斤的猪，毫不费力，说话粗声大气。女人们背地说起这父子俩，都说他们没有骨血关系，因为实在找不到相像的地方。

辛家的住屋与屠宰棚，好像妻妾关系，共用一个院子，但地位不同。住屋是正房，面积大，地势高，东西向，南北通透，敞亮；屠宰棚是偏厦子，南北向，屋檐低，只有三十平米，正中央是一个两米来长七八十公分高的松木架，是屠宰台，也可说是猪的尸床，油汪汪的，沾着各色猪毛。东北角一口大锅，烧水燀猪毛用的，西南角是一口压井。压井水质差，只能洗涮，不能饮用。屠宰棚不像住屋只开一个门，它两面开门。东门是对开的高门，或者说是猪门，待宰的猪和肢解了的猪，是从东门运进运出的，因而东门外有个可以停车的空场，还有一个小化粪池。杀猪产生的垃圾，入了化粪池沤肥，被辛七杂上到田里，种了黄烟了。西门是单扇的宰门，走人用的。没有生意时，东门反锁着，西门虚掩着，辛七杂可以随时走进屠宰棚，磨磨刀，或者打扫一下屠宰架。一般的屠宰棚都有股血腥味，辛七杂家的却没有。诀窍在于他屠宰时，点燃的那盆蒿草。蒿草盆就放在屠宰架下。蒿草燃烧产生的奇异香气，抹灭了杀猪的气味。所以屠宰棚东门外的一角，还有一个蒿草垛。龙盏镇的农人，知道辛七杂需要蒿草，清除田里杂草时，碰到这种草，有心眼儿好的，就把它们挑出，顺手带回，也不告诉他，直接扔在蒿草垛上了。

辛七杂是屠夫，他爱屠宰棚一直甚于住屋。在他家的院子，以往得宠的是"妾"，可王秀满遇害后，他开始恋着住屋了。王秀满枕过的枕头，盖过的被子，穿过的内衣，趿拉过的拖鞋，还都散发着她的体息，他想她时，会忍不住闻它们。王秀满持家所用的鸡毛掸子、笤帚、拖把、铲子、锅刷，像一行行离人泪，更是令他心碎。没她把持，这些物件就像陪葬物一样丧气。最让他受不了的是，以往晒衣绳像一条彩虹，搭满了一家人的衣服，五彩缤纷，悦人眼目，现在只剩下他的衣裳，有如乌云压顶，令他压抑。原来没有女人的日子，是这么没有生气和光彩啊。

辛七杂看见陈美珍，以为她是为猪蹄上门的，她喜欢吃这口，在龙盏镇是出了名的，为的是美化肌肤，所以他见着她就说："今儿没宰猪。"

陈美珍说她今天来不为猪蹄，而是为了人。

辛七杂想猪蹄的事情可以在院子里敞开说，人的事情通常复杂，就得进屋说了，把她让进屋。他要泡茶时，陈美珍摆摆手，说："你给我卷颗黄烟，用太阳火点着，我馋烟了。"

辛七杂扯过炕头装着黄烟叶的桦皮筲笋，用裁成条状的废报纸，卷了支喇叭烟，走出屋子，踌躇一番，去了屠宰棚，用火柴点着，回屋递给陈美珍。她深吸一口，赞了声"好香"，左手夹烟，右手如探测仪，在火炕、桌子、窗台一一抚过，然后张开右手对辛七杂说："看看，这屋子灰多大！屋里没个女人，日子就没个光鲜劲，灰呛呛的！"

辛七杂赶紧拧了一条湿毛巾递给她。

陈美珍叨着烟，擦掉手上的灰，目光放在五屉柜顶的废报纸

女人花

上，说："我瞅着没几张了，回头让人再送一摞，反正镇政府订的几份报纸，都是上面摊派的，也没人看，倒不如裁了卷烟。"

辛七杂叹口气，说："秀满不在了，她不卷黄烟抽，要报纸也没用了。"

陈美珍知道辛七杂抽烟斗，用不上报纸的。她"唉——"了一声，说："我上次来这儿，嫂子坐在院子里卷烟，还跟我开玩笑，说是老天知道她识字不多，才让她使报纸卷烟，边抽边学字了。她让我看她卷的烟，烟身都是些什么字。别说，那些字中，还有个'喜'字呢！我告诉她后，她还把那支烟揉碎了，换了张纸重卷，说是儿子还没结婚，得给他留着'喜'字，不能抽掉了，唉！"

辛七杂揉了下鼻子，说："字有什么对错呢，就是抽掉'悲'字，剩下的也不都是喜哇。"

陈美珍说："就是，说穿了，人得认命！命里无子莫强求，命里不能白头的，你就是死死拽着对方的手，也是白搭，阎王爷想让谁散，谁就得散！可是命里注定的姻缘，你就是隔山隔海，历经七灾八难，最后还得在一起，真正的鸳鸯是拆不散的，就像你和陈媛。"

辛七杂怔住了，喉咙发出"呃——呃——"的声响，瞪大眼睛，定定地看了陈美珍半晌，然后转身，放开大步，逃难似的冲到院外，将她丢在屋里。等他再回来时，头上戴了顶簇新的灰蓝格鸭舌帽，嘴里衔着烟斗。

陈美珍见他平静地吸着烟斗，以为他想通了，便说给王秀满烧过百天后，她就为他们筹备婚礼。她做陈媛的娘家人，自然会陪送些东西。她问辛七杂想给家添置点什么，换一台大彩电，还是要台全自动洗衣机。

辛七杂"嘻——"了一声，摇了摇头。

陈美珍以为他不想要彩电和洗衣机，说："那我给你买辆摩托车吧，日本原装进口的！你那台破摩托，骑了十来年了吧？费油不说，漆掉得像得了红斑狼疮似的，看上去寒碜，再说坐垫也烂了，跟马蜂窝似的！"

辛七杂还是摇头。

陈美珍以为他忌讳摩托车是日本进口的，劝道："小日本再不好，他们造的东西抗使，不爱犯毛病，你跟东西置什么气呢。"

辛七杂只得说："这婚事我不能答应。"

"为啥？"陈美珍急了，"你嫌她傻？"

辛七杂不语，只是"吧嗒吧嗒"抽烟。

陈美珍说尽了娶陈媛的好处，甚至以一个痴傻女人床上应有的妙处来引诱他，辛七杂还是不动心。陈美珍气疯了，离开他家时，将五屉柜上的废报纸悉数卷起，塞进灶坑，点燃了它们。

辛七杂却不生气，他正需要一团火。陈美珍一出门，他就摘下鸭舌帽，顺势填进灶坑，借着报纸的余火烧了它。

这顶鸭舌帽是他先前到院外点烟斗时，单四嫂送给他的。由于背光，她朝他走来时，他没看清她手上拎的是帽子。等她走到跟前，扬起手，把鸭舌帽戴在他头上，他才明白自己被"加冕"了。单四嫂只是温柔地说了句"正合适"，转身走了。辛七杂明白，她一定是看见陈美珍进了他家，而且猜到她为何而来，才急三火四地示爱。

王秀满遇害后，单四嫂来过两次，一次要帮他洗衣服，一次要帮他打扫屋子，辛七杂都谢绝了。王秀满尸骨未寒，辛欣来不知所向，他哪有心思想这些。即便有一天想了，单四嫂也不对他的心思。辛七杂同情她，甚至想将来可以让单夏到自己的屠宰棚做个帮手，每月给他开个千头八百的，帮她减轻点负担，但让他娶她，门儿都没有，他不喜欢单四嫂的高颧骨和薄嘴唇，这样的面相一脸的寒冬气象——而娶女人不就是图个温暖么。他还不喜欢她在南市场卖煎饼时，总拿单夏说事。她挂在嘴边的话是，"买几张煎饼吧，就算可怜我那呆儿子了。"纵使贫穷，辛七杂也不喜欢一个女人没尊严。还有，安雪儿遭辛欣来强奸时，她撞见了，既没阻止，也没喊人来阻止，辛七杂觉得她心狠。她对外的解释是，她从小听大人说，看见动物交媾，把它们打散会交霉运。

其实辛七杂心里一直深藏着一个女人，她叫金素袖。

三村和五村，是龙盏镇下辖的两个自然村。三村四十多户人家，五村只有二十来户。三村处于山间平原，土质肥沃，日照充足，临着格罗江，气候湿润，适宜农作物生长，那里种植的小麦和大豆品质好，因而被松山地区行署划定为特供粮食基地。绿色种植、人工收割和传统深加工，是这里出产的粮油品的三大亮点。

绿玉牌麦麸粉和流金牌大豆油，使三村富庶，也让它声名远播。

金素袖是流金牌大豆油的创始人，她开的榨油坊是三村最大的，采用人工作业，有四户人家跟着她做。作坊有一辆大货车，两台四轮车，七八个壮劳力。到了榨油的旺季，满村子飘荡着豆油的香气，所以三村的女人不用涂香脂，身上也总是香喷喷的。

金素袖比辛七杂小四岁，娘家是五村的。她嫁给三村的李来庆时，才十七岁。之所以早嫁，是因为家穷，哥哥们娶不上媳妇，金素袖和姐姐，便用出嫁换来的礼金，让哥哥们成家。金素袖未到婚龄，她和李来庆结婚，只摆酒席，未领结婚证。等到她生下一儿一女，方才补证。不过金素袖的两个孩子长大成人后，她却闹了场离婚，轰动一时。

李来庆是家中独子，生性顽劣，最喜斗羊。金素袖嫁到李家，等于嫁进了羊群，他家有上百头的羊。三村的居民，多是山东后裔，他们保留着家乡斗羊的传统，每家饲养一两只用于斗羊的公羊，春播之后，择个好天气，牵着它们聚在村委会的小广场上，决一胜负。李来庆家的公羊，几乎年年都拿冠军。因为喜欢斗羊，李来庆和羊的关系，比和人的关系还紧张，他总是千方百计地挑衅公羊，以激发它们的斗志。三村的斗羊，逐渐演变成节日后，龙盏镇人就有专程来此观赏的。唐汉成灵机一动，将三村的斗羊挪到龙盏镇，定名为龙盏端午斗羊节。附近村镇喜欢斗羊的人，到了五月初五这一天，会牵来各自的羊，参加比赛。金素袖的婚姻，就毁在斗羊节上。

女人花

有一年，李来庆的羊输给了五村许大发的羊。次年许大发牵来他的冠军羊，李来庆见它威风不减，畏惧自己的羊再度落败，趁人不备，在后场给许大发的羊灌了泻药。结果可想而知，许大发的羊临到上场，屎尿俱下，不战而败，李来庆的羊赢得冠军。许大发垂头丧气地牵着羊离开斗羊场时，辛开溜悄悄告诉他，他的羊被下了泻药，而这药是他配的。辛开溜懂得中草药，常自己配药。他配的泻药，动物吃了以后的情态，与兽医站开出的泻药，是不一样的，只有他看得出来。而李来庆在斗羊节的前三天，到他那儿买了泻药。

许大发本来就对李来庆耿耿于怀，他喜欢金素袖，可他家穷，拿不出礼金，眼睁睁地看着心爱的姑娘嫁给了李来庆。许大发虽说娶了媳妇，但心里总拿她和金素袖比，一比就伤悲，因为老婆无一样比得上金素袖。所以辛开溜把真相告诉他后，许大发立即将这消息在斗羊场公之于众。虽然李来庆不承认，但明眼人都看得出来，许大发的羊确实遭暗算了。金素袖因此和李来庆闹起了离婚，她说男人可以输，但不可以用卑劣手段逞胜，她不能和人格有污点的人生活在一起。李来庆不同意离婚，金素袖就到青山县人民法院起诉。法院多次调解，金素袖的一双儿女也替父亲求情，她却毫不动摇。李来庆终于被激怒了，同意离婚，说两条腿的驴子不好找，两条腿的女人遍地都是，谁他妈的离了谁不能活？离婚后金素袖开榨油坊，生意越做越红火；李来庆依然养羊，并且报复似的，离婚当年，就从绿岗镇领来一个寡妇，也没领结婚证，两人就过上了。

榨油产生的油渣，是上好的饲料，所以金素袖的榨油坊，还开了养猪场。三村五村养猪户多，辛七杂常开着四轮车下村收猪，宰杀后卖给青山县农贸市场，或是龙盏镇南市场的肉贩，从中赚个差价。他每次去三村收完猪，总要到金素袖的榨油坊打上一壶油。那只油壶很小，五斤装的，辛七杂吃油又狠，所以十天半月的就得来打油。王秀满不明就里，曾买了个十斤装的油壶给他，可辛七杂说新榨出的油好吃，依然用五斤装的，这样他可以多跑几趟榨油坊。

金素袖明白辛七杂的心思，也钟情于他，但这个屠夫有个忠厚的老婆，她只能在他用太阳火给她点烟的那个时刻，分享一份美好。辛七杂对她说过，除了王秀满，外人当中，他只给她用太阳火点烟。

王秀满不在了，辛七杂很久没下村收猪了。金素袖怕他受了刺激消沉下去，正打算去龙盏镇信用社存钱时，顺道看看他，不想辛七杂却在黄昏时分上门了。金素袖隔着窗，见辛七杂没开四轮车，知道他不是收猪来的，她的心跳加快了。榨油坊的一个伙计在院子里捡豆子，他见着辛七杂，"啊呀"叫着，说："辛哥，你真是瘦了！可得看开哇，该吃得吃，该喝得喝，该收猪还得收猪，日子不能不过啊！"

金素袖推开榨油坊的门，走到院子里。她看到夕阳中的辛七杂果然瘦了一圈，但他瘦得比以前精神了，腰直溜了，显得挺拔，而且眼睛里多了一种东西——悲伤中的柔情，分外动人。辛七杂打量金素袖，发现她也瘦了，而她的眼睛里也多了一种东西，似有星光闪烁，不像以前虽是明净的，但缺乏光彩。

辛七杂本不想这么快来榨油坊的，但陈美珍和单四嫂相继上门，让他坐不住了，眼前总是闪现着金素袖的影子。烧掉鸭舌帽后，他洗了个澡，刮了胡子，换上干净衣服，骑着摩托车奔三村来了。他本该早就到的，但骑到中途，想起王秀满，他胆怯了，折了回来。他进了屠宰棚，用杀猪刀划了一下左手中指，流了些血，平静一番，然后取了空油壶，放到摩托车后座上，低声呼唤着王秀满的名字，告诉她自己本不想去榨油坊的，但家里的油壶空了，他不得不去了。如果她愿意，就跟着一道去。

辛七杂确信王秀满真的跟着去了，因为金素袖跟他打过招呼，他返身去拿油壶时，发现摩托车后轮的车圈里，夹着一枝野百合！

辛七杂来的路上，经过一片开满野花的草地，知道王秀满喜欢花儿，特意岔过去，骑了一段，请她赏花，不曾想车圈竟夹了一枝她至爱的花儿！这火红的野百合，让辛七杂想起多年前王秀满来找他的情景，想起他们的初夜，他心惊肉跳，羞愧不已，没敢多停留，打满油后，赶紧离开榨油坊。

九　格罗江英雄曲

格罗江是松山地区流域面积最广的河流，四百多公里长。因为地处北疆，冰冻期长达一百多天，所以冬天的时候，它仿佛成了盲人，被厚厚的冰层覆盖。但只要寒流不再成为统治者，这条江便在暖风的爱抚下，春心荡漾，在四月中下旬，涣然冰释。当冰排像熠熠闪光的报春花，从江上呼啸而过，格罗江的眼睛就睁开了！在中国的江河中，因为它流经之地人烟稀少，地域广大，未被工业化的废水废气污染，两岸没有冒出黑烟的大烟囱，而是一座座宁静的村落，格罗江的眼睛少有的深沉、清澈、明媚。

这条江初始波澜不惊，江面狭窄，水浅，像个羞涩的少女；到了中段，它是一条硬铮铮的汉子了，江面开阔，波涛翻卷，水声滔滔，气势宏大。而格罗江的下游，就像一位饱经沧桑的老人，江水幽深，风大的夜晚，山岭夹峙的江水，就像在唱一曲凄婉的爱情咏叹调。

一到格罗江活跃的时节，白云就是它怀里的常客了。

松山地区的白云多姿多彩，它们有像花朵的，有像老鹰的，有像牛羊的，有像房屋的，有像锅碗瓢盆的。白云变幻极快，一眨眼的工夫，像花朵的白云谢了，成了一地豆子；老鹰变成了篮子，好像谁要提着它去采摘什么；房屋从一层变成了两层三层，让人慨叹天造房的神速；而那看上去银光闪亮的碗，三秒五秒的，成了一只高颈花瓶了！白云倒映在江水的时刻，盘旋在江上的鸥鸟，会俯冲下来，用翅膀轻轻拍打着，它们大约想不通，天上的奇迹，何以到了人间？

龙盏镇在格罗江的下游，而距龙盏镇五十多里的驻军部队，离三村不远，也在它的下游。

驻军部队是有番号的，番号对外是不公开的，附近的老百姓也不关心番号。因为它驻扎之地，多有野狐出没，人们都叫它野狐团。大家这样称呼这支部队，也隐含着一种美好的期许，一旦边境上起了冲突，野狐团当骁勇善战，所向披靡——狐狸是多么的精灵古怪啊！这支部队自建国时起，就一直驻扎在此。初始是两个连，其后是一个营，现在是一个团的规模。一个团有多少士兵和装备？这是三村五村的老百姓，茶余饭后最爱谈论的话题。他们把部队附近的山，全都看成工事。有人说临江的两座山被掏空了，里面装满了武器装备；还有人说夜半时，听见轰隆隆的打雷似的声音，可月亮高吊着，夜空无比明净，那是部队趁黑在运进坦克。距野狐团不远的地方，有一个无人涉足的山洞。关于山洞的成因，有两种传说。现实的传说是，这个山洞是建国初士兵们开掘的，装武器弹药的，后来因为蛇恋上了这个洞，夏季游来乘凉，冬季入穴冬眠，这个洞就废弃了，成了蛇的天下，所以洞口被经年的林木和野蒿，自然封上了。而神话的传说也与蛇有关，说是一条在松山地区称霸的巨蛇，最怕光明，于是命令小蛇们开凿山洞，供其休憩。巨蛇要求，这个山洞要有吃的，有喝的。小蛇们除了凿洞，还得掘泉，并不时捕捉蛤蟆和小鸟，运进来供其享用。不效力的小蛇，会被巨蛇咬死。所以传说中的蛇洞，充满了恐怖意味，胆大的人都不敢进山洞。这一带的蛇多为背上有花纹斑点的草蛇，两根筷子那般长，行动迅疾，喜食蛤蟆，人们以为它们是传说中巨蛇的后代，心存惧怕，因而尊称它们为"花老爷"，希望在山里碰见它们，不被伤着。这个洞也就叫"花老爷洞"了。

野狐团的士兵来自天南地北，本地人极少。龙盏镇人最熟悉的士兵，就是安大营。

安泰有两个儿子，安大营和安大庆。安玉顺晚年患有老年痴呆症时，基本不认人，常把儿子当成上门讨饭的，而将上门做婚服的，当作亲戚，拉着人家的手，泪涟涟地叙旧。他的孙儿们，他也基本不认。比如他把安雪儿当成地主家的丫鬟，问她地主让她捶腿打扇时，偷没偷着摸她的脸蛋和屁股；他还把安大庆当作私塾的学生，问他背不下《三字经》时，挨没挨教书先生的板子。可他见着安大营，却异常清醒，会叫出他的名字，对他说好男儿就该扛枪打仗，保家卫国，不然裆里的玩意儿，长不硬实！安玉顺每次这么说，安大营都会向他点头，安玉顺便教他行军礼。别看他拄着拐，行起军礼，仪容庄严，非常到位。所以安大营没入伍前，军礼行得就很标准了。安泰和葛秀丽并不愿意长子参军，因为安大营功课好，高中毕业后，能轻松考入一所民族大学。可他最终为了践行对祖父的诺言，穿起了军服。安泰和葛秀丽只得尊重他的选择。但他们不愿他离家遥远，特地求松山地区军分区政委，将他分到野狐团。

安大营刚入伍时在基层连队接受了两年艰苦的训练，之后调到团部宣传处做文书，然后又下到基层，历任排长、连长，再回到团部当教导员。安泰夫妇本想让他早点转业到地方，托人安排个好工作，但看他在部队发展不错，就让他安心干下去了。

安大营相貌并不出众，肤色黝黑，如豆的小眼睛，眉毛像没出齐苗的田垄，疏淡至极，鼻子一副沉睡的姿态，软塌塌的，但他的唇角很好看，有微微的笑涡。他气质好，再加上他不高不矮、不胖不瘦的身形很适合穿军装，看上去英气勃勃。他到了婚龄了，安泰夫妇也张罗着给他介绍对象，可他总说还早。他常来龙盏镇看望绣娘、安雪儿和舅舅葛喜宝，这是他至爱的几个亲人。每年清明节，安大营一定要去烈士陵园给祖父扫墓。他会起大早，在太阳升起前赶到那里，那时各路祭扫的人还没到，墓园分外寂静，他会恭恭敬敬行上一个军礼，然后跟祖父说说心里话。

他最初讲给祖父的话，豪情满怀。虽说在和平时期，但部队始终处于备战状态。军中上下，军纪严明，让他觉得当兵是神圣的。可近几年来，尤其是他回到团部之后，发现腐败像瘟疫一样，也在部队蔓延。他刚当兵时的团长郭晋，是个侠骨柔情的汉子，总下基层连队蹲点，与士兵同吃住同训练，常去驻防在边境线的连队视察，士兵们都喜欢他。郭晋离任的时候，很多战士舍不得，都落泪了。而接任他的李奇有，肥头大耳，据说家中很有背景，来野狐团就是镀金的。他贪财，好吃，喜欢打猎，不给他"进贡"的士兵，在团里别想得到提拔的机会。士兵们见着他，若没打立正，立刻就会受到体罚。最受罪的是他的勤务兵，每天要为他整理床铺不说，还得为他洗内衣内裤和袜子。他好酒，每晚都得喝半瓶茅台或是五粮液，这些酒是特供的，千里迢迢运来，所以他来后，专门挖了个酒窖。他广交各路朋友，经商的，做官的，从医的，布道的，他们常来此看他。他迷信风水，受一个道人指点，用卡车从一心山搬来一块状如宝塔的赭石，摆在团部大门口，说是这块巨石，抵得上一个团的兵力。李奇有果然神通广大，在野狐团仅仅两年，便提拔到林市军分区。而深受战士们喜爱的郭晋回军区，只是平调，而且是在后勤部一个不起眼的岗位。

李奇有走后，汪团长来了。汪团长看上去很有城府，不苟言笑，不爱表扬人，也很少批评人。他气质文弱，脸本来就窄，却戴着一副茶色宽边方框眼镜，等于削弱了他半张脸，给人一种苦相。据说他并非近视眼，那副眼镜是天然水晶石的，除了护眼，还为了抵挡松山地区的蚊子小咬。这里一到夏季，蚊子小咬成团成团地飞舞，小咬爱往人的眼睛和鼻孔里钻。汪团长惧怕它们，所以他一上任，给士兵们最大的福利，就是给每人发放一顶蚊帐。他曾在全团的一次比武大赛的总结讲话中，讲到一个故事，说是抗战胜利后，国共在东北战场交战，被敌方抓到的抗联战士，若是在夏秋时节，会被敌人扒光衣服，绑在林间树上，活活让蚊虫给咬死！汪团长讲到此，热泪盈眶，他摘下厚重的眼镜，用纸巾拭泪时，抽泣着说："战士们，我们的江山来之不易，是无数先烈用鲜血换来的，我们一定要时刻提高警惕，寸土不让，保卫好我们的大好河山！让抗联战士被蚊子小咬给咬死的日子，一去不复返！"他前面的话庄严，后一句则充满了喜剧色彩。台下的士兵为了忍住笑，都咬着牙，握紧拳头。

汪团长最怕过冬了，所有军务，他会抢在落雪之前做完，寒风一起，他就猫冬了。他不像李奇有好酒，没有接待任务，他滴酒不沾。他所食清淡，不喜大鱼大肉。他有洁癖，衬衫一天一换，居室一尘不染。他使用的餐具，每日必得消毒。他不信任消毒柜，让伙房用土办法，将餐具放到闷罐里，填上水，煮沸消毒。他最喜欢冬季去军区开会了，这样他会离开团部一段时间，避开寒流。汪团长虽然不喜冬天，但他爱雪花。一到雪天，他会穿得暖暖的，走到格罗江畔，静默地站上一刻，在纷飞雪花中，仿佛凭吊着什么。警卫员远远跟着，不敢上前打扰。这样的夜晚，他会彻夜读书，有时从他的寝帐，会传出低低的吟诵声。

这样一位风雅的团长，一个有家室的人，却贪恋风月，这是安大营没有想到的。更让他想不到的是，从林市医学院毕业的唐眉，会心甘情愿做他的情妇。这在野狐团，几乎是公开的秘密。

唐眉每次来，都是日暮时分，吃过晚饭，她就进了汪团长的寝帐。说是诊病，可半小时后，那里会传出唐眉的呻吟和呼喊。尽管汪团长吩咐了，唐眉给他看病时，警卫员不必守卫，他们远远避开，但唐眉的呼喊像冲锋号一样嘹亮，传到帐外。不仅警卫员听得到，连站岗的哨兵也听得到。他们私下嘀咕，原来病的不是团长，而是唐医生啊！

安大营清楚地记得汪团长和唐眉相识的情景。

不论哪里的驻军部队，在当地老百姓受到自然灾害威胁时，都会参与救援。格罗江倒开江引发洪灾时，野狐团就曾驾着冲锋舟，营救三村五村为洪水所困的百姓。汪团长接任团长的第二年，也是唐眉带着陈媛回来的那年，龙盏镇遭遇了百年不遇的雪灾。从腊月十七开始，雪连着下了一周。山间公路被大雪封住，成了死路。正值年关，外运物资进不来，人们也无法进城办年货，堆积在山下的烧柴和畜草运不上来。冬天断柴，在极寒的松山地区，跟扼住人的咽喉一样可怕，挨冻的人不在少数，牛羊大批死伤，人们蹚着齐腰的大雪，站在龙山上，望着脚下这个白茫茫的世界，不知大雪会不会成为整个龙盏镇人的裹尸布。在紧要关头，汪团长率领着野狐团的士兵，开着挖掘机，调动一个营的兵力，机械和人工作业双管齐下，鏖战三昼夜，硬是将公路打通。由于户外零下三四十度，北风呼号，很多士兵冻伤了。伤兵被就近送到卫生院治疗时，汪团长前来探视，与唐眉相遇，当时安大营就跟在汪团长身后。

虽然跟别的医生一样穿白服，戴白帽，但唐眉的美还是一览无余。那天她穿一件藕荷色高领羊绒衫，白皙的脖颈那儿就像落着一只紫蝴蝶，衬着她姣好的五官，忧郁的神色，异常美丽。汪团长在走廊遇见她，就像踩上了地雷，惊了一下，问她："你是外来实习的？"唐眉摇摇头，说："我就是这儿的。"

雪灾过后，春节来了，汪团长回林市探亲，正月初五就回来了，而以往他总要过了元宵节才归。他回到团部，委婉地跟安大营打听唐眉的情况，安大营把知道的都告诉他，包括唐眉的家世，她在哪儿读的大学，以及她毕业后带在身边的陈媛。他甚至找出报道唐眉事迹的旧报纸，给汪团长看。汪团长有无数疑问，为什么这么标致的人，家庭背景又好，会回到龙盏镇？为什么她心甘情愿带着一个痴呆的同学？为什么她不谈恋爱？别说安大营了，就是唐眉的父母，也回答不了他的问题，安大营只好跟团长摇头。但从这开始，汪团长开始去龙盏镇卫生院看病了，偏头疼啊，胸闷啊，手脚畏寒啊等等，都是些看不好也看不坏的毛病。院长甘芷生懂点中医，给他针灸和推拿，说这是绿色疗法，可汪团长总说不见效，后来他主动提出让唐眉给他看病，说是医学院毕业的高材生，医术一定差不了！甘芷生这才反应过来，汪团长的病，因唐眉而起，唐眉是他的药！

他们究竟是哪一天在一起的，安大营并不清楚。只记得有一年初春，他去侦察连蹲点两个月后，回到团部，看到唐眉背着药箱，走向汪团长的座驾。唐眉面色苍白，加上一身白服，看上去像个吊孝的人。他们的目光相遇的一刻，唐眉歪着头，眉毛和唇角上挑，一副玩世不恭的表情，对安大营说："回来了？"安大营答："你来了？"唐眉说："格罗江开江了。"安大营答："我在侦察连，看见了一只红狐狸。"总之，他们心里想着同一件别扭的事情，答非所问。唐眉登上车，摆摆手走了。安大营没有跟她摆手，他的手沉重得抬不起来了。

安大营心里其实一直装着两个女孩子，一个是唐眉，一个是林大花。唐眉原来在他心目中，是一团遥不可及的彩云，只能仰望，谁想到她会带着陈媛，在龙盏镇扎根，这让他看到了希望。他试图接近她，每次看望奶奶时，他都要到卫生院开点常备药品。甘芷生看穿了安大营的心思，一见他来，便喊唐眉："唐医生，部队的教官来看你了！"但安大营从唐眉的眼神中，感受不到爱意，她眼里的光芒，是雪地上冷月的反光，那股绝尘之色，让他望而却步。而林大花，虽说那么怕黑，但她眼里却溢出柔情，充满了对生活的渴望。每次他到红日客栈看望舅舅，林大花见着他，都要捂起眼睛，叫着："脸真黑，吓死人！"葛喜宝说："脸黑的男人靠得住！"林大花这时会将手指微微叉开，透过指缝看着安大营，娇羞地嚷着："谁爱靠谁靠，俺不稀罕！"

安大营为了照顾林大花的感受，每次去红日客栈，总要穿浅色衣服。如果季节好，他会顺路采把野花，说是给表弟葛小宝的，可谁又能相信呢！葛小宝是个淘气包，无论冬夏，总爱攀着梯子，坐在客栈屋顶的烟囱下，用弹弓打空中飞翔的鸟儿。所以你走在云水街，有被空中坠落的死鸟击中的危险。

安大营一带野花来，林大花就撇着嘴说："给男孩子送野花，不是教他学坏么。"安大营便将花儿往她怀里送，说："那你就养着吧。"一旁的老板娘刘小红看见这一幕，总要揶揄安大营："你采的尽是小碎花，没有大花，人家怎么愿意养！"林大花这时会得意地"哼——"一声，说："没有小花，哪有大花！"松开手，接过野花，低着头，直接去灶房，找花瓶栽花去了。刘小红会对着林大花的背影说："瞧瞧，现在就向着人家啦！"

林大花栽好野花，喜欢将它摆在收银台上，仿佛要给俗气的金钱往来，增添点芳菲之气。

安大营在烈士陵园跟祖父说心事时，曾问过他：一个小伙子心中有两个姑娘，是不是很不男人？唐眉和林大花，是他爱情呼吸的左肺和右肺，缺一不可。不过最初在他心目中，她们一个在天上，一个在地上。后来唐眉做了汪团长的情人，这两个人便乾坤颠倒了，唐眉坠落凡尘了，林大花因之显得清隽脱俗，如在云端。可是很奇怪的，他每次见着唐眉，她眼里自甘堕落的神色，她疲惫的容颜，她越来越显沙哑的声音，依然那么令他心痛！

安大营还在祖父墓前问他，为什么现在当兵的，不像你们那个年代有豪情壮志了？为什么有抱负而洁身自好的团长，最终没有得到重用，而李奇有团长这样的酒肉之徒、平庸之辈，却能平步青云？一旦边境起了冲突，这样的团长能率部打胜仗吗？祖父不语，他当然是不语的——他和他那个世界，毕竟硝烟散尽。但就是这个沉默的世界，却给安大营一种无声的力量。

安雪儿出事后，安大营跑到祖父墓前，伏在汉白玉墓碑上，痛哭了一场。他问祖父，辛欣来这种人间恶鬼，如果被他捉到，打烂他的狗脑袋，算不算违反军纪？他的话音刚落，一只乌鸦从空中飞过，留下"呀呀——"的叫声。安大营抽泣着说："呀呀——什么意思？答应还是反对？"

安平押运枪支出事被解职，他回到龙盏镇骑着白马进山搜寻辛欣来的那天，第一站去的是驻军部队，他不放心能拿到枪的侄儿。野狐团门口站岗的哨兵，把安大营叫出来后，安平牵着马，沉默着，带着他一直走到格罗江畔，然后对安大营说："记住，你就是再恨那小子，也不能打枪的主意，一家人不能因同一件家伙犯事！伯伯这把年纪了，无所谓了，你年轻，前程无量，千万不能犯浑，要不对不起你爷爷的在天之灵，你得给我保证！"安大营看着伯父的眼睛，低声说："我保证。"安平嫌他的表态不够坚决，让他对着烈士陵园方向行军礼发誓，安大营犹豫了一下，转了身，朝东南向祖父陵墓的方位，行了个军礼。因为他的手颤抖着，这个军礼像败军的旗帜一样摇摇欲坠，安平上前帮他矫正了，含着热泪说了声"好孩子——"跨马进山了。

那夜猫头鹰不祥的叫声，将安平带出深山。次日薄暮他赶回龙盏镇时，在北口辛七杂家屠宰棚外的草垛前，遇见抹着眼泪的葛小宝。安平问他怎么了，他说爸爸偷着给他报名上学了，他来气，用弹弓打碎客栈一摞碗，被爸爸揍了一顿。他委屈地说："爸爸原来答应我十岁上学的，我今年才八岁！我干娘说，他这是不讲信誉！干娘还说，他扇我耳光没事，顶多把我打迷糊几天，可他不该踢我裤裆，干娘说被踢了裤裆的男孩，长大了会成虾米腰！"刘小红喜欢葛小宝，认他做了干儿子。安平对葛小宝说，你干娘那是吓唬你呢！男孩子从小哪个不被踢裤裆？他说自己小时淘气时，父亲不能用腿踢他，也没少用拐杖捅他裤裆，他没成虾米腰，小宝自然也不会！葛小宝破涕为笑，他告诉安平，绣娘嘴歪了，住进卫生院了，他姑姑姑父从古约文乡过来了。安平大惊，他知道安泰夫妇回来，母亲一定病得不轻。都不用安平打马，白马驮着他直奔卫生院而去。

绣娘被抬进卫生院时，意识丧失，嘴斜眼歪，甘芷生一看情形不妙，一边让人联系车辆转院，一边给唐镇长打电话。绣娘是老英雄的遗孀，甘芷生觉得这事得上报政府。在等待青山县派来的120急救车的时候，甘芷生怕绣娘万一性命不保，她的儿子都不在身边，自己会落埋怨，赶紧打电话通知他们。安平独自搜寻辛欣来去了，深山没有手机信号，甘芷生只联系上了安泰。

绣娘被送到青山县人民医院后，立即做了脑部CT扫描，还好，她只是轻微中风。还没等医生用药，她就苏醒过来了。不过她的嘴像上弦月那样歪着，吐字艰难。绣娘对赶来的安泰说，她不喜欢青山县，死也要死在龙盏镇，坚持回去。安泰不答应，她就发出蒙冤似的无望呐喊。为稳定她的情绪，利于康复，医生们经过会诊，答应她只在县医院住三天，然后回龙盏镇继续治疗。绣娘答应了。

安平见到绣娘时，她能拄着拐杖，在卫生院的院子里，磕磕绊绊地行走了。那副榆木拐杖，还是安玉顺拄过的。他去世时，家人说要把这副拐杖烧掉，给安玉顺带走，绣娘没同意，她说不希望老伴在那一世还瘸着，再说拐杖在身边，也有个念想。这副拐杖绣娘用着比较长，所以在底部锯去一截，但安平还是一眼认出了它，它被父亲用了一生，被磨得光滑如玉，别的拐杖没有这种光泽。

绣娘的嘴巴依然有点歪斜。在落日时分，这种表情，很有点嘲笑夕阳的意味。她见着白马，热泪盈眶，一步一挪，到它跟前，嘴唇哆嗦着，吃力地说："没白给你吃好草，到底把我儿子带回来了哇——"绣娘哭了，安平哭了。白马也呜咽着，它大概想不通，为什么安玉顺留下的拐杖，绣娘又用上了？

三天后绣娘出院了，安平在龙盏镇陪伴母亲，让安泰夫妇回古约文乡去了。很多时候，母子俩对坐着，看着彼此的眼睛，一言不发。绣娘试图拈起绣针缝制婚服，可她的手不听使唤了。她每日都要拄着拐杖，到马厩和白马待一刻，这时马厩会传出低沉的呜咽声。安平不知道这是母亲的呜咽，还是白马的呜咽。老去的白马和垂暮的母亲的呜咽，是那么的相似！

这日黄昏，安大营提着一篮李子探望奶奶，他看上去神色黯然，只坐了一刻，说是执行任务，匆匆走了。

安大营是奉命来龙盏镇接林大花的。

一周前，林市军分区于师长一行来到野狐团，他们先后视察了步兵营、坦克连、特种侦察排以及后勤保障部的养殖场。于师长五十二岁，他戴着军帽时看上去很威武，可一摘帽子，秃顶一露，老态毕现。他是苦孩子出身，没什么架子，下连队时与士兵们拉家常，回到团部在饭间，喜欢讲个笑话活跃气氛。总之，他看上去是个好首长。

于师长完成了视察任务，要回林市了。按照以往惯例，汪团长让团部准备了各色土特产品，送给于师长一行。下午时伙房杀鸡宰羊，准备送行宴。午后两点，汪团长突然把安大营叫去，递给他一篮李子，说李子是新摘的，听说他祖母病了，请他代致问候，即刻送去。安大营没想到汪团长这么有人情味，正感动着，汪团长又说："司机在外等着呢，快去吧。看完老人家，还有项任务，顺道去红日客栈，给我接个人。"

安大营一听说去红日客栈接人，立刻想到林大花。汪团长轻描淡写地说，这里早晚温差大，于师长下去视察，连日舟车劳顿，受了风寒，现在低热咳嗽。团部的医生给他看过了，也开了药，可于师长出身寒微，不喜用药，他说从小生病，习惯了拔火罐，而团部的医生不会拔罐这类民间土法，有人向他举荐了红日客栈的林大花，说她擅长此道，他托人找到她，她也应允了。

安大营问，今天把她接来，拔完火罐再送她回去，是吗？

汪团长没有看安大营的眼睛，而是望着窗外，说："晚宴结束后拔火罐，估计会很晚了，今天让她在团部住一夜，我来安排，明早送她回去。"

安大营心里"咯噔"了一下，他不愿意他在意的姑娘，在非他主宰的地方过夜。可他只能奉命接人。

龙盏镇人对汪团长的挂着军牌的越野座驾已熟悉了，他们没想到这次安大营坐在里面，更没想到，被接的人不是唐眉，而是林大花。

林大花穿深蓝的裤子，蓝地红花的齐腰棉布紧身衫，布衫的荷叶领和马蹄袖口，滚着水红的流苏，白袜，蓝布鞋，用一方蓝地白花丝绸手帕高高束起马尾辫，不施粉黛，像山野间一枝摇曳的雏菊，说不出的俏丽。她提着一个压花的条形桦树皮提匣，这是葛喜宝为她亲手制作的装火罐的匣子。

林大花没想到安大营来接她，见着他愣了一下，脸腾地红了，将提匣递给他，说："给你们师长拔火罐，你也不知道接一下，真没眼力劲儿！"

安大营接过提匣，低声说："拔火罐打扮什么？又不是去选美！"

林大花的脸由红转白，一边上车一边嘟囔着："你又不是首长，管得着吗？"

汪团长的司机在，安大营没再和她斗嘴。汽车驶出云水街时，安大营望见了烟婆。她像个树墩似的，一身素服，伫立在街角。车经过的一瞬，她望见女儿，害冷似的，双手抄袖。坐在后座的安大营，清楚地看见坐在副驾驶位置的林大花转过头去，没多看母亲。

一路上他们没怎么说话，林大花只有看到夕阳中的林间野花时，才会开口，比如"这片火柴头花真精神"，比如"百合花怎么都打蔫了"，再比如"白菊花给映照成金菊花了"，安大营没搭腔，觉得她是跟花儿说话，无需回答。接近团部时，天色昏暗，别说野花，树的形影都模糊了，林大花不再慨叹。安大营知道她怕黑，说："月亮就要升起来了。"

那是一个明净的夜晚，安大营一夜无眠，伫立窗前。月色皎洁，他甚至看得清月面上的阴影。他想太阳也是有阴影的，人们之所以用肉眼看不见，是因为太阳在白昼现身，它的阴影被光明遮蔽了。而月亮的背景是黑暗，所以它光明中的阴影，在夜晚会像花朵一样绽放。

按照汪团长的吩咐，林大花到后，由安大营单独安排吃晚饭。晚宴结束，汪团长从安大营处，将林大花带到于师长下榻的小白楼。

李奇有任团长时，在团部东北角僻静处，盖了一栋三层小白楼，专为接待各路要人。一层是餐厅和警卫室，二层是六间标准客房。三层两个大套房，辟有桑拿间、棋牌室、电影厅和台球馆。套房的北阳台可看格罗江，南阳台对着养殖场的果园，风景绝佳。一般首长入住，团长为表尊敬，会在小白楼二层陪住。但于师长离开团部的前夜，林大花进去后，安大营在果园看见，不仅汪团长走了出来，于师长的随员也走了出来，他们住在了小白楼前面的团部宾馆。小白楼三层东向的套间初始有灯光，但灯光亮了不到一刻钟，就消失了。这消失的灯光，对安大营来说，就像亲人永远停止跳动的心脏，令他悲伤欲绝！他知道拔火罐起码要二十分钟以上，而且不能摸黑，以免烫伤。小白楼三层的灯光，这一夜再没亮过，而月亮却一直没有熄灭它的光焰。但它的光焰像钢针一样，刺痛了安大营的心。

次日天清气朗，早饭过后，汪团长为于师长一行送行。为表诚意，他们要一直护送到青山县。即将登程的于师长红光满面，喜形于色，而站在欢送者人群中的安大营却面色黯然，心如死灰。汪团长把安大营叫到一旁，夸赞林大花拔火罐的技艺好，于师长的病一夜就好了！他差安大营找台车，把林大花送回去。

于师长一行上路后，团部的院子立时就冷清了。好车都随汪团长送行去了，安大营只得驾驶后勤部一辆客货两用的微型车，去小白楼接林大花。这车刚运过一批活鸡，有股鸡屎味。

林大花还是来时的装束，不同的是没有高高吊起马尾辫，而是低低地梳了条独辫，垂在脑后，这使她看上去好像矮了一截。她没睡好吧，眼圈发青，眼里漂浮着血丝。她上车后，坐在副驾驶的位置，像哺乳期的女人怀抱着婴儿，紧紧地抱着桦树皮提匣。

安大营没走大路，那上面有于师长汪团长的座驾驶过的痕迹，与这样的车辙交集，他会觉得自己与之同流合污了，他沿着格罗江的小路行驶。

"怎么不走大路?"林大花歪着头，气恼地说，"小路多颠簸啊。"

　　　　　　　　　格罗江英雄曲

安大营握着方向盘，看了一眼江水，没有说话。

"你是想让我看格罗江吗？这条破江，我看了这么多年，看够了！"林大花嚷着，"我想走大路！"

安大营冷冷地说："走小路省时间，能早点把你送回去。"

"不就是不想跟我多待着吗——"林大花瞟了一眼安大营，蹙着鼻子，摇下右侧的车窗，说，"这车怎么一股鸡屎味？"

"拉你不是正合适吗？"安大营意味深长地说完，加大油门，一路狂奔二十多里，伴着林大花的阵阵惊叫，在一片野花繁盛的江畔草丛旁，猛然刹车。他"嘀嘀——"地按着喇叭，命令林大花："打开提匣，让我看看火罐颠没颠碎！"

林大花更紧地抱着提匣，说："我的东西你凭什么看？"

安大营不语，他夺过提匣，还没等他打开，林大花已经呜呜哭了起来。

提匣打开的一瞬，一股油墨味扑鼻而来。提匣的火罐上，铺陈着一层百元面值的崭新钞票。安大营用颤抖的手数了数，一共八沓，如果每沓百张，那就是八万元！他将提匣哆哆嗦嗦盖好，交还给林大花，冷笑一声，说："你真的是只鸡啊，八万元——把自己卖了——你是贵呢还是贱？！"

林大花抬起头，泪光闪闪地说："你凭什么对我指手画脚？我想做什么，那是我的自由！自由你懂吗？要说贵贱，不怕你笑话，像我这样出身的女孩，八万元卖掉初夜，能让我在云水街盘个铺子，像刘小红一样做老板娘，直起腰杆做人，不用听人吆喝，这就是贵！于师长有权有钱，他的钱来得也不会干净，而我让他尝到了睡处女的滋味，对他来说，他尝了鲜儿，在肮脏的交易中花笔肮脏的钱，八万就是贱！"

"我要去军部告于师长——这个道貌岸然的嫖客！"安大营挥舞着拳头说。

"那你最好连汪团长一起告，于师长是嫖客，他就是皮条客！"林大花擦干眼泪，不无嘲讽地说："对了，还得加上一个人，你心爱的唐眉，别以为我傻，你对她比对我好！跟你说实话吧，就是她把我介绍给汪团长的！她跟着汪团长，谁不知道呀？也没见你动人家一根毫毛！你要真在意我，也知道我昨晚干什么来了，你端着冲锋枪，把于师长干掉啊！我早看透了你这种男人，表面正义，内心软弱，你算什么英雄的后代！我宁可把初夜献给金钱，也不献给一个窝囊废！再说了，你在一个大染缸里，也干净不了，肯定比我还早就失身了！"

林大花一生都不会忘记这一幕情景，安大营叫着："我让你看看什么是处男身——"他打开车门，深吸了一口气，跳下车，在江畔草丛，拨云见日似的，将衣服一件件脱掉，还自己一个晴朗身！

伫立在没膝草丛中的安大营，有如铜铸，身体散发着古铜色的诱人光泽。他胸前凸起的肌肉块，像沼泽中丰盈的塔头墩，充满了生机和力量。草丛中的粉红色柳兰随风起舞，想为他遮羞似的，在他私处摇曳。林大花想起昨夜于师长的大肚腩和松弛的肌肤，有种吃了馊饭的感觉，突然想吐。她明明被他健美的身躯征服了，可她跳下车后，故意仰望天空说："天呐，世界上还有比他更黑的人吗？黑得太吓人了！谁能把这家伙扔进江里，给我洗白了？"

林大花仰着头，一直把一片白云看破了，才低下头来。这时安大营已经穿好衣服，走出草丛。

再次上路的安大营泪流满面，将车开得很慢。

林大花说："你不是要早点把我送回去吗？"

安大营便加速了。

林大花多么想跟安大营多待一刻，多么希望通往龙盏镇的小路，永远也走不到头，可她嘴上嘟囔的却是："牛车都比这快，真笨！"

安大营猛踩油门，车剧烈颠簸，嘶吼着奔跑，像只下山的猛虎。车窗对流，风呼呼叫。在格罗江的一个急转弯处，路面横着一块暴雨时从山上滚落的大石头，由于车速太快，安大营避让不及，微型车被撞得瞬间飞旋起来，跌入江里。

格罗江在那一段水深流急，微型车侧翻入水，很快灌进水来。林大花一生都不能饶恕自己的是，出事的一瞬，左侧车门被江水淹没，车身右侧悬在江面的一刻，她先是把提匣从车窗口，奋力抛到岸边，然后才去开车门。可是晚了，车身灌了铅似的急遽下沉，驾驶室很快被水淹没。水的巨大阻力，让驾驶室成了牢房，车门牢不可破。就在她即将窒息的一刻，安大营拼尽全力，将她推出车窗。林大花挣扎着游向岸边的时候，微型车沉入江底，在江面留下一个巨大的旋涡，不见了形影。

那个狭窄的逃生窗口，是他们命运的隘口，它把一个姑娘送到生的此岸，却束缚了一个男人伟岸的身躯，将他留在死亡的彼岸，让他成为深渊中的一条鱼。

一个月后，安大营成了英雄，入葬青山烈士陵园，与他祖父为伴了。

十　从黑夜到白天

　　安大营成为英雄人物，靠的是两支笔。一支笔是林市军分区宣传处的笔杆子萧然，另一支是松山地区文联的创作员单尔冬。也就是说，安大营入主烈士陵园，军队的一支笔冲锋在前，地方的一支笔也起到了助阵作用。

　　单尔冬和单四嫂离婚后，一直没回乡。这次组织上安排他来写安大营，他很为难。一是怕见曾经的妻儿和乡亲。二是他不喜欢写英雄人物，这类人物要拔高，这不是他的长项。可他不能不来，松山地区文联主席说这次采访任务是林市军分区下达的，关系到部队与地方的关系，很重要。因为他文笔好，且被救的女孩又在龙盏镇，他熟悉这一带的情况，是采访的不二人选。

　　单尔冬历时五天，先后去了野狐团和古约文乡，采访安大营的生前战友和他的父亲，最后一站来到龙盏镇。因为部队的报道在先，林市军分区的军报已经发表了萧然的署名文章，单尔冬要做的，就是为安大营的事迹增添点血肉。受访的部队战士，异口同声赞美安大营，比如说他感冒发烧了坚持训练，经常帮助后勤部的人喂猪种菜，他家在当地，但春节总在部队过，除夕夜还和哨兵一起站岗。他会剪发，常帮士兵义务剪发。他爱百姓，巡逻时看见失散的牛羊，总要打听着，送回主人家中。单尔冬从这些士兵的讲述中，感受到有些话是真诚的，有些则是虚构的。虚构的事迹，一定是领导授意的，这个他懂。但无论真假，采访做了录音，诉诸笔端，就算真实的声音了。

　　单尔冬在古约文乡的采访收获甚微。那些鄂伦春乡民太实在了，说话毫无遮拦。有人说安大营算不得英雄，因为救人的前提是自救能力强，不该搭上自己的命！有人说安大营小时喜欢吃生肉，那时他身体才棒呢，都能把石头踢开花！他被困车内，不能像娇小的林大花从侧窗出来，但他可以用脚踢碎前挡风玻璃逃生啊，他没这么做，说明部队的伙食没热量，把他吃得一身寒气，腿软了，这才出事。还有人说他小时往河里撒过尿，得罪了水神，这才罹难。总之，都是他不能采用的素材。而关键人物安泰呢，对他更是抵触。安家接连出事，他的精神几近崩溃。他受访时耷拉着脑袋，报以沉默。只是在单尔冬离开古约文乡的前夜，他看了他半晌，沉沉地说："你对过去的老婆孩子那么绝情，有什么资格采访我？你又怎能理解，一个父亲失去儿子的痛苦？！"说得单尔冬低下头来，不敢看他的眼睛。他本想在葛秀丽那儿得到采访上的弥补，可她不在。安大营死后，在林市民族学院上学的安大庆赶回奔丧，安大庆走后，葛秀丽总做关于他的噩梦，她说再不能失去第二个儿子，竟一路撵去，在林市租屋住下，每天影子似的尾随着安大庆，无论晨昏。

为采访当事人方便，青山县文联的人，将单尔冬安排在红日客栈。当年他离开龙盏镇时，林大花还是个孩子，这家客栈也还没有呢。

不过他住进来才知道，安大营出事后，林大花不在红日客栈做了。要采访她，必须去她家。烟婆的难缠是出了名的，单尔冬有点打怵。

单尔冬在南市场买了两条香烟，求助老魏。他不敢求助公家，怕唐汉成啐他。当年他抛妻弃子，唐汉成骂他把龙盏镇人的脸都丢尽了，扬言他胆敢回来，宁肯犯法，也要打折他的腿！按照唐汉成的说法，他妻子是龙盏镇第一丑女，他都没离，单尔冬不要单四嫂，丧尽天良！单尔冬当时顶撞他："要没你大舅哥，你也早就不要陈美珍了，别跟我唱高调！"

这是初秋的早晨，老魏正在哈气浓重的豆腐房忙碌着，听见门响，以为哪家饭馆的伙计提早来上豆腐，赶紧说："还得压七八分钟呢，您稍等！"

单尔冬说："魏大哥，我是尔冬！"

老魏"咦嘀——"大叫了一声，说："真是你呀！昨晚儿我听说你来了，还不信呢！你也真有胆儿，不怕这儿的人用唾沫淹死你？"

单尔冬当年离开龙盏镇时，只有一个人为他饯行，就是老魏。老魏请他到当时镇上最好的龙家小酒馆，要了四个小菜，把酒话别。喝到兴处，老魏用筷子"啪啪"拍着桌子说："不喜欢一个女人了，跟他离婚，不算不男人！抬起头来，爱谁就跟谁快乐去，反正快乐完了，人总归得死，还有苦等着你吃！"这番话被龙家小酒馆的主人听到，气得他咬牙切齿，骂他们狼狈为奸，是男人中的渣滓。没等他们吃喝完，就轰他们走，酒钱都不要了，说就当喂狗了！饯行宴不欢而散，但老魏对他的理解，单尔冬铭记在心。

老魏把单尔冬拉到豆腐房外，在清亮的阳光中仔细打量他，嚷着："你怎么这么瘦？一个靠笔杆子吃饭的，有死工资，吃穿不愁，不像我风里来雨里去地卖豆腐，怎么头秃得见亮儿了，脸上的褶子比我还多？是不是娶的小老婆太年轻，床上把你耗干了？再不就是写东西写得太累了，费脑壳了！"

单尔冬苦笑一声，说："是啊，魏大哥，你比我大两岁，怎么就一点不见老？看来这些年没少吃豆腐哇！"

老魏从话中听出了双关语，笑着说："那是啊，我卖了豆腐，赚点小钱，隔个十天半月的，想吃那口豆腐了，就骑着自行车进城！我一个无职无权的人，用不着偷偷摸摸的。青山县城站前广场，一溜儿发廊，谁都知道那是红灯区，你随便进哪一家，相中哪个，谈好价，想怎么痛快就怎么痛快！早先我喜欢年轻的，爱玩个花样，现在我得意年纪大的，便宜，实诚，我也省力气，不然回来蹬自行车都没劲儿，不服老也是不行的！"

单尔冬被老魏逗笑了，说："还是你过得逍遥。"

老魏不无得意地"哼"了一声，说："穷欢乐呗。"

单尔冬呈上香烟，求老魏两件事，一是求烟婆，让他能采访到林大花；另一个是带他去看看单四嫂和单夏——他担心被拒之门外。怕老魏不领他去，他说自己给他们母子私攒了一万块钱，要送给他们。

老魏使劲眨眼，本意是想让眼睛跟正常人一样，谁料这一折腾，黑眼仁又像孪生兄弟似的对在一起了，他那大面积的白眼仁给人一种虚空的感觉。

老魏说："不是我不帮你，这两件事都难！你也知道我喜欢郝百香，烟婆自打跟了王庆山，不许她家男人吃我做的豆腐倒也罢了，后来还不许王庆山给郝百香上坟！你说小年一过，谁家不给死去的亲人上坟啊？郝百香那儿没人去，冷冷清清的，我心里不落忍，每年腊月二十六七，我就带着豆腐、酒和肉，再买上捆烧纸，给她上坟去。谁知我给她上坟，让人看见了，传到烟婆耳朵里，从此她更恨我了，嫌我管她家的私事！你说跟死人计较的人，还算是人吗？"

单尔冬说："那她确实荒谬了。"

老魏大约不解"荒谬"这个词在此处何意，他又使劲眨了眨眼。这回他的黑眼仁不聚堆儿了，从眼角溜到中央，他的脸瞬间变得周正了，老魏接着说第二件事如何难："单四嫂的脾气你也是知道的，好强，可生活没让她在一处比别人强！一个没男人的女人，带着个半傻不茶的儿子，是个啥滋味，你一个写东西的人，该能体会到！不叫你和她离婚，单夏也许不会坏了脑壳，她也能过上平安日子。这娘儿俩这些年的辛苦，哪是一万块钱能偿还的？这儿的人谁不知道她恨你，我可不能带你去找那个不自在，别像辛七杂家似的，再闹出一条人命来！单夏精神不好，他砍死你，也是白砍，不用服刑，你掂量掂量吧！"老魏把香烟搁在院子的窗台上，说该起豆腐了，返身回了豆腐房。

单尔冬坐在院子的石磨旁，抽起烟来。他知道王秀满被养子杀了，也听说辛欣来杀完人，潜逃前强奸了安雪儿。安雪儿在他心目中，是下凡的仙女啊。看来这世上，没什么东西是神圣不可侵犯的。本来他也想采访一下绣娘的，谈谈她对孙儿的印象，可他听说，绣娘在病中，安大营的事情，家人都瞒着她。至于单四嫂，他倒不太怕见她，反正自己在她眼里，残忍冷血，猪狗不如。他怕见的是傻掉的儿子，那是一把抵住他胸口的无形的枪。

老魏起完豆腐回到院子，单尔冬已抽掉了七支烟。老魏看着地上遗落的黄白相间的烟蒂，心疼得眼珠子快掉下来了，"啧啧"叫着，说："到底是又挣工资又拿稿费的，扔下的烟屁股这么大！"

单尔冬苦笑一声，实际上他也心疼烟，只不过他今天心烦意乱，嘴里发苦，总觉得烟不对味，所以没有一支烟抽到头。

老魏将豆腐放在担子上，把单尔冬送他的两条香烟，插到随身的军用挎包里，说是可以带他去南市场，将香烟献给烟婆，说点好话，碰碰运气。要是他能采访到林大花，希望他也帮自己一个忙。

单尔冬问，帮什么忙？

老魏挑起担子，瞪着眼说："你笔杆子厉害，帮着呼吁呼吁，把网络给咱通了吧。我买台电脑，在网上安两个家！一个家娶个好老婆，也不让她计划生育，给我养一群孩子，种田养花，再喂点鸡鸭鹅狗，过清闲日子！"

单尔冬插话说："你想做陶渊明？"

老魏不知道陶渊明是谁，他瞪了一下眼睛，问："这个姓陶的干啥的？"

单尔冬现出嘲讽的笑，但老魏并不理会，接着勾画第二个家的图景："另一个家我还是要单身，弄栋别墅，置辆豪车，开一家赌场，一家妓院，一家屠场。让那些发不义之财的人下赌场，揩干净他们身上的油！让结婚前的男子都下妓院，将来好知道怎么伺候好老婆！屠场嘛，专门杀贪官污吏！"

老魏关于网上两个家的设想，让单尔冬笑出声来，他说："你想象力这么丰富，当作家得了！"他让老魏把香烟留下，说这是送他的，给烟婆可以另买东西。

老魏说："咱俩客气啥？等我卖完豆腐，晚上你请我去红日客栈喝一顿，不就结了？那儿的酒菜贵，咱腰包瘪，平时也不敢进，正好敲你一顿竹杠！"

单尔冬也不客气，说："好吧。"

老魏说："你跟着我走安全，单四嫂这工夫也快去南市场卖煎饼了，她要是逮着什么东西打你，我还能用扁担帮你挡一挡！"

单尔冬便有点心惊肉跳了。

老魏挑着担子在前，单尔冬垂头跟在后面，出了北口。他不敢抬头看人，但老魏沿途吆喝豆腐，就把目光吆喝过来了。认出单尔冬的人，大都听说他回来写安大营来了，有的问他写英雄人物能赚多少钱，有的问他混没混上汽车坐，有的问他出啥新书了，有的问他火葬场烧人是不是很吓人，有的问他松山市的公厕真的收费么，还有的问他小老婆真的比他小一旬吗。总之，令他没有想到的是，人们问得都很家常，没谁跟他剑拔弩张，也没人啐他，这令他感激涕零，对每个人的问话，都报以热情周到的回答。最有意思的是陈美珍，她在龙脊路见着他，什么也没问，只是"嗨"一声，像多年前一样，把他当镇政府的文书看待，一副官太太的做派，习惯性地把手中的拎包递给他。单尔冬红了脸，缩了缩手，但最终还是接了包，想着老魏那里万一不灵，可以求陈美珍帮忙，她是南市场的女王，正管着烟婆。

陈美珍是从西坡过来的，她一大早去了女儿家。她听说，松山市喜顺家具厂的老总林善财恋上了唐眉。林善财二十八岁，虽长得老相，额头有很深的抬头纹，眼袋大，但身形魁梧，有男子汉气魄。最重要的是，他家底厚实，资产千万，而且有政治资本，是林市人大代表，松山地区企业家联谊会常务副主席。在陈美珍看来，林善财是个全才人物，唐眉嫁他，享不完的荣华富贵。林善财是在和朋友去古约文乡狩猎场的路上认识唐眉的。他起了一脸的风疙瘩，奇痒难耐，所以路过龙盏镇卫生院时，令司机停车，下去开药膏，结果他望见了唐眉，这一望就不能忘怀了。林善财在狩猎场只住了一夜，便奔回龙盏镇，住进红日客栈，对唐眉展开爱情攻势。可唐眉对他毫无兴趣，林善财只能哀叹离开。

陈美珍是来劝说女儿的，她觉得她不该拒绝林善财。

唐眉说："他一身肥肉，一脸俗气，一看就是个暴发户，有什么好！"

陈美珍急了，说："这些年富起来的人，哪个不是暴发户？"

唐眉一边给陈嫒梳头，一边淡淡地说："我说过了，这辈子我就和嫒嫒一起过，你就别瞎操心了。"

陈美珍急赤白脸地说："那你和汪团长算什么？别以为我没听说！汪团长有老婆孩子，你这是破坏军婚，懂不懂？他就是真离了婚娶你，我和你爸也不答应！哪有大姑娘不缺鼻子不少眼睛的，平白无故给人当后娘？再说汪团长是个小白脸，靠不住，哪像林善财，我和你爸去红日客栈见着他了，一个黑脸汉子，怎么端详，都是个忠厚人！"

陈美珍话音刚落，陈嫒咕哝了一句："杀猪的黑脸——"

陈美珍知道她是在说辛七杂，连忙问："嫒嫒愿不愿意嫁个杀猪的黑脸汉子？"陈嫒未答，但她乐了，乐得直流口水。

唐眉不愿母亲纠缠下去，赶紧打发她走，说是昨天安雪儿呕吐得厉害，来卫生院看病，大家都以为她是吃坏了肚子，差点要按胃肠病给她开药，幸亏唐眉给她做了尿检，才知道她怀孕了！

唐眉说安顿好陈媛，她马上要带安雪儿进城，做进一步检查，看看胎儿发育情况，以她的身体条件，能不能保下这个孩子。

陈美珍一听安雪儿怀孕了，惊得大张着嘴，鼻子沟立刻成了排污口，所敷脂粉，簌簌直落。她缓过神来后，跟唐眉打赌，不出三天，安雪儿一定会刻一块墓碑，给她未生先死的孩子，因为她那身板不可能生下孩子！就是能生的话，安家也不会让一个杀人犯的后代降生！

其实安雪儿怀孕，是有迹象的。她高了胖了不说，肚子也圆了。只不过大家把这归咎于她近段时间的暴饮暴食，没人想到一个侏儒会怀孕，更没人想到，辛欣来的强奸会让她受孕。安雪儿每天流连于南市场，像一只羽翼鲜艳的鸟儿，穿得花里胡哨的，而所有的副食摊床和饭馆，对她而言都是秀木，乐得栖息。她去哪家饭馆，就能带动哪家的生意，食客们会追过去，看着她吃，所以每家店主都欢迎她。有的给她免单，有的给她打半折，还有的赠菜给她。她吃东西的时候，会留意着哪道菜好，吩咐后厨多做一份，打包带给病中的绣娘。安雪儿怕绣娘看到自己胖得走形了会心酸，每次送菜，都送到马厩。绣娘每天拄着拐杖看白马时，发现马槽旁有吃的，就知道孙女来过了。

陈美珍把安雪儿怀孕的消息传给老魏，老魏晃悠了一下，豆腐担子差点没从肩头滑落。他站稳后直说这是世界末日，安小仙怎么会怀上强奸犯的孩子？

单尔冬文绉绉地说："世界从来就没有日出，也就没有末日，人世间没有什么事是不能发生的。"好像安雪儿怀孕，在他意料之中似的。

老魏一路走，一路卖豆腐，一路把安雪儿怀孕的消息传播出去。对龙盏镇人来说，安雪儿怀孕，就跟他们听说将来会被火葬一样，令人惊悚。老魏挑着担子走走停停，等他到了南市场，发现陈美珍和单尔冬不见了。他们什么时候走开的，他也不知道。而老魏在南市场遍寻烟婆，未见其影。等他豆腐卖了多半，单四嫂才推着独轮车来卖煎饼了。

单四嫂变了个人似的！她平素总穿灰色肥腿裤，今天却是一条黑色直筒瘦腿裤，秀出了她姣好的腿形。她上身是一件藕荷色高领绒衣，而不是惯常的老绿色低领棉绒衫，将脖颈松弛的肌肤完美地掩盖了。最惹眼的是，她居然穿了一双簇新的半高跟黑皮鞋，将头发盘起，发髻处系了块蓝地白花的手帕，人显高了，也显贵气了！而且，她的脸涂了淡淡的脂粉，有了鲜润之色。老魏目瞪口呆地看着单四嫂，忍不住说："今儿怎么了，女人们个个让人吃惊！安小仙怀孕了，你呢，一夜之间变成狐狸精了！"

单四嫂听说安雪儿怀孕了，一个趔趄。她将独轮车停靠在一棵杨树下，倚着树，失神地说："她是安小仙呐，咋会怀上呢？"秋风掠过杨树，那纵横的枝条摇曳着，在她脸上留下缭乱的阴影，好像谁在切割她的脸。而那些枯黄的叶片，随风飘舞，有的就落在独轮车上，好像老天想为她增添几张煎饼似的。

老魏学着单尔冬的口气说："人世间，没有什么事是不能发生的！"

老魏小声提醒单四嫂，说单尔冬回来了，看起来混得不怎么样，人挺老相的。万一碰见他，别和他计较，毕竟曾经是一家人啊。老魏见单四嫂没表现出激动，知道她已知他回来了，心里有准备，又小心翼翼地说："他早晨找我，求我带他看看你和孩子，送一万块钱，我没敢答应。你要是同意，我再带他去。我怕你万一不要他的钱，再撅我祖宗。"

单四嫂"哼"了一声，说："你告诉他，我将来就是和孩子要饭，也要不到他门下！他的钱我嫌臭，他真想给我，就扔辛七杂家屠宰场的沤粪池吧！"

老魏打了个干嗝儿，乌鸦似的"呀呀——"叫了两声，说："那辛七杂用这肥料种的黄烟，还不得长出金叶子？这样的黄烟，他用太阳火估计都点不着了，真金不怕火炼嘛。"

单四嫂确实听说单尔冬回来了，她本想回避一下，这几天就不出摊儿了，可她不舍得生意，毕竟买她煎饼的，老主顾居多，每天都要吃的。出摊儿的话，她又不想让单尔冬看到他们母子过得艰难，所以不仅打扮自己，也打扮单夏，特意给他买了一件海蓝色条绒衫穿上，还帮他洗了头。这还不算，她给家里黑驴的左耳，挂了一朵粉色绢花，好像毛驴要去迎亲似的。总之家里的活物，凡有可能在街上碰到单尔冬的，都焕然一新。

辛欣来犯案，单四嫂打起了两副算盘，现在看来，这两副算盘都要落空了。离婚以后，她最羡慕的女人就是王秀满，因为她摊上了个好男人。辛七杂的仗义和忠诚，是单四嫂迷恋的。如果在旧时代，辛七杂娶她做妾，她都情愿，在她心目中，这样的男人的肩膀，是担得起两个女人的。王秀满不在了，单四嫂想成为屠宰场的女主人。但她给他买的帽子，居然没见他戴过一次。而且她听说，辛七杂与人私下聊天时，曾说金素袖这个女人不简单，可见他心底是有她的。单四嫂打的另一副算盘，针对着安雪儿和单夏。她听说有些精神疾患者，一旦结婚，就会奇迹般好转，早想为儿子娶一门亲。她想到了安雪儿，她身体有缺陷，正常男人不会找个小矮人，单夏却可以。可安雪儿精灵古怪，人人都当神供着，单四嫂哪敢提亲。辛欣来强奸安雪儿，她觉得好时机来了，安雪儿失身后会一夜贬值，能与儿子相提并论了，可谁料她怀孕了呢！

　　南市场的业主们，一上午都在议论安雪儿怀孕的事情。有摊主说以后不能让她白吃了，因为她肚里怀个孽种，纵容她吃，就是犯了包庇罪。有店主说，以后安雪儿来吃饭，不能把菜给她往好了做，要弄成猪狗食，让她难以下咽，不能让辛欣来的种子，在好土壤里成长。当然也有好心人，认为安雪儿怀孕是好事，绣娘有了第四代，利于她康复；辛七杂有了孙子，能缓解他的丧妻之痛；而安雪儿有了自己的孩子，养老有保障了。只是他们想象不出，她生下的孩子会有多大。有人说有巴掌大就了不起了，有人说会有筷子那般长，还有人说以安雪儿现在的生长速度来看，孩子不会小了，起码得有辛七杂的大脚那般大。单四嫂听大家议论安雪儿肚中的孩子，心如刀绞，那一上午她总是找错钱。多找给人家的，人家想着她孤儿寡母的不容易，会还给她；少找给人家的，一看她精致的打扮，认为她心肠坏了，毫不客气地讨要，令她难堪。所幸这一上午她都没看到单尔冬，她没卖完煎饼，就收摊儿了。

单尔冬脱离老魏后，一直把陈美珍送到她南市场的办公室。

陈美珍的办公室，装扮得跟她一样，俗气热闹。窗台是明黄色大理石的，墙裙是酒红色的，地砖是黑白格的，像是棋盘。明明大白天，可她进屋就开灯，炫耀那盏硕大的枝形水晶吊灯。办公室中央的红木老板台上，摆着各类饰品，玉白菜，琉璃发财猫，水晶地球仪，泥塑财神等。陈美珍落座后，先从随身包里拿出一帖消毒湿纸巾，擦过手，再取出一瓶补水露，说是秋风硬了，这一趟走，吹干了皮肤，冲着脸一通喷；最后她摸出一个琥珀色香水瓶，一边朝腋下喷洒，一边对单尔冬说，这是最新型的夏奈尔香水。

陈美珍折腾完，示意单尔冬坐在她对面的椅子上，说她可帮他采访到林大花，但他得帮她个忙。

陈美珍拿起桌上的笔，在台历簿上乱写了几笔，然后抬起头，竖起手中的笔，说她丈夫和女儿都上过报纸，只有她不为外人知晓，而她把南市场经营得有声有色，业主们没有不说她好的，她想让单尔冬帮自己找个好记者，来龙盏镇采写她，让她登上《松山日报》。

单尔冬说："写你，你哥哥跟报社打声招呼，他们会派最好的记者来的，何至于找我？找我的话，不管谁来采写，这属于有偿通讯，要收费的。"

"自打唐眉的事情上了报纸，我哥说唐眉带着同学过日子，不找对象，是被报纸害了，我哪敢跟他提这事儿！"陈美珍说，"钱我不在乎，你找个好记者就行。还有，文章发表时，要配发我的单人照片。"

单尔冬说："那是一定的。"

陈美珍拉开抽屉，取出一条软中华香烟和一条鹿鞭。香烟是她给单尔冬的，鹿鞭则是给陈金谷的。她说哥哥最近在电话中总说腰疼，估计肾亏，她特意从古约文乡的鄂伦春人手中，买来了野鹿的鹿鞭，给他补补。她说最近去不了松山，邮寄不安全，托别人捎，又怕被贪心的人用养殖的鹿鞭给掉包了。

单尔冬感激她这份信任，接了鹿鞭，当然，也接过香烟。这样陈美珍给烟婆打了个电话，先说她这个季度卫生监督得好，奖励她五百块，再说单尔冬要采访林大花，请她配合一下，烟婆虽不情愿，还是答应了。

单尔冬离开时，踌躇片刻，求陈美珍对单四嫂多加关照。陈美珍挺胸拍了下桌子，高声大气地说："龙盏镇人谁不知道？只有一个业主在南市场做生意，我是免收摊床费的，她就是你过去的老婆，还用你嘱咐？"

单尔冬像是被人打了一巴掌，立刻红了脸。

第二天晚上，他如约去了烟婆家。

单尔冬之所以晚上去，是因为烟婆告诉他，林大花在这次事件中受了刺激，以前她怕黑，现在却怕白。白天时她蒙头大睡，夜色漆黑时，她则像夜游的动物，眼睛亮起来。

王庆山是单尔冬见到的龙盏镇故人中，唯一不见老的人。非但不见老，还显得年轻了，足见烟婆多么的会伺候男人！王庆山面色红润，皱纹很少，眉毛还是漆黑的，唇色不像以前泛紫，而是石榴红色。他在穿着上也比烟婆好，灰色毛呢裤子，黑衬衫上套着羊绒背心，见了单尔冬，他寒暄几句，就去后屋摆扑克牌了。

林大花住的西屋没有开灯，借着灶房走廊的光，单尔冬看见她坐在窗下的板凳前，一袭黑衣。单尔冬知道这光线不能做笔录，悄悄打开了录音笔。

"你常去部队给战士们拔火罐吗？"这是单尔冬抛出的第一个问题。

"没去几趟——"烟婆在一旁抢答，"她听安大营说部队上一些南方来的兵，受不了咱这儿的风寒，腰背疼，大花跟我学会了拔火罐，心眼儿好，就去给他们拔寒气，算是拥军吧。谁想到这次献爱心，回来的路上出了事呢。"

"你每次去，都是安大营接送吗？"单尔冬又问。

"以前是她自己去的，这次赶巧大营回来看绣娘，顺道带了她。"烟婆说。

烟婆一直代答，引起了单尔冬的怀疑和反感。他直言不讳地说他想和采访对象单独聊聊，烟婆这才离开西屋。不过她在灶房找活干，监听他们的谈话。

林大花显然有备在先，不等单尔冬发问，主动陈述事发经过，她去部队给战士拔火罐，归来途中，遭遇意外时，安大营全力将她推出驾驶室。她说她上岸时，那辆车落日似的，沉下去了。

单尔冬在她讲述时，一直悄悄观察林大花。虽然他看不清她脸上细微的表情，但能看见她坐得不稳，像飘忽的风筝，双手颤抖得尤其厉害。

"在出事之前，他最后说的话是什么？"单尔冬问。

"他什么也没说——"林大花答。

"他开得快不快？"单尔冬又问。

"那你得问老鹰了。"林大花满怀抵触地说，"我坐在车里，感觉不到快慢，老鹰在天上，它看得比我清楚。"

她的回答，令单尔冬惊愕不已，他追问一句，"你看见天上有老鹰？"

林大花说："我看见老鹰在云彩里坐窝呢——"

单尔冬无可奈何地叹口气。

烟婆借着送茶的由头，又回到西屋，说："也合该大营倒霉，车坠在那段江里！这几年三村人挣钱挣红眼了，榨油坊一年比一年多。盖房得用沙子吧，那段江的沙子好，家家都雇挖沙船去那儿挖沙，结果挖出了个吃人的大坑！"

单尔冬知道面对这对母女，自己采访不到有价值的东西。而有价值的东西，在这类文章中，往往也不能入笔。只要见到当事人，文章就好组织了。他觉得是结束谈话的时候了。

单尔冬起身离开时，问了她最后一个问题："为什么出事后，你怕白天？"

林大花沉默着，单尔冬以为她不会回答了。谁知他出门的一瞬，林大花突然抽泣着说："我不想看见自己的脸！也不想让别人看见我的脸！"

单尔冬怔住了，因为他此番归来，也是同样的感受。他不愿让别人看见他的脸，也不想看见自己的脸，他希望龙盏镇没有黎明，一直在黑夜中！

烟婆和王庆山把单尔冬送出门。

烟婆嘱咐说："别把俺家大花写得太好了，她受了刺激，以后不去部队给战士拔火罐了。"

单尔冬说："明白。"

王庆山说："别写她现在喜欢黑夜，要不耽误孩子找对象。"

单尔冬说："放心。"

王庆山点了一颗烟，递给单尔冬。在那个家，他也就做得起一颗烟的主儿吧。

单尔冬叼着烟，来到西南角他和单四嫂住过的旧屋前，看了半晌屋内陌生的灯火，怅然离开。路灯虽亮得少，但明月照亮了龙山，每一条路都像不能遗忘的往事一样，清晰入目。单尔冬想起了第一次见到单四嫂的情景。单尔冬兄弟四人，他的大哥三哥和父母在冬青镇，他和二哥则在龙盏镇。二十多年前，盛夏时节，媒人为了给单二介绍对象，将她从秀木镇领来。单四嫂父母早逝，在叔父家长大，婶婶看她不惯，想早点嫁出她去。她黄黄瘦瘦的，长脸，高颧骨，小眼睛，微微下垂的唇角，梳两条潦草的麻花辫，不爱说话。单二看她一眼，就说她长着张苦瓜脸，辫子都梳不利落，不像是能持家的，一个劲摇头。可单尔冬却对她动心了，那天她穿白衬衣，黑裙子，粉红的塑料凉鞋，素净而鲜亮，惹人怜爱。单尔冬娶了她，攫取了她的芳香，最终却抛弃了她。单尔冬离婚时，父母已逝，不然会被他气死。而单二在单夏脑壳出了问题后，怕单四嫂孤儿寡母的遇到难事，拖累于他，举家搬到冬青镇去了，从此不再认他这个弟弟。

单尔冬连夜赶出了那篇稿子。黎明时分，他走出客栈，来到北口。晨曦微露，路上没有行人，只有一条老眼昏花的狗，偎在一座破败的门楼前，有气无力地对着他哼哼两声。他在路过与石碑坊相邻的院落时，听见了钟摆一样有条不紊的"哒哒"声，知道那是驴在拉磨。北口拉磨的人家，除了老魏，就该是单四嫂了。单尔冬的心剧烈跳动起来，呼吸困难，他停下脚步，从兜里掏出速效救心丸，含服了几粒，这才颤抖着走进院子。

白的磨盘在转，磨身漫溢着玉米金黄的汁液，好像磨盘流出的泪；蒙着黑面罩的黑驴也在转，它把院子的泥地踏出一圈深深的凹痕，远远一望，像只愤怒的眼，瞪着单尔冬。一个穿海蓝色条绒衫的青年，挎着只铁皮桶，跟在黑驴身后，侧身往磨眼填着泡好的玉米粒。他漆黑浓密的头发，黑红的脸庞，毛茸茸的小胡子。听见脚步声，他别过头来，单尔冬看见了一双明净的眼睛，就像多年前他看到的单四嫂的那双眼睛一样！这样的眼睛，对他来说就是生命中的黑夜。单尔冬在心里热切地叫了声"儿子——"将怀揣的一万块钱丢在地上，跌跌撞撞走出院子。

一个星期后，单尔冬的文章见报了。龙盏镇人传阅那份报纸时，都骂他胡诌。他在里面虚构了不少情节，如老魏说安大营帮他挑过豆腐担子，葛喜宝说安大营救过一只受伤的白鹤，绣娘说安大营为了给战友们补衣服，特别在探家时跟她学习缝纫，林大花说安大营为学校义务修过桌椅。最离谱的是红日客栈的老板娘说，她给安大营介绍了两个对象，安大营都说他驻守边防，绝不考虑个人问题。龙盏镇人透过单尔冬的文章，第一次发现，原来印在纸上的字，也有谎言啊！他们咒骂单尔冬，也就三五天，因为很快传来消息，单尔冬中风了！他的小老婆将他送进医院，便不管不问了。人们同情他，说他遭了报应，原谅他笔下的文字了。毕竟那些应景的文字，说的也都是安大营的好。

十一　旧货节

除了斗羊节，龙盏镇还有一个属于自己的节日，就是旧货节。斗羊节在端午，旧货节则在秋收之后。

不叫辛开溜，还没有这个节日呢。

十六七年前吧，秋末的一个日子，辛开溜收完前后园子，归置农具时，发现多年不用的犁杖太占地方，灵机一动，把犁杖扛在肩上，到小商小贩聚集的南市场去，想跟人换一把钐刀。他住的泥草屋，年头久了，时常漏雨，他想转年夏天给棚顶苫点干草，打草的钐刀是必不可少的。辛开溜想用犁杖换钐刀的消息传开后，迅速启发了农人们，他们兴冲冲地回家，把富余或闲置的农具也扛过来，换自己需要的。就这样，犁杖换钐刀，镰刀换耙子，镐头换锄头，人们在瑟瑟秋风中以物易物，补充了农具，也收获了快乐。第二年秋末，旧物交换不仅限于农具了，家具、炊具也进了交易集市，箱子换柜子，太师椅换饭桌，碗架换炕琴，茶壶换暖水瓶，洗脸盆换铝皮闷罐，瓷盘换酒盅，品种越来越丰富，旧货集市就此兴起。而到了第三年，旧物交换范围再次扩大，衣裳鞋帽、家居和学习用品也登台了。花衣服换布鞋，裤子换围裙，花瓶换烛台，镜架换铅笔盒，帽子换手套，储蓄罐换针线盒，甚至铅笔换橡皮，绑腿换头绳，五花八门，无所不有。唐汉成和陈美珍一开始很反感这种交易，认为影响南市场的形象，说是都商品经济时代了，以货易货太落后了。但这种已形成规模的集市，谁都无法取缔，因为它已深入人心，悄悄演变成龙盏镇人的节日。镇政府只能顺势而为，每年秋末，在南市场举行旧货节。

旧货节哪天开始，取决于辛开溜。他带着旧物出现在南市场，便是为旧货节无声剪彩了，人们就可以拿出家里的旧货来交换了。旧货节有时一两天，有时三五天，这要看人们交换的旧货的品种是否丰富，当然，还得看天气。有时头天阳光灿烂着，次日雨雪交加，旧货节一天也就结束了。有时连日晴朗，人们交换旧货的热情不减，它就相应延长两天。这个节日给龙盏镇带来了和气，也带来不少麻烦。比如东家的茶壶上了西家的桌子，这茶壶比以前伺候得鲜亮，东家就很高兴，觉得自己的旧物有了好命运，与西家说话就是温柔的；可如果李家的脸盆被王家换来做鸡食盆了，李家就觉得王家没把他们当人看，见到王家人，会吊起脸子。最要命的是那些记性差的人，明明把旧物交换出去了，可是看到别人戴自己的帽子，别人扛的耙子原来是自家仓房的，别人家晒米的簸箩以前在自家院中，别人家挂在树上的鸟笼，原是自家孩子提着的，便疑心人家偷了东西，去派出所报案。所以一到旧货节，派出所就会派两名警察来南市场，除了维持秩序，调解人们易物过程中的纠纷，还不断提示大家，可得记好了，你换出去的东西，是泼出的水，嫁出的女，跟你没关系了！

唐汉成忌讳辛开溜的逃兵身份，所以外来人在旧货节期间来到龙盏镇，问起它的来历，他只说是自发的，绝口不提他的名字。为了淡化辛开溜在这个节日的光环，他甚至指使别人，每年秋末，早早携了旧物去南市场的集市。可是很奇怪的，谁都没辛开溜有号召力，只有他现身，人们才接二连三奔向那里。龙盏镇人平素瞧不起辛开溜，但每年的这个时刻，他们对他却是尊崇的。

辛开溜拿到旧货节用于开市的旧物，年年不同。头一年是犁杖，转年是一把锤子，第三年是一只水桶，到了第四年，是一条长凳。总之，他每年拿来的旧物，都能换出去。他到手的旧物，往往与众不同。他用长凳换来一根马鞭，而他并不养马；他用桦树皮米桶换来一把口琴，而他并不会吹口琴。最有趣的是，他用一副扑克牌，换来一张泛黄的年画，贴在炕琴的侧壁上。

人们以为辛开溜的孙子犯案在逃，他今年没心情过旧货节了，可是中秋次日，太阳刚冒红，屋顶的霜还没融化呢，辛开溜就出现在南市场了。他打扮怪诞，上穿土黄色的打满补丁的小翻领衣服，下穿一条黑色薄棉裤，脚上套着笨头笨脑的大头鞋，戴一顶有帽遮的六角形灰布帽，拎着一篮黑漆漆的煤！

葛喜宝去红日客栈上工的路上，第一个看见辛开溜。他揉着因伤风而不畅的鼻子，说："您这衣裳这么多的补丁，怎么着？想回到旧社会啊？"

辛开溜抖着白胡子，振振有词地说："补丁是衣裳的花瓣，每个花瓣都有故事，你懂个屁！"

受了奚落的葛喜宝没有恼，转而攻击他的帽子："您戴这帽子，道士不道士，士兵不士兵的，什么玩意儿啊？"

"哼，没这玩意儿，就没你们今天的太平日子！你还想在这揉鼻子？门儿都没有！"辛开溜气咻咻地放下篮子，正了正帽子。

葛喜宝捏着鼻子说："敢情我这鼻子，是你帽子的儿子？它们哪世结的孽缘呢？"葛喜宝苦笑着，去红日客栈了。

太阳出来了，霜化了。霜化在屋顶，屋檐流泪了。霜化在树上，枯枝败叶宛如披挂了珍珠，熠熠闪光了。霜化在土路上，土路就成了印泥，而脚做了印章，在路上留下各色足迹——人的，以及鸡鸭鹅狗的。霜后的空气异常清冽，仿佛含着冰碴，这是飞雪到来的前兆。

旧货集市的人渐渐多起来。人们对辛开溜的行头好奇，纷纷凑过来。任谁问他，他只是仰头望天，不置一词。等到正午时分，交易达到高潮，他才当着众人，讲起衣服帽子的来历。

他说这顶帽子，是他在抗联队伍打鬼子时戴的，他是低等兵，一直剃光头，所以喜欢帽子。这样的帽子他戴过三顶，一顶在急行军时，被风吹落悬崖了，一顶被炸弹炸飞了，最后只剩这一顶。

三村的李来庆，因为斗羊节上给对手的羊喂泻药，被辛开溜揭发了，弄得妻离子散，对他一直怀恨在心，赶巧他扛着一口水缸来到集市，听到辛开溜这么说，他啐了口痰，说："你娶了个日本老婆，还敢说自己打过鬼子？骗谁呢！"

辛开溜不理他，接着说衣服。他说衣服是日本鬼子穿过的军服，战利品。抗联队伍给养不足时，就穿它。他穿这件衣服在密林穿梭，被剐得千疮百孔，所以补丁多。这回不但是李来庆对衣服生发了疑问，其他人也都撇嘴，说我们的队伍，怎么会穿鬼子的军服？瞎说！

辛开溜被质疑声包围，可他泰然自若，声言帽子和衣服是他的宝贝，黄金宝石都不换，他穿戴来，不过是让大家开开眼，他要换出的不是它们，而是煤！

他要用一篮煤，换来一匹马，而且指名要鄂伦春马！

大家认为他疯了——从装扮到他的言行。

为了保护森林，松山地区近年来实施"以煤代木"工程。也就是说，传统燃料木柈子，被燃煤取代了。烧木柈子时，家家烟囱冒出的烟，如晴朗的云朵，轻盈雪白，洋溢着淡淡的草木灰香气。而煤则像臭屁精，燃烧时冒出黑烟，气味难闻，污染空气。谁都知道唐汉成爱惜环境胜于一切，为了减少煤尘的危害，他多方筹措资金，将龙盏镇大部分区域实施集中供暖，取缔住家的小锅炉，建起两座锅炉房，一座在东南岗和西南角之间，一座在西坡。只有北口，由于房屋破旧，且不规整，难于改造，就把它抛除了。所以北口的人家，虽也像其他人家一样，做饭使上了煤气灶，但入冬取暖还得生火。唐汉成不许北口人烧煤，让他们烧柈子，因而北口的烟囱，飘出的烟仍是轻灵芬芳的。

辛开溜因为在山中烧炭，他家的炉膛吃的就是炭。不过炭不抗烧，三九天时，他还是烧桦子，桦子火硬，散热也快。可是近几年很奇怪的，辛开溜不备桦子，他从窑厂回来过年时，一个正月，几乎不见他家的烟囱冒烟，可他并没冻着。于是有人说，辛开溜活得年纪大了，常在山中转，也许被狐狸点化了，不吃饭不会饿，不烧柴也冻不着他。

辛开溜脚畔放着的这篮煤，乌黑闪亮，无比润泽，好像放到热锅里，都能榨出油来。它没有渣子，大块如砚台，小块如漆黑的眼珠，散发着动人的光芒。

虽说这煤气质不俗，但用它换一匹鄂伦春马，人们都摇头，觉得他这是痴心妄想。可辛开溜坚信不疑，说一定会有人牵着鄂伦春马来的，因为这煤非同寻常，是无烟煤！人们恍然大悟，正月里他家的烟囱看不到烟，原来烧的是这种煤啊。它从哪里来？人们问他。辛开溜龇着牙说："从哪里来？肯定不从我屁眼儿底下来，我拉不出这么好的屎！"

人们笑了，忙着交换旧货，没人再关心这篮煤了。

辛开溜一到旧货集市上，眼前就会浮现出秋山爱子的影子。他第一次看见她，是在庙会上，而且也是这样清冷的季节。

而他与她相遇之前，他确实是个战士。

辛开溜出生于浙江萧山的一个堕民之家。所谓"堕民"，就是生活在最底层的贫民。他们也是最下等的商贩，用碎米自制饴糖，换取旧货，将其翻新，置于货担，挑在肩上，敲着小鼓，走街串巷叫卖，以此养家糊口。男人们用饴糖换旧物来卖，女人们则拿着饴糖去大户人家讨喜，博个赏钱。所以堕民之家的主妇，也许不记得家人的生日，但绝不会忘记有钱人家一家老小的寿辰。她们在那一天会穿上稍微体面些的衣裳，带着饴糖上门道贺，说尽人间好话。所以辛开溜小的时候，从来不觉得饴糖是甜的。糖里裹着的，是凄苦人生。

辛开溜十四岁时，被父母卖掉。那一年故乡闹虫灾，庄稼绝产，引发饥荒，饿殍遍野。堕民除了在喜庆场合讨喜，也去丧葬场，帮人"哭丧"。当然穷人是不需要哭丧的，他们的辛酸多，眼泪多。富人们却不同了，他们过得滋润，哪有那么多的眼泪？而葬礼泪少，等于没有露珠闪烁，缺乏光彩，所以有钱人家就请哭丧的去。按理说饥荒死人，是死不到富人头上的，这样的人家仓廪殷实，灶房飘香，脸上泛油光，足下有力气，不仅人说话的底气足，就连看家的狗，叫得都嘹亮。可辛开溜家所在的庄子，那年饥荒中，竟死了一个叫牟守财的粮商。辛开溜被卖掉，正与他的死有关。

辛开溜回忆起少年时代，连兄妹的容颜都有点模糊了，但他不会忘记牟守财的模样，是他改变了自己的人生。他矮矮的个子，一张枯黄的倭瓜脸，走路外八字。春夏穿灰布长袍，秋冬穿青布马褂，一年四季都是黑布鞋。他虽然有钱，但不舍得花，吃穿都很俭省。饥荒来临，牟守财就像看到了壮丽的日出，兴奋不已。他打算把仓里的粮食，全囤起来，等到死亡达到高潮时，以天价卖出。牟守财勒令家人，不许吃干的，只能喝稀的，所以他家天天煮粥。等到饥荒越来越厉害的时候，他连粥也不让家人喝饱了，且以身作则，两三天才碰一碗米汤。他这样苦熬了半个月，终于撑不住，死在粮仓前。他断气了，他的家人先是合力把他抬开，然后打开粮仓，点起灶火，焖了一大锅干饭，就着咸菜，结结实实地吃了个饱，这才想发丧的事情。看着牟守财枯干的遗体，他们都庆幸，老东西若不死，他们也将性命难保。本来他们就泪少，加上怨恨，一滴泪也挤不出来了，只能请哭丧的。这样辛开溜就被母亲带到了牟家的葬礼上。

辛开溜对哭丧并不陌生，他七八岁的时候，母亲就带着他去四邻八乡，给人哭丧。初始他哭不出来，但看母亲哭得抢天呼地，他担心她会哭死，吓得跟着哇哇哭。等到他大一点，知道母亲是哭不死的。他在葬礼上没泪水的时候，母亲就揪他耳朵，或是扇他巴掌，让他哭出来。挨揍的滋味不好受，所以尽管哭丧后，母亲得了钱，会给他买好吃的，他也不愿到葬礼上去。

辛开溜跟母亲到牟守财家哭丧，哭得很凶，因为灵前摆着一盘上供的馒头，还热气腾腾的，而这馒头不能碰，只能眼睁睁瞅着，他馋得慌，委屈得慌。牟守财的家人因为暴吃一顿，累着胃肠了，大都偎在炕上，轮流守灵。黄昏时分，辛开溜趁母亲解手的当儿，见牟家人不在，灵前没个活人，把那一盘馒头全都吞肚了。这还不算，他把长明灯的灯油也喝光了——那是用菜籽油做的灯啊。长明灯没了灯油，立刻就成了瞎眼灯。等到母亲回来，牟家人出来，发现灵前的馒头不见了，长明灯灭了，个个大惊失色。按照风俗，长明灯在灵前燃起，直至死者入殓，是不能熄灭的。它若没了光亮，预示死者的后人，将陷入漆黑之境！牟家人知道是哭丧的孩子偷吃了馒头，偷喝了灯油，气愤至极，你一拳我一脚的，把他打了个半死。牟守财的儿子，甚至拿出一把尖刀，说要剥他的皮，把油脂刮下炼油，用他的油，点燃长明灯！辛开溜的母亲眍眍给他们磕响头，求他们饶过自己的儿子，说他瘦得皮包骨，就是剥了他的皮，也榨不出一滴油。可牟家人不依不饶，最终灌了他一碗肥皂水，将他大头冲下，吊到一棵桑树下，要他把偷吃的东西还回来。辛开溜还记得被吊起的情景，他眼冒金星，恶心至极，大地在旋转，他确信身下的世界，就是老人们在故事中所说的地狱。他吞掉的馒头，最终像垃圾一样，从口中倾泻而出。牟家的狗立刻上来，舔着吃了。也许是夕阳映照的，狗的舌头血红血红的，眼睛也血红血红的。

那次哭丧，他们没得着一分钱不说，还受尽凌辱。也真是怪了，牟守财发丧后，牟家连遭不幸。就在当年，牟家的儿媳，产下的男婴是个死胎；牟守财的老伴，被门槛绊倒，跌掉了三颗牙齿；最不可思议的是牟守财的女儿，有一天早晨起来，眼睛突然什么也看不见了。牟家将这一切怪罪到辛开溜身上，要不是他喝掉长明灯的油，他们家仍是光明的。一有不幸，他们就找辛开溜撒气，揍他不说，还往他身上撒尿，让他吃狗屎。及至牟守财的女儿失明，他们要拘走辛开溜，让他做她的拐杖，服侍瞎子一生，辛开溜的父母，只得把他卖掉。怕牟家人找到儿子，他们把他卖到了遥远的北方。

辛开溜记得，买主领走他的那天，送来一担白米。对于一个在饥荒年月，连糙米都吃不上的堕民之家来说，那担白米就是阳光，瞬间照亮了晦暗的日子。辛开溜的哥哥和妹妹站在米桶前，目不转睛地盯着白米，口水横流；而他的父母只是看了一眼米，便走到水缸前，一瓢一瓢地喝凉水，好像他们身上起了火，要用凉水浇灭似的。辛开溜被人领走时，家人的目光都不在他身上。可当他出了家院，身后骤然响起撕心裂肺的哭声。家人的哭声无比悲切，泣血似的，他一生都忘不了。

那时来到江浙一带的北方商人，运来的是大豆和煤炭，换走的则是茶叶和丝绸，辛开溜就是被一个来自哈尔滨的茶商买走的。他把他作为礼物，送给了鹤立镇开煤窑的好友罗掌柜，做他家的马童。

罗掌柜是个大烟鬼，五短身材，罗圈腿，黑黑的脸，翻卷的鼻孔，长着一对招风耳，两颗大龅牙。他看上去青面獠牙的，心眼儿倒不坏，待挖煤的工人很友善，吃穿皆管，工钱发得还多。他喜欢马，有专门的养马人。马厩里的七匹马，都是他亲自挑选的。他讨厌白马，说白马要是跑起来，幽灵似的，让人害怕。他养的马，都是枣红色。辛开溜做马童，得到的工钱比挖煤的少。但他对工钱不在乎，只要吃饱就行。他正是长身体的时候，一顿能吃三个窝头，两海碗的白菜炖豆腐。他来鹤立镇不到半年，就长高了一头，脸色也红润了。

鹤立镇人口不多，冬季漫长，与苏联隔江相望。辛开溜在萧山只见过两次零星小雪，到了这里，才知道雪是北方的常客，十天八天就来一场。罗掌柜喜欢雪后骑马，马蹄在雪地留下的蹄印，在他眼里是冬天的花朵。一到雪天，辛开溜就要和养马人早起喂马，理顺马的鬃毛，并擦亮每一套马鞍马镫。罗掌柜骑马，有点选妃的意思，走进马厩，看哪一匹马精神好，仪态好，就骑哪一匹，而且他骑马时，总是一袭黑衣。白雪，枣红马，黑衣，让辛开溜梦境中的故乡，变得越来越虚幻。他甚至庆幸茶商把他卖到了这里，他不用哭丧，有了温饱，而且能看到壮美的景色。

辛开溜在鹤立镇的太平日子只过了一年，"九一八"事变爆发，日本人携废帝溥仪成立了满洲国。转眼之间，鹤立镇成了日本人的天下！他们把炭矿开采权拿到手中，成立了满洲炭矿株式会社，日本宪兵队和关东军守备部，也驻扎在了鹤立镇，罗掌柜的煤窑，一夜之间，变为别人的金窟！他愤懑难耐，大烟抽得更甚，也不骑马了，夜里常常盘腿坐在炕上，枯坐到天明。最终他拿出手中的钱，一部分遣散工人，一部分给了老婆孩子，自己带着一小部分，在一个雪后的早晨，骑着一匹最健壮的马，绝尘而去。他去了哪儿，没人知道。他的老婆罗张氏哭得死去活来，说罗掌柜跑了，跟休了她一样！不叫一儿一女羁绊着，她干脆吊死算了！罗张氏小脚，本来走路就飘飘摇摇的，没了掌柜的，她头发白了多半，脸颊青黄，神思恍惚，走路更加不稳了，就像出水的鱼儿，随时要断气的样子。她把三座房子卖掉两座，只留最小的一座，说是不能离开原址，罗掌柜万一有天回来，找不到家会着急的。她恨马，是马带走了她掌柜的。她把马卖掉，一匹不留，马厩由辛开溜打扫出来，做了仓房。她最终留在身边两个人，一个是厨娘郭嫂，另一个是辛开溜。

辛开溜被日本人抓走做劳工，是在罗掌柜失踪后的第三年。那年春天，罗张氏差他去城边卖猪仔的贺家，抓两只小猪来养。辛开溜记得那是个雾气沉沉的早晨，他吃过早饭，怀揣着钱，拎条麻袋，走向城外。雾气让太阳成了游魂，踪影难觅，路上的行人，也都鬼影似的。一直到他快出城了，大雾方散，太阳露出隐约的脸庞，他望得见贺家的灰瓦房了。因为早晨喝的稀粥，辛开溜内急，未等到贺家的茅厕，就站在路边方便。他刚解开裤带，一辆从城外驶来的汽车，突然一个急刹车停在他身后，有人从车上跳下来。未等他回头，他的腰眼儿，被刺刀抵住了。辛开溜自知插翅难逃，坚持把尿撒完。不过撒得哆哆嗦嗦的，尿水淋漓，好像没有尽头。

他被挟持上那辆车后，发现车篷里已有七八个壮汉了。从他们惊恐绝望的表情看得出来，他们也都像他一样，突然被抓了的。车篷捂得严严实实，几名持枪的鬼子对着他们，谁也不敢说话。他们看不见外面的风景，但能闻到春天的草香。有个蹲伏在角落里的黄脸男人，最终没能忍住，叫着老婆孩子的名字，啊呜啊呜哭起来。不过他只哭了一两分钟，就不敢哭了。因为一名鬼子，

旧货节

用刺刀抵住了他胸口。雪亮的三菱刺刀，就像无声的死亡通知书，令人不寒而栗。

次日中午，辛开溜他们被带到一个隐蔽的地方。后来他才知道，那里是勋山要塞，距东宁镇很近，一江之隔是苏联，关东军正在此修筑工事，需要大批劳工。劳工中除了战俘和以招工名义被骗进来的人，就是像他一样，被强行抓来的。被抓的劳工，有种田的，卖柴的，还有锔缸锔碗的匠人。最离奇的是，有个摆摊算命的，稀里糊涂的，也被抓了来。劳工们晚上回到工棚，最爱拿他开涮：遭这么大的难，你怎么就没掐算出来？

辛开溜每天天不亮就离开工棚，去地下工事干活，太阳落山才归。他做劳工的那两年，觉得自己成了半瞎。他侥幸逃出，是因为飞机场的修筑，他从地下工事转移到了地上。虽说四周有铁丝网阻挡着，监工看管也严，但能看见太阳，让他有回到人间的感觉。有一次他去铁丝网旁解手，忽然发现，外面的草丛中有个放羊的汉子！辛开溜如遇救星，央求他把铁丝网剪个洞，他想逃出去。放羊的汉子说他手上没钳子，得下次带了家伙才行。辛开溜把这消息，悄悄告诉给和他知近的两位工友，三人商量着如何逃跑。

劳工们干活时，凡内急解手，得向日本监工报告。方便时不能结伴，要一个一个轮着去。他们要想一起离开工地，只能求助月亮了。因为月亮好的晚上，日本监工往往会在晚饭后，又把他们驱赶到工地上，而这时他监管懈怠，通常转上一圈，就躲进岗楼偷着喝酒，只把他的狗留在工地上。在日本监工眼里，黑夜也是一张网，有双重网拦着，该不会出事的。

辛开溜记得那是阴历七月十五的晚上，鬼节，月亮又大又圆，日本监工见天灯明亮，又催促他们上工。他牵着狗，在工地转了两圈，撒开狗，回岗楼喝酒去了。他的狗充当巡逻兵，转着圈看管劳工。辛开溜和另两位工友一边干活，一边瞄着狗。当他们发现狗溜到岗楼背后撒尿去了，赶紧行动。那个放羊人真好，在老地方，果然有个剪开的洞口。所以多年以后，辛开溜戳穿了李来庆给对手的羊下迷药的事，也有点后悔，因为放羊人救过他，他对天下所有的放羊人，心存着一份感激。

辛开溜他们逃出后，怕被捉回，一直往深山跑。他们在荒无人烟的森林中跋涉了两天后，与一支抗联小分队相遇。辛开溜说这是他们的命，三个人没有犹豫，加入了这支队伍。辛开溜做了火头军，行军时总是背着一口锅，这口锅像块盾牌，为他挡过子弹。他在战场上也不是没负过伤，所幸都不在要害部位。

关东军为切断抗联队伍与老百姓的联系，实施"归屯并户"，建立集团部落，致使大片农田荒芜，无数村庄废弃。抗联队伍失去了老百姓的支援，补给不足，陷入困境。那年冬天，队伍断了粮，战士们多日粒米未进，每日只靠舔一点盐，喝桦树皮水来维持。他们被逼无奈，准备杀掉最后一匹马。因为罗掌柜的缘故，辛开溜喜欢马。这匹马是驮运粮食的，行军时总是和他走在一起，他和它有感情。在辛开溜眼里，这匹马就是粮仓。马知道要被杀了吧，当杀马人拿着刀走向它时，它流泪了。这样的泪滴像久违的夏日晨露，在凛冽的寒冬绽放，刺痛了辛开溜的心！他并没想着脱离队伍，只想躲开杀马的场所，不忍听它最后的呜咽。

辛开溜离开营地，沿着白雪茫茫的山谷，朝一片桦树林走去。太阳快落山了，映现在雪地上的桦树影子，被镀上金色，成了摇钱树了。辛开溜奔向一个桦树墩，这种树墩的根部腐烂后，常长出鲜美嫩黄的桦树蘑。火头军们采到它们，会放盐清煮，犒劳将士。这素中之荤，比肉还香。这种蘑菇不像草蘑腐烂得快，桦树蘑会在秋风中风干了，蜷缩在树根。冬天的时候，灰鼠喜欢刨开桦树墩的积雪，找蘑菇吃。断粮的那些日子，战士们也曾寻找干蘑，但所获甚微。

辛开溜到了那个桦树墩前，抱着极大的热望蹲下来，拨开积雪，可树根聚集的，不过是枯枝败叶。辛开溜失望地站起来，寻找下一个桦树墩时，树林里突然传来了窸窸窣窣的声响，很快，一只半人高的土黄色的狍子，探头探脑地出现在他视野中。辛开溜看见狍子，尤其是它那铜铃般的耳朵，有如聆听到进攻的号角，立刻操起脚下的一截桦木棒，开始追赶它。辛开溜后悔没有带枪，虽说他的枪法糟糕，不可能打到狍子，但至少枪声可以给同伴提个醒：他发现了猎物。而在此之前，他们在山中寻觅可食之物，连兽迹都少见。民间都说狍子很傻，它撞见人，会很好奇地支棱着耳朵，站在原地不动，你用木棒都能打死它。可辛开溜追逐的那只狍子却不然，它机灵极了，左突右冲的，像是跟他捉迷藏，一直把辛开溜带出桦树林，引向一带狭长的山谷，直至太阳落山。

天黑透了，狍子的踪迹不见了，辛开溜沮丧至极。最要命的是，林间刮起白毛风，他辨不清营地的方位了，而飞雪也将他的足迹掩埋了，他无法循着自己的足迹回返，只能凭感觉走。结果这一走，他成了逃兵！

辛开溜在严寒中跋涉一夜，天明时分，看见一条冰河。如果是夏季，顺着河流走，就会走出迷境。可零下三十多度的严寒，让冰河成了哑巴，难分左右，不辨西东。辛开溜饥肠辘辘，冻得手脚发麻，他想自己一定会死在深山中了。绝望之际，他忽然听到一阵明丽的鸟鸣，几只红脑门的苏雀，从空中扑棱棱落下，在冰河上雀跃着。辛开溜扑向苏雀，企望逮住一只充饥，可是雀儿一哄而起，飞向丛林了，他扑了个空，摔倒了。辛开溜趴在冰面上，就像趴在玻璃上！因为那段冰面被风吹得不存积雪，晶莹剔透，他看得清冰面下的簇簇水草。凝固的水草像一道道弯弯的眉，在寂静的冰下飞着媚眼。水草朝着一个方向倾斜，辛开溜豁然明白，它们倾斜的方向，就是水流的方向啊！他重新燃起了生的希望，沿着冰河走下去，晚炊时分，他终于看见了人烟，来到林岗。

辛开溜得救了。从此他习惯于隆冬时节，在房前屋后遍撒谷物，喂给雀儿吃。

辛开溜在林岗的当铺做伙计，在库房整理当物，足不出户，这也满足了他的心愿，他很怕到街上去，稀里糊涂再被抓了劳工。

他不多的几次外出，都选择与人同行，而且不在雾天和黑夜出行。有一次他与同伴去林岗城南，寻找一个失踪的当主，看见一家挂着蓝幌儿的清真饭馆门前的电线杆上，贴着一张剿匪告示。被砍头的人，竟然是罗掌柜！当时民间的抗日武装，都被日本人视作匪徒，是在清理之列的。告示上的罗掌柜，目光平静，面容清癯，有点得道成仙的意味，好像他从未来过人间似的。辛开溜叫了一声"大掌柜的——"朝着那张告示拜了一下，热泪沾襟。

抗战胜利了，辛开溜能自由呼吸外面的新鲜空气了！他迫不及待地离开林岗的当铺，到依兰跑船，做起船夫。在松花江上行船，让他补偿了脑海中多年来对自然风景的匮乏，就连他做的梦，也不再是过去的鬼蜮情景，而是如醉如诗的画面了！当年深秋，他跑船归来，在三幸上岸时，遇见秋山爱子。

秋山爱子是长崎人，有一哥一弟。她母亲早逝，父亲是造船的。秋山爱子婚后，因生活艰难，听政府宣扬满洲土地肥沃，便和丈夫报名参加了开拓团，远涉重洋，来到中国，成为天井开拓团的成员。他们种植水稻，吃白米，不愁温饱，生活安逸。他们喜欢上了这里的风物，生下一个男孩，想长居于此。然而一九四五年暮春，日本在战争中走向颓势，天井开拓团的男性成员，被征召到中苏边境充军，村庄里只剩妇女和儿童。八月十五日之后，所有的日本人沦为战俘和难民，各自奔逃。秋山爱子带着六岁的儿子太一郎，在乡下躲了一段，然后来到依兰。辛开溜遇见她时，她正在庙会上跟人打听哪个大户人家要雇用人。她自称死了丈夫，日本战败，他们孤儿寡母失去土地，活不下去了。只要有人雇用，管她母子吃住，她宁肯不要工钱。她说自己会种地，会挑水，会缝被子，会做饭，会糊灯笼，还会喂牲口。辛开溜见她五官周正，面目和善，而且身上散发着一股清爽的薄荷味，动了心了。他三十多了还没媳妇，太想有个家了。所以明明知道她是个日本女人，还带着个孩子，自己将来会遭受别人的白眼，他还是上前告诉她，他是个船夫，没钱雇用她，但可以做她男人，让她和孩子有个窝，吃饱穿暖，不受人欺负。秋山爱子瞪大眼睛，定定地看了他半晌，低头寻思一番，然后满含泪水地仰起头来，指着自己的鼻子问："我的，一个？"辛开溜明白，她以为他有老婆，娶她做妾。辛开溜竖起右手大拇指，斩钉截铁地说："你的，一个！"秋山爱子看了看儿子，又看了看辛开溜，抽着腮帮，咬着嘴唇，点了点头。从此她那双乌黑的眼珠，就像两粒漂亮的纽扣，锁住了辛开溜，让他心甘情愿为其所缚，直到她在龙盏镇出走。

辛开溜在旧货集市上想起秋山爱子，不由得潸然泪下。看见他泪水的人，都很诧异，问他怎么了。辛开溜搓着手，找了个借口，说："这衣裳好几十年不穿，让箱子里的樟脑球给熏得一股胡椒粉味，辣着眼睛了。"

天空飘起了清雪，持续了两天的旧货集市就要散了，当人们以为辛开溜的希望落空时，唐汉成牵着一匹壮健的鄂伦春马来了！

他把马的缰绳交给辛开溜，然后拎走了那篮煤！

旧货节

十二　肾　源

　　龙山被雪花点染成一条威风凛凛的白龙时，松山地区公安局年轻的副局长陈庆北，和众多警察一起，来到了龙盏镇。

　　他是为父亲陈金谷的肾来的。

　　半个月前，陈金谷被确诊为尿毒症，双肾衰竭。移植肾脏，迫在眉睫。

　　陈金谷一路做官，都在实权部门，灰色收入源源不绝。他有七百多万存款，无数金银细软、名表名包，以及在北戴河和三亚置下的房产。

　　陈金谷本想着退休后，安然享受这一切，谁想到身体出了大问题！

　　其实他最怕的，是被牵涉到一些贪腐案中。因为在松山地区，那些县处级干部，大都与他有着权钱交易，这些人一旦被纪委或检察机关盯上，陈金谷就得出面斡旋，千方百计保下他们，以免殃及自身。

　　但他摆平不了身体上的事情，他有钱，可想得到与他有亲缘关系的人的一颗肾，却是水中捞月！他原以为他的社会关系是靠权利和金钱维系的，这一病才明白，连家庭也是靠此维系的，这让他无比绝望。

陈金谷骨子里是个粗人，喜欢大碗喝酒大块吃肉，他认为能吃能喝，身体就没毛病。偶有不适，他不去医院，而是请民间那些自称出了道的大仙们，给他诊治。大仙们治病的招数，千奇百怪。他头疼难忍，大仙就说他犯着小人了，在他家锅底画个小人儿，说是日日火炙，小人灰飞烟灭，他就不头疼了。他夜半常常腿抽筋，大仙说他冲着邪恶的星星了，让他躲星，给他卧室的窗帘，加了两幅漆黑的遮光布，弄得屋子跟防空洞似的密不透光，说是这样他的腿就不抽筋了。除了这些疗法，他还吃过大仙们自制的保健药丸，喝过黄酒与香灰调制成的强身膏。他家的书房，是隐藏在都市中的一座庙，供奉着各路神仙。

自今年夏天起，陈金谷觉得腿脚发沉，腰疼难忍，时常恶心，尿频且有泡沫，他请了位大仙瞧病，大仙说他冲着一个女鬼了，在他枕头下放了一把剪刀。枕着剪刀的日子，他老梦见衣裳出窟窿。直到血尿出现，陈金谷才慌了神，咬牙进了医院。血清报告单显示他的肌酐数值超过正常人的数十倍，超声检查发现他双肾重度萎缩，陈金谷这才后悔，不该迷信大仙们。

陈金谷转院到林市医学院附属医院，开始透析。医生说以他的情况，必须尽快找到合适的供体，进行肾移植，不然情况会很危急。他不差钱，可是寻找这颗与他匹配的肾，让他伤透脑筋。

肾　源

最佳的肾源，当属直系亲属。他有一弟一妹，一儿一女，一个侄子、外甥和外甥女，除了唐眉，竟无人愿意与他做配型试验，且都有言之凿凿的理由。

陈金谷的弟弟陈银谷，说他因工作常年陪酒，有肝硬化，且胆囊也摘除了，如果再失去一只肾，闹不好命就搭上了。他为哥哥牺牲自己倒也值得，问题是能不能救得了哥哥还两说着。万一一损俱损，哥儿俩全完蛋了，陈家这辈人没了顶梁柱，将来谁给父母上坟呢？

陈金谷的妹妹陈美珍，说她婚姻不稳定，唐汉成与红日客栈的老板娘关系暧昧，万一她摘肾后性冷淡，就更拴不住他的心了，只能眼睁睁地看着他和刘小红好，这样的日子对她来说，虽生犹死。再者说了，她有肾囊肿，即便割肾给哥哥，也是送上了一个糟烂东西，没准儿使不多久还得换。

陈金谷的女儿陈雪松，刚大学毕业。陈金谷托关系，把她安排在林市环保局工作，并给她买下婚房。陈雪松的男友怕她将肾移植给父亲，将来他们生的孩子，会先天不足，怏怏不快，要推迟婚期，陈雪松只得跟男友保证，她的肾属于男友，不属于父亲。

而陈金谷的侄子，说他刚参加工作，还没对象，要是失去一颗肾，将来就得打光棍儿了，对伯父表示爱莫能助。唐志本来每年感恩节前，会回国看望父母，听母亲说舅舅需要肾移植，还没找到肾源，吓得他改签机票，跟同学到夏威夷玩去了。只有唐眉说她可以考虑，唯一不放心的是手术期间把陈媛交给别人。陈美珍气得肝疼，数落她："人家自己的亲生儿女都不献，你一个外姓人，逞什么强啊？"唐眉还以此为契机，到医疗机构，签下了自愿捐献遗体的协议。

陈美珍认为女儿这是做道德模范做上瘾了，好在陈金谷后来说，他就是病死，也不要唐眉的肾，他说一个大男人，不能要女人的肾。

陈金谷最器重的，是儿子陈庆北。他三十二岁，结婚七年了，有个五岁的儿子，家庭和睦，身体健康。陈庆北仕途得意，当然是因为背靠大树。其实就算陈庆北真想给他一颗肾，为儿子的前途着想，陈金谷也不会答应的。可他没想到，陈庆北怕父亲惦记他的肾，拿出一份医院的诊断报告，上面写着他肾功能不全。而陈金谷清楚，儿子的肾脏，跟新出厂的汽车马达一样强劲。因为他每年参加完单位体检，都要回家炫耀，说除了浅表性胃炎，他什么毛病都没有。还有，他耳闻儿子在外有两个情人，一个是开歌厅的，一个是他的属下。儿子能与三个女人长期保持性关系，没有一颗健旺的肾，是绝无可能的。

陈金谷的两颗失去斗志的肾，就像潜伏在身体里的两个叛徒，把他推到了生命的悬崖，让他看到了平素见不到的风景。

陈金谷深知官场是没有真正的朋友的，重病在身，让他有了更深切的体会。他没转院前，在松山地区医院住院期间，各部门和各县区局的官员们，也都礼节性地前来探视。但他们探视时塞给他的钱，比起以前他爱人生病住院时送的，连五分之一都不到！这明显表明，他们知道他在副书记的岗位干不长了，他没用了。以陈金谷的年龄，他本该在前年班子换届时去人大的，但他呼风唤雨惯了，害怕失去权力。在官场赋闲，与退休后享受闲适的生活，完全不是一回事。陈金谷动用孔方兄，贿赂上一级组织部门的主要领导，留在了原职。但他这一病，等于把自己又安排到人大了。与他同级别的，换届时就盯着他的位置而未能如愿的，知道他得尿毒症了，就像寒冬时分听见了春水流动，欣喜至极，已经开始四处活动，等待接任。这样的人来医院探望他时，嘴上是安慰的话，神情却像中了头彩似的。而那些想要提拔的后备干部，以前像涨潮的海水，一浪高过一浪地追逐他，用金钱的浪花拍打他这块权力的礁石，现在他们一夜之间退潮了。陈金谷知道，即便自己不提出去人大，上级组织也会在不久的将来，把他调整过去；而他想体面地离开，所以在转院去林市时，他以重病为由，主动向上级组织部门写了请调报告。

陈庆北虽然不愿捐肾给父亲，但他积极帮助他寻找肾源。父亲这一病，他才知道需要肾移植的患者甚众。按照时间排序，轮到陈金谷起码要三年以后。他靠透析能不能维持三年，是未知数。但陈庆北认为没有钱办不了的事情，他拿出十万元加塞儿，医生果然答应只要有合适的供体，配型相符，会给陈金谷。陈庆北还与一个绰号叫麻三的人联系上了，他是做黑器官交易的，如果正规渠道太慢，由他帮忙买肾。

医院那边迟迟无动静，倒是麻三，很快给陈庆北带来消息，说有个四十二岁的男人，愿意卖出一颗肾。这人是下岗工人，母亲瘫痪在床，妻子一身病，孩子刚上大学，这些年他除了打零工，就靠卖血来维持生活。麻三说此人嫌卖血来钱慢，想卖肾得笔大钱，改善家庭经济窘状。卖肾的人开价四十万，麻三说他想从中获利二十万。也就是说，只要买家付他六十万，交易就可进行。

陈庆北一口答应了，让麻三将那人带来，进行全面体检。

那男人面色灰黄，瘦得皮包骨，像从难民营出来的。因为常年卖血，他来医院体检时，知道要抽血，惯常地喝了两碗红糖水。麻三只得将他带回去，第二天空腹再来。结果谁也没想到，那男人竟检查出了艾滋病！

陈庆北气坏了，将化验单撇给麻三，说："他他妈的得了这病，还要卖肾，你们这不是合伙儿坑老子吗？"

麻三并不知道那人有艾滋病，他也生气，一脚踹倒那男人，骂："你他妈的想钱想疯了吧？有艾滋病你卖鸡巴毛肾啊！"

那男人瘫在地上，爬着去捡麻三扔掉的化验单，喃喃自语着，"俺咋就这么倒霉呢？春天卖血时，俺检查还没这病呢，老天这不是不让人活了吗？"

"卖血的有几个是他妈干净的！"麻三又踹了那男人一脚，将挣扎着要站起来的他，又踢回到地上。

麻三很快又领来一个卖肾的人。

他是个大货车司机，高个儿，不胖不瘦，粗粗拉拉的，步伐矫健，看上去很壮。陈庆北问他为什么卖肾，他说你没见我的眼

肾 源

袋大得像哺乳期女人的奶吗？他说自己每天开着大货车跑在高速路上，连轴转，有时开着开着车就睡着了。小的车祸出过两起了，一次冲破高速路护栏，撞在农民的麦秸垛上；一次是下雪时，撞在一辆面包车的屁股上。他说麦秸垛和雪花是他的救命恩人。如果不是因为下雪，高速限速，他的车开得跟平素一样快的话，打盹儿那一瞬，大货车失去控制，会把前方的面包车撞翻了，那里可是六条人命啊！他说自己不能再冒险了，卖个肾，开家小型汽车修理铺，平平安安过日子算了！

大货车司机全面体检后，除了轻度脂肪肝，胆固醇偏高，没别的毛病。而且最最重要的，他的肾与陈金谷的，配型相符！他说自己肾好，开价五十万，陈庆北答应了他。

配型结果出来的当晚，麻三和陈庆北都很高兴，他们约上大货车司机，在一家酒楼相聚，商量换肾的具体事宜。大货车司机表示，只要五十万到他账户，他立刻就上手术台。但几杯酒落肚后，他出去接了一个电话回来，立刻变卦，说他不卖肾了。陈庆北以为他是有意抬价，主动说可再加五万，但大货车司机说没接电话前，他的肾是他一个人的，可以做主，现在他的肾是两个人的了，他说了不算了。原来他离婚六年，对前妻念念不忘，一直想复婚，百般乞求，就是没用；可刚才前妻打来电话，同意复婚了。大货车司机说，他失去一颗肾，身体等于少了一轮太阳，万一伺候不了自己的女人了，这个家还得散。大货车司机说完，作揖求饶，主动买单，带着要复婚的喜悦，哼着小曲离开了。

麻三气得两眼冒火，掴了自己一巴掌，连声跟陈庆北道歉，说："哥哥，相信我，下一个绝不会这样了，我马上找第三个！要是再出事，我麻三立马把自己的肾割下来给老爷子，分文不要，你打听打听去，江湖上谁不知道，我麻三做事讲究，说话算数？"

陈庆北嘴上夸赞麻三够哥们儿，并顺势和他干了一杯，心里却开始犹豫了，毕竟黑器官的交易风险大，万一惹上麻烦，得不偿失。他回到医院，把母亲徐金玲叫出病房，道出顾虑。

徐金玲告诉他不要紧，因为陈金谷刚刚说出一个秘密，他干涸的肾源，峰回路转了。

徐金玲比陈金谷小两岁，年轻时是林场食堂卖饭的。她长得甜，嗓子甜，笑容也甜，那时龙盏镇人都叫她"甜妹"。陈金谷看上甜妹，除了她的"甜"，还有她的名字中也有个"金"字。金字累加，他们家还不得富得流油？徐金玲结婚后，陈金谷给她换了工作，去供销社当出纳员了。随着陈金谷升迁，她也一路跟着换工作，越换越清闲，等到陈金谷调到松山地委，徐金玲的关系落到一家事业单位后，提前退休了。

徐金玲是个有心计的女人，她提前退休，为的是当好官太太。在她看来，一个女人把家牢牢掌握了，就是把自己的男人牢牢掌握了。她在家里，能让丈夫按时按响吃上可口的饭菜，能让子女们一回到家，就看见一张笑脸。家里风和日丽了，家外忙活的人，才会踏实。她不工作，还有一个好处，方便收礼。那些忌讳到陈金谷办公室行贿的人，往往选择上班时间，到家里来。徐

肾 源

金玲像个家庭会计,每收下一笔,会分门别类地登记在册,并问清他们的诉求。因为这,她家从未请过保姆,外人在场,总归碍眼。

徐金玲觉得拿了人家的钱物,就要替人办事。她的财物登记簿上,凡是收了礼后,将事情解决了的,她就用绿颜色的笔,打上一道勾,与这道勾相连的钱物,她拿着就心安理得了。而那些悬而未决的,她会用红笔画个问号,督促陈金谷尽快办理。陈金谷也有落实不了的,徐金玲就把这样的财物看作地雷,在登记簿上标注黑色的三角号,及早排除,送还给人家。所以坊间那些有求于陈金谷的,都说他老婆徐金玲讲究,送去的东西不会打水漂。

徐金玲居家,还学会了在电脑上炒股。她炒股赔的时候多,但她每每盛装华服招摇过市,别人夸赞她衣服漂亮时,她一定会说她炒股赚着了,犒劳自己。每到腊月,是送礼的高峰,这时她空前地忙起来,送走一拨,又迎来一拨,客厅的茶桌上,摆着果盘、糖盒、茶碗和烟缸,让送礼的人感到家一般的温暖。而等到过完年,正月的时候,她会以看病为由,和丈夫去外地存钱。儿子在公安局,给她另办了一张身份证,用了个假名——徐淑琴。他们家在北戴河和三亚的房产,都在徐淑琴名下。

徐金玲不上班,还有个好处,可以细致观察丈夫有无婚外情。她心底清楚,在官场上,不沾腥的男人微乎其微。但只要不拆散她的家庭,偶尔的风花雪夜,她权当过眼浮云。她不像别的女人,一天数个电话追踪丈夫,没有特别的事情,她从不在他工作和外出期间，打过多的电话。

　　徐金玲对付丈夫的法宝是什么？是她的鼻子。对于一个官太太来说，嗅觉实在太重要了。陈金谷进了家，只要儿女们不在场，徐金玲总要给他一个拥抱。她比他矮半头，相拥时刻，她的头刚好搭在他脖颈上。她会深深吸口气，闻闻他体息的变化。复杂的烟草味，说明他从会议室回来；而他视察豆制品加工厂、面粉厂和烟花爆竹厂，带回来的是豆腥味、小麦味和火药味。倘若他睡了女人呢，因为心里有鬼，拥抱她时会很用力，但眼神却是飘浮的；而他若与女人缠绵过，脖颈总会留有微妙的气息，淡淡的香水味，或是女士香烟特有的薄荷味。陈金谷换下的衣物，更是徐金玲检索的重点，尤其是内衣内裤。她像刑警一样，把它们当作案件的物证，在洗涤前反复察看，百闻千嗅。有一回她居然嗅出了陈金谷的背心上，弥漫着哺乳期女人特有的乳香味。她留了心，私下打听，才知道丈夫和发改委的一个科长关系暧昧，这个女人刚休完产假，常到陈金谷办公室汇报工作。丈夫的办公室是个套间，外面办公会客，里面有张单人床，可供休息。徐金玲猜测，那女人有求于陈金谷，把工作汇报到了里间的床上。此后不久，那女人果然提升了，丈夫身上的奶香味也就越来越浓。徐金玲怕他们日久生情，第一次有了危机感。她约了那女人出来喝茶，送她一条上好的狐狸皮领子，说狐狸纵使美，但没有一个好命的。哪只狐狸逃得过猎人的枪？从那以后，丈夫身上的奶香味彻底消失了。

肾　源

更年期的缘故，徐金玲近年来睡眠不好，跟丈夫各居一室。晚上睡不着的时候，听着丈夫屋里传出的呼噜声，她会胡思乱想，他与许多女人有染，在外有没有私生子呢？万一他退休后，没有忌讳了，突然告诉她，他还有另外的子女，她该怎么办？她最怕出现的事情，在丈夫得了尿毒症后，她却巴望着出现。如果陈金谷有私生子，那个孩子的家境，想必不比他们家优裕。她可以保下自己的儿女，给对方钱，让陈金谷的私生子，给丈夫一颗肾！所以陈金谷转院到林市后，她和他独自待在病房时，她不止一次暗示他，如果他在外面有私生子，能救他的话，她会认下孩子。

陈金谷一直忍着，但在徐金玲的诱导下，绝望之际，他还是说出了压抑在心头的秘密。

这个秘密，他一年前才知道，虽说他是这个秘密的制造者。

去年深秋时节，陈金谷下班时，在传达室门外，被一个老女人叫住。

她看上去很老了，穿深蓝色丝绒旗袍，外搭一件黑色羊毛开衫，半高跟黑皮鞋，戴一顶灰绒帽，又矮又瘦，面色暗黄，一脸褶子，但眼睛却很明亮。陈金谷以为她是上访户，告诉她如果有冤屈，可去信访办。这时那女人颤抖着叫了一声"金谷——"然后轻声说："您不记得一个叫刘爱娣的知青了吗？三十年前，在青山林业局——"

陈金谷愣了一下，眼前浮现出三十年前的刘爱娣，她是桦岭林场学校的美术老师，上海知青，长得娇小玲珑，白白净净，皮肤嫩如豆腐，弯弯的眉，月牙形嘴，一笑唇角隐现出两个甜甜的酒窝，二十多的人了，看上去却像十七八岁的少女。那时正是知青返城高潮，青山林业局所属的知青，大都来自上海和温州，从事教学工作，陈金谷当时是林业局副局长，兼任知青办主任。知青们为了尽早返城，没有不巴结他的，想着法子送礼，其中就有投怀送抱的女知青。但陈金谷不吃这一套，他有妻儿，而且仕途刚起步，不能不谨慎。

陈金谷和刘爱娣相识，非常偶然。符合政策的知青，纷纷返城了，可他听说桦岭林场学校有个上海女知青，却不愿回城。赶巧那年腊月，林业局领导纷纷下基层，进行春节前的慰问走访，陈金谷去的又恰好是桦岭林场，他特意安排一站，去慰问留守在学校的老师，就这样见到了她。

学校放寒假了，刘爱娣一个人住在宿舍。陈金谷永远不会忘记刘爱娣那天的装束：高领白毛衣，黑色背带裤，用一块银粉色丝绸手帕高高吊起的马尾辫，看上去像是一株蓬勃的杜鹃。户外白雪苍茫，她的屋子却是春光无限。挂满霜雪的南窗下，放置着一个松木画架，画布上展现着春日森林的情景，溪流潺潺，野花吐蕊，蜂飞蝶舞。陈金谷问刘爱娣，你怎么画反季节的风景？刘爱娣笑着说，冬天画春天，日子就好过了。陈金谷问她为什么不想回上海，她说父母不在了，只有哥哥在沪，回去没奔头。再说她喜欢桦岭林场，这里四季都是风景，她愿意留在这儿，一辈子教孩子画画。

肾　源

陈金谷这次走访归来，再也忘不掉刘爱娣。从此之后，他常去桦岭林场检查工作，反正从青山到那里，也就一小时的车程。他每次去，总要找借口看看刘爱娣。刘爱娣与他熟了以后，到青山县买绘画用品时，也顺道去看陈金谷。他们相识的第二年，一个冬天的周末，刘爱娣来青山时赶上大雪，交通阻断，只得住进招待所。大雪、寒流、北风，午后三点就陷入黑暗的天色，让陈金谷在探望她时，热血沸腾，忍不住上前拥抱她。刘爱娣没拒绝，他顺势把她抱在床上。刘爱娣在招待所住了三天，陈金谷每天都去一次。招待所的服务员一见局领导来，赶紧躲出去，反正雪天也没其他的客人。

但世上没有不透风的墙。刘爱娣回到桦岭林场一周后，青山林业局党委书记找陈金谷谈话，说你这么年轻，前程无量，有家有业的，千万不能在女人身上栽跟头啊。陈金谷害怕了，刘爱娣再来找他，他让秘书给挡在门外，找借口不见。怕她赖上他，陈金谷积极联系上海方面，令其返城。他们最后一次见面，是在林业局办公室，刘爱娣在返城的一系列手续上签字。已经春天了，她却穿着灰布棉袍，臃肿不堪，气色灰黄，像块咸菜疙瘩。她要离开时，陈金谷拿出备好的一千五百块钱，递给刘爱娣，说是回到上海后，处处需要钱，这是他的一点心意。出乎陈金谷意料，刘爱娣没有把钱撒在他脸上，她不但接了过去，而且紧紧攥住，这使得陈金谷内心对她的愧疚，烟消云散了。

他们一别三十年，再无音讯。

突然现身的刘爱娣，不像五十多岁的人，看上去完全是个老人了。陈金谷不知她为何而来，本想步行回家的他，连忙打电话叫来自己的司机，说是招待老战友，带她去了一家酒店，在一个包间坐下，细问究竟。

　　刘爱娣先是告诉他，自己得了子宫癌，已是晚期。化疗没有起到作用，癌细胞扩散到全身，她看不了几回日出了，叫他不要紧张。然后才说此行的目的。

　　她说自己千里迢迢赶来，是想死前悄悄看一眼他们的儿子！可他们的儿子在监狱，她只得找他。

　　原来她当年离开桦岭林场时，已有六个月的身孕，孩子是陈金谷的。她那时太瘦小了，胎儿三四个月时，根本不显怀。她的月经一直紊乱，三四个月不来一次，也是常有的，所以没引起她的怀疑。她把自己偶尔的恶心，当作了胃肠不适。直到胎儿五个月时，她才感觉异常，因为她的腹部鼓了起来。她知道孩子很难打下来了，就是做流产，她也没有证明，所以她离开桦岭林场后，没回上海，而是到了桦岭林场北部的秀木工段，把陈金谷给她的一千五百块钱，给了张秀芹，在那儿产下了孩子。

　　张秀芹和丈夫是养蜂人，有三个孩子，刘爱娣是来此写生时认识这家人的。她跟张秀芹撒谎，说寒假时她独自住在教工宿舍，有天晚上一个男人撬门进来，将她强奸了，她怕事情张扬出去对己不利，没有报案，谁承想怀上了呢！张秀芹是个好心人，说你带着个强奸犯的孩子，回上海还怎么嫁人？干脆送人算了。张秀芹听桦岭林场的人说，龙盏镇一个杀猪匠的老婆做了绝育手术，正四处踅摸孩子，便想办法联系到她，孩子刚出满月不久，就让她抱走了。张秀芹怕王秀满忌讳，没说孩子是强奸的产儿。只是告诉她，这孩子的母亲是上海知青，跟当地人有的孩子，如今她返城，两方都不要这孩子，托她送人，永不相认。这样王秀满喜滋滋地把孩子抱走了。

他就是辛欣来！

刘爱娣回到上海后，在一家国营工艺美术店做店员，三十多岁嫁了个公交车司机。也许是上天报复她遗弃了亲生儿子吧，她再未怀孕。婚后第四年，丈夫和她离了婚，从此她就一个人过，把国营店靠黄了，也把自己熬成了黄脸婆。她说如果不是因为死期临近，她不会想着来看孩子。当她从张秀芹那儿得知，她的孩子，被送给了龙盏镇一个杀猪匠家，便去那儿寻。谁知去了跟人一打听，这孩子却在狱中！她觉得孩子入狱，他们都是有罪的，所以来找陈金谷。她说自己活不过仨月，管不了儿子了，而以陈金谷的身份，等孩子出狱后，他可暗中相助，给他安排个工作。孩子有了稳定收入，就不会学坏了。

陈金谷答应了她，这并非发乎真心，而是习惯。这习惯是他多年来在官场养成的，不管能不能办成的事，只要对方有求，都先答应着。

刘爱娣大概发现陈金谷始终处于紧张状态，分别之际，她摘下帽子，让他看她因化疗而变得光秃秃的头，说："你看，我都是黄土埋到脑袋的人了，跟骷髅没什么两样！你放心，我不会去你家，更不会跟别人说出这个秘密。可怜我这一场病，把辛苦攒下的二十万块钱，都折腾空了，没给孩子留下什么。我住的房子，是父母留给我和哥哥的。我死以后，房子归我侄子所有，已经做了公证。侄子负责料理我的后事，把我的骨灰带到插队的地方，撒在桦岭林场。我这辈子见到的最美的风景，都在这里。"刘爱娣扣上帽子，凄楚一笑，说："我回上海后就不画画了，不然还能给孩子留下几张画。不过就是留的话，也没什么价值，谁知道我是谁呢。"

陈金谷最终要了她上海家中的电话，表示找机会去看她，而他没有把自己的电话给她。他要她电话的真正目的，是想三四个月后与她联络一下，看她是否活着。只要她死了，他完全可以不理会这个入狱的私生子。

四个月后，正月里，陈金谷忐忑不安地拨通了那个电话，是一个年轻的男人接的，问起刘爱娣，他有些不耐烦，说他姑母已经去世两个月了，以后不要往这儿打电话了。陈金谷放下电话的那刻，悲喜交集。

刘爱娣不在了，没谁知道他私生子的事情，可陈金谷的内心却未因此安宁。开春的时候，他有一次跟陈美珍通话，还装作无意，询问辛七杂的近况。陈美珍说辛七杂倒挺好，就是他们抱养的儿子不着调，是笆篱子的常客，这不刚出狱，跟他老子学宰猪呢。可仅仅一个月后，辛欣来就犯下命案。陈金谷看着通缉令上儿子的照片，那特有的小眼睛，那难看的鼻子，甚至是耳朵的轮廓，都比陈庆北更随他，他的心颤抖了！

徐金玲跟儿子讲完陈金谷和刘爱娣的故事后，陈庆北骂了一句："该死的老爷子——还有这花花事！"

徐金玲说，她和陈金谷的想法是，跟辛家人摊牌，告诉他们只要辛欣来与他们联系，就让他自首，他们会想方设法，帮助他脱掉死罪，认下这个儿子，然后给他家一大笔钱，让辛欣来在监狱中过得舒服，不受人欺负。当然前提是，辛欣来必须捐肾。

陈庆北冷笑一声，对母亲说："老爷子糊涂了，您也糊涂了？他还没死，在岗在位，私生子的事情要是张扬出去，他就是问题干部，就得背处分，连人大政协的位子都保不住！还敢认什么儿子——笑话！再说了，一个杀人犯，配做我们陈家的儿子吗？配做我的兄弟吗？！"

徐金玲眼泪汪汪地说："那咋办？你爸需要他的肾！有了他的肾，你才能彻底解脱啊。我不能眼睁睁看着你爸等死，我也偷偷让医生给我化验过了，我的肾跟他不配，不然我舍得给他一颗！没有你爸，哪有咱今天的富贵日子啊。"

陈庆北"哼"了一声，说："那小子的肾当然得要！他是杀人犯还好呢，直接判他死刑，想办法不让他上诉，尽快执行。取死囚犯的器官，不是啥秘密，咱连买器官的钱都省下了，真是天无绝人之路啊！"

徐金玲看着一脸阴笑的儿子，第一次感到陌生，也第一次感到害怕。

陈庆北立即带着父亲的血样离开林市，他回到松山地区的第一件事，就是将父亲的血样，悄悄与存在案犯数据库中辛欣来的血样，做 DNA 比对，确认他是父亲的亲生儿子后，他率领着刑侦支队几名精干的刑警来到青山县，与当地公安局一起，联合展开了对辛欣来的大搜捕。

他给干警们下的命令是——抓活的!

肾　源

十三　暴风雪

　　腊月正是忙年的时候。往年这时候，安平常往李素贞家跑，送年货，帮她干点男人该做的活儿，竖个灯笼杆啦，扫扫棚顶的灰啊，清理清理煤棚，收拾收拾菜窖等等。可今年腊月，安平不敢去她家了。他一进门，李素贞的丈夫就扯着脖子吼，如夜半狼嚎，令人惊悚。

　　他这种反常表现，源自一个电视节目。

　　李素贞怕她男人一个人在家寂寞得慌，给他养了花鸟不说，还特别把电视机放在他床对面，这样他倚着床头，就能看到外面的世界。

　　这男人不喜欢电视剧，说电视剧都是骗人的。他最爱看《动物世界》，喜欢凶猛的猎豹、老虎和狮子。他说要是死后堕入畜生道，希望托生成猛兽，有着强健的四肢，成为林中之王。他还爱看纪录片，法制类、生活类和美食类的，只要是真实的节目，他都喜欢。

　　李素贞的男人在一个访谈纪实节目中看到，有个中年男人跟他患有相似的疾病，多年来瘫痪在床。他上有七十老母，下有九岁孩子，家里家外，全靠妻子。他妻子辛劳过度，三十来岁就白了头，面目苍苍，形同老妪。这女人实在撑不下去了，说服丈夫离婚，带他改嫁。女人再婚后，和新丈夫生了个大胖小子，人也变得年轻了，活泛了，但她如从前一样，精心服侍前夫和公婆。

就是这个故事，让李素贞的丈夫深受刺激。他怕李素贞会像节目中的女人一样，有一天和他离婚，带着他嫁给安平。在他想来，那样的活，还不如死！他不能想象和安平同在一个屋檐下的情景。在他想来，一个法警，杀人惯了，只要他住进来，就会顺手把他弄死！尽管李素贞跟他起誓，绝不会像节目中的女人一样，带他改嫁，可是安平一来，他就像看见瘟神，哀号不止。

李素贞和安平因为这事，闹了别扭。

腊月十四，李素贞去屠宰场办年货，买回一对猪耳朵，两个猪肘子，八个猪蹄子。由于住平房，这一带的居民，夏季做饭用煤气灶，冬季因为燃煤取暖，自然而然地用火炉做饭了。

李素贞家取暖，除了烧煤，还烧柴火。柴火都是她捡来的，有松树皮、碎板材，还有枝桠。枝桠是在山中捡来的，它不抗烧，一抱枝桠，在炉膛中迅猛地燃烧，十来分钟就化成灰了。碎板材是她在建筑工地的垃圾堆捡来的，量少，一年划拉不了多少。李素贞家烧得最多的，是松树皮。城外有家板材厂，一到周四的傍晚，会把原木在深加工过程中削掉的树皮，当垃圾清运出来。松树皮一从厂区被推出来，等着捡树皮的人便一拥而上。

一到周四的午后，只要小城没出丧事，李素贞会骑着自行车，带两条空麻袋，风雨不误地去划拉松树皮。有时运气好，麻袋都能装满。她将它们搬起，悬挂在自行车后轮的一左一右。她蹬车回家时，心底会燃烧着红通通的火焰。

　　李素贞炸肉时，喜欢烧松树皮，它们燃烧时散发的浓烈松香气，会与肉微妙融合，产生奇香。她用松树皮炸的肉，她丈夫和安平无比喜爱。所以办年货时，手头再拮据，瓜果梨糖可以舍弃，但两个男人爱吃的肉，她是绝不会不买的。

　　李素贞那天在炉膛烧起松树皮，把所有炉圈，用炉钩子钩下来，坐上一口黑漆漆沉甸甸的大铁锅，将从屠宰场买来的肉食下到清水锅里，放上料酒和酱油，加入八角、花椒、桂皮和生姜，急慢火交替，炸了一个半小时，汤汁收紧了，肉也熟透了。香味一定是顺着门缝飘到户外了，李素贞听见流浪猫用爪子"嚓嚓"挠门乞食。想着安平因为丈夫的敌意不敢上门了，伺候丈夫吃喝完，李素贞用大头菜叶裹了两个猪蹄，准备去安平那儿。丈夫一见她穿棉袄，阴阳怪气地说："你这是去死人家吗？"李素贞没好气地说："今儿没有死人！"丈夫说："没有死人你出去干啥？"李素贞说："我去副食店打酱油。"丈夫便不吭气了。因为这，李素贞出门时，心存怨气。她进了安平家，放下猪蹄，委屈地说："咱学电视里那对人吧，我和他离婚，你要是不嫌弃，我带着他跟你结婚，反正你也退了，不怕人说闲话！到时我管他叫哥，他就不敢对我吹胡子瞪眼了！"李素贞没想到，安平没有呼应她，只是说如果不是为了她，他在长青了无牵挂，早就卖了房子，回龙盏镇了。李素贞觉得安平不愿为她作牺牲，对她的爱是有保留的，她找了个借口，说出门时忘了给她男人的床头放杯水，万一他渴了，喝不到水，回去又得挨骂，噙着泪花走了。

其实安平是爱李素贞的，尤其是她那双手。可三个人同在一个屋檐下过日子，他接受不了——除非那男人是植物人，而他是傻子。

安平再给李素贞打电话时，她不是说在殡仪馆给死者化妆，就是说正给丈夫做饭，不愿跟他多聊。李素贞不需要他，安平便觉得整座长青城都是空的，快快不快地回到龙盏镇。

这已是腊月二十一了。

绣娘康复得很快，生活能自理了不说，还照顾着安雪儿。她扔掉拐杖的第一件事，就是去石碑坊看孙女。见安雪儿大了肚子，她一声不吭，走到院子里的青石碑前，用手抚摸安玉顺的雕像，先是他的脸，然后是那群鸟，最后是他断腿处的鹿。她最后把手停在鹿的犄角上，对孙女说："要是这鹿犄角是真的，能晾小孩子的尿褯子就好了。"安雪儿奔过来，抱住绣娘，热泪滚滚。她们抱得不紧，毕竟中间隔着一个六七个月大的孩子。

绣娘把安雪儿接过来，让安平回城上班。安平只得告诉她，他退休了。绣娘瞪着眼问："是不是你旷工追辛欣来，被开除了？"安平摇了摇头，说："以后的死刑犯，不用枪毙，改用针管注射了，我喜欢枪，不喜欢针管，所以不干了。"绣娘叹口气，接着问安大营怎么这么长时间没来探家了。安平轻描淡写地回道，绣娘发病时，安大营接到上级紧急命令，被选中到国外一所军校学习，作为我军重点人物培养，来不及跟家人打招呼就走了。因为他的培训涉密，所以无法跟家人联系。绣娘问他去多长时间，安平想了想，说好像是五年吧。绣娘生气了，说："怎么学那么长时间？在咱国家就不能学军事吗？万一在国外学坏了，让人笼络了，将来再帮着人家打咱们，那不成了民族败类了吗？"安平赶紧说，虽说不知去的哪国，但肯定是跟咱友好的国。绣娘伤感地说："等他学完回来，我这把老骨头也扔了！"安平虚弱地说："哪能呢——"

安平安泰怕龙盏镇人碰见绣娘，不经意间说出安大营的死讯，哥儿俩把母亲从卫生院接回家后，特意花了两天时间，挨门逐户地叮嘱乡邻，见着绣娘，聊什么都行，千万别提安大营的事情。对绣娘常去的南市场，他们更是重点叮嘱。

为了安雪儿即将出世的孩子，绣娘又拈起绣花针，每日苦练，终于锻炼得手不抖了，又能做活儿了。她用柔软的蓝棉布，给孩子绣肚兜，绣帽子，绣腰带，绣鞋子，绣累了她就偎在炕头喝茶，翻月份牌，在安雪儿可能生产的日子，做了多个记号。她还把安平安泰用过的桦皮摇篮，从仓房翻出来，拂去尘埃，将侧壁黯淡了的花卉图案，用彩笔重新描画了。

安平一回来，安雪儿就告诉他，单尔冬回来了，他离婚了，要陪单四嫂和单夏过个年。单四嫂不让他进屋，他就睡在驴棚的干草上。他病刚好，身子虚，驴棚没有火炉，单四嫂怕他冻死，自己再摊上官司，报了派出所，想把他赶走。可派出所的人说，单尔冬是孩子的父亲，这属于家庭纠纷，他们无权赶他。单四嫂没办法，只得在驴棚支了个铁皮炉子，每天由单夏给他送吃的。

安平说："看来他这是想和单四嫂复婚。他病了一场，人要是不犯糊涂了，也算值了！不过他就是再混账，单四嫂也不能让他和牲口住一起啊。"

安雪儿说，单尔冬住进驴棚后，单四嫂把驴牵到外边了，说是她家的驴纯洁，不能让单尔冬把它拐带坏了，还指望着它拉磨挣钱呢。单四嫂还把单尔冬给他的一万块钱还给他，让他去住店。但大家都说，她牵走驴，是不想让驴粪味把单尔冬给熏着了，她还他钱，是想让单尔冬更加珍惜她。

安平心想，单尔冬这是用苦肉计，让单四嫂低头呢。

搜捕辛欣来的行动，进行了半个冬天，出动了不少警力，对附近村屯，山中的窑厂，采金点和伐木点，逐一清查，对辛七杂和辛开溜秘密监视，但依然未发现辛欣来的行踪。这期间陈庆北三度来龙盏镇坐镇指挥，都是无功而返。时值年关，队伍解散，只有龙盏镇派出所的民警，还象征性地，每天在公路口，对进出山的人作一两次盘查。

安平注意到，警方对辛欣来的搜捕松懈了，安雪儿的神色愉悦了许多。前段时间，龙盏镇遍布警察时，她一直皱着眉头。

虽说安雪儿不住石碑坊了，但隔个三五天，她会回去看看，生把火，怕房子冻裂了。辛七杂留意着她的行踪，一见石碑坊的门开了，赶紧过去送吃食。五花肉，卤煮豆干，血肠，酱肘子，猪肝等等，有的是加工好的，有的则是冻货。辛七杂说了，不管辛欣来多么混账，安雪儿怀的孩子都是辛家的，他这个当爷爷的得负责任。他不敢到绣娘家中送东西，怕老人家见了他恼怒。安平说了，绣娘再不能受刺激了。

腊月二十三的早晨，安泰冒着严寒，驱车到龙盏镇，准备接上安平，一起去给父亲上坟。安平怕安泰见着安大营的墓受不了，让他在家陪母亲，说自己去就行了。绣娘有点警觉，问安平为什么不让安泰去。安泰赶紧说，哥哥看他一大早从古约文乡开车过来，一路辛苦，怕他累着。绣娘说："老头子埋在那儿，你们每年这时候，还是要尽孝心的！不然他发现一个儿子没去，还以为我不让去呢。再说你们是开车去，累不着人，累的是车轱辘。"

安平安泰点头称是。

绣娘凌晨五点就起来了，像往年一样，为儿子们准备上坟的东西，安玉顺爱吃的黑面馒头，红焖肉，豆豉蒸鲶鱼，以及他爱喝的小烧。安雪儿则用锡纸，叠了一篮元宝，让父亲带到祖父坟前烧了。

安平安泰要出发时，绣娘把他们叫到跟前，说："趁我还不糊涂，你们哥儿俩都在，我得把后事跟你们交待了。哪天我死了，不进坟墓！要是我运气好，死时还没实行火葬，就把我风葬了。我喜欢白桦树，把我葬在白桦树上。大年三十的晚上，你们吃团圆饭的时候，往院外给我淋点酒，叫我声妈，我就能喝着。要是我运气坏，多活了几年，赶上火葬了，你们也不要因为咱是鄂伦春人搞特殊，把我抬到火葬场去吧。骨灰不留，找片向阳坡的白桦林撒了。"

安平说："您且活着呢，说这些干什么。"

安泰看了一眼安平，沉沉地对母亲说："您说的我都记住了。您放心，真到了那一天，绝不让您进坟墓，我知道，您的坟墓在风中。"

绣娘对着安泰笑了。

安平安泰把上坟用的东西拎到车上后，安平说他开车，让安泰坐在副驾驶的位置上。安平驾车直奔红日客栈，把车停下，让安泰下去看看葛喜宝和葛小宝，说他一个人去就行。安泰明白，安平是怕他见了儿子的墓，承受不了。他对安平说："让我去吧，我想儿子啊！你就是把我甩在这儿，回头我一个人还会去。说实话，我也不是没偷着去过。你放心，我不会哭的。"

安平看了一眼安泰，见他满眼的思念，答应了他。

汽车一驶上公路，安泰便问安平："你跟殡仪馆那个女的，现在还好着吗？"

安平点点头。

安泰说："你们这么下去也不是个事啊，毕竟她是别人的老婆。我看有合适的，你还是再找一个吧。"

安平没吭气。

安泰又说："幸亏咱是鄂伦春族，可以多生孩子，不然一对夫妻只一个孩子，那就惨了。现在大营没了，我们还有大庆。大营他妈坐下病了，怕大庆再像大营似的，非要再生一个。你说她比我还大四岁，这岁数的人了，还能开怀吗？"

安平打趣道："那得看你的种子还是不是优质的！"

安泰难得地笑了，说："那也得看她的土壤还是不是优质的！"

安平听安泰有了笑声，便把心存的疑虑说给弟弟听。他说侄儿虽然被宣传成英雄，但他总觉得事出蹊跷。因为龙盏镇人没见过林大花以前给部队战士拔火罐，可她这次去了不说，还是大营接送的她。还有，烟婆手头忽然阔绰了，在南市场盘下一间铺子，正在收拾，说是过了年，让林大花开网吧。因为没有网络，老魏去县里告了唐镇长两回了。红日客栈的刘小红也帮着呼吁，说是客人来了上不了网，非常不便。而上头也有精神，让旅游城镇普及网络。唐镇长抵挡不住了，春节一过，龙盏镇就能上网了。安平说以烟婆家的经济状况，存款不会多，也没见她去信用社贷款，她开网吧的钱哪来的？

安泰沉默片刻，然后把手伸向方向盘，摁响喇叭，说："大营的死，就是他自己按了命的喇叭，他走得明白，咱念着他的好就是了。孩子不在了，我不想听到更多的杂音。"

安平的眼睛湿了，他加大油门，冲上一道山岭。山岭下是茂密的灌木丛，山岭之上，一片绿云似的樟子松托起的，是不朽的太阳。太阳把山岭的道道雪痕，照出彩虹般的颜色。

安大营的墓，在安玉顺的左前方，墓碑是青色大理石的，描金碑文，碑身比他祖父的要高，成为长青烈士陵园最显赫的墓了。安平在给父亲摆放供品时，发现墓碑上有几道清晰的划痕，划痕中有幽微的石粉，该是用尖利的石头划的。安平心下一惊，再看安大营的墓碑，居然也有划痕。深色墓碑的划痕，比安玉顺汉白玉墓碑的还要明显。安平连忙去看其他的墓碑，却没发现划痕，说明这是针对安家的。安平马上想到辛欣来，感觉脸颊仿佛被尖刀刮伤了，火辣辣地疼。

安泰也注意到了墓碑上的划痕，安大营落葬后，他悄悄来过两次，后一次是入冬时，那时还没划痕呢。他见安平气得直哆嗦，劝慰道："现在人们不仅仇富，也仇恨英雄人物。一个烈士陵园，咱安家就占了两席，人家气不过，划几道也是正常的。"

"肯定是辛欣来这该杀的干的！他他妈的还活着，根本就没离开这儿！"安平说完，赶紧给父亲烧纸磕头，祭奠完毕，未等离开墓地，就急三火四地给唐眉打电话，问她表哥陈庆北的电话，说发现了辛欣来的踪迹，让他赶快带人来！

想必是最近流感频发，到卫生院看感冒的人多了，唐眉的话语里，夹杂着一片咳嗽声。唐眉说："我正想找您呢，今晚有时间吗？有事情想单独跟您说。"

"你先把陈庆北电话给我，要不你帮我给他打电话也行，告诉他赶快带人上来，辛欣来没离开咱这儿！"安平说这话时，安泰拉着他的袖子，轻声提醒："未必就是辛欣来干的——"

唐眉大概从卫生院走了出来，风声代替了咳嗽声，她说："好吧，我马上就给表哥打电话，但今晚我真的有重要事情跟您谈，跟雪儿有关的，晚上六七点钟，您到我西坡的家来一趟，好吗？"

安平一听唐眉要说的事情，与女儿有关，赶紧答应了。安雪儿现在是个尽人皆知的孕妇，安平想唐眉身为医生，找他谈女儿的事儿，一定与胎儿有关。是不是她怀的是怪胎或是死胎？如果那样，他倒是庆幸，就手可把辛欣来的孩子除掉。只是她怀孕数月了，只能引产，万一引产殃及性命怎么办？

返程是安泰驾车。他把哥哥送到龙盏镇后，直接回古约文乡了，年底前乡里一堆杂事，等着他处理。他告诉安平，除夕他们一家三口回来，陪母亲吃完团圆饭，初一早晨就回去。他怕待的时间长，母亲和妻儿拉起家常，万一葛秀丽把持不住，再把大营的死讯给走漏了。

安平回到家，安雪儿将一盆清水端给他。上坟回来的人，进家得洗手。

绣娘不在屋，她去马厩了。

安平边洗手边问女儿："你没觉得不舒服吧？"

安雪儿有些不好意思地把手搭在肚子上，说："孩子能踢人了，他喜欢夜里踢，把我踢醒好几回了。"

安平说："当年你也这么踢过你妈。"

安雪儿说："我妈那年来石碑坊求我，我真不该那么对她。"

安平没接话茬。他知道全凌燕过得不好，可想起这个女人，他没有心疼的感觉，只有同情。

安平洗完手，去马厩告诉母亲，他明天要骑马进山，让她给马喂点好料。

绣娘抚摸着白马的脸颊说："快过年了，你上山干啥？"

"我在家闷得慌，进山透透气。"安平说。

"死冷寒天的，你不心疼自个儿，我还心疼白马呢！"绣娘明白安平进山为啥，干脆挑明了说："前几天我帮你收拾背囊，看见里面那把七寸杀猪刀了，刀柄的花纹是我刻的。我知道你朝辛七杂要的，也知道你要来想干啥。"

安平说："您不也骑着马，进山去找过那个该杀的了吗？"

绣娘把手从白马脸上，颤抖着转向儿子。她老了，身子缩了，双手捧着安平的脸，明显吃力了，她含着泪说："你真想去也行，第一不能骑马，第二不能带杀猪刀，我要我的儿子啊。"

冬季在雪原穿行，没有马助力，绣娘知道他走不远。他走不远，儿子相对就是安全的。

安平深深地理解母亲。在父亲的葬礼上，作为长子，他曾拥抱过哀思深重的母亲。自那以后，他多年没拥抱母亲了。在白马温柔的鼻息声中，安平在马槽旁，俯下身来，拥抱母亲，向她保证，如果抓到辛欣来，绝不自行处理，会交到公安局手里。

绣娘说："那我给白马烤块豆饼吃，让它明儿带你进山。它走不动时，你可不许抽鞭子啊。"

安平哽咽着点点头。不过他并没按计划骑马进山。

小年的晚上，安平吃过饺子，六点钟离开家，去唐眉那里。走前他跟母亲撒谎，说过小年了，想去看看单尔冬。绣娘说："好啊，你劝劝单四嫂，人家回来，就是跟她认罪了，别不依不饶的，总不能让他在驴棚过年吧？"

安平答应着出了家门。

从东南岗到西坡，不到一里路，安平步行去。腊月黑天早，三点多钟太阳就落山了。安雪儿出事后，安平喜欢走夜路，夜晚少见行人，他不用看人家同情的目光。他一出门，就被冷风呛着了，西北风呜呜叫，他赶紧落下皮帽子的护耳，不然走到西坡，耳朵就沦为落叶了。零下三四十度的低温，对龙盏镇人来说，司空见惯。天黑沉沉的，一颗星星都不见，看来又要下雪了。安平迎着冷风，走到龙脊路时，已有零星雪花飘落。龙脊路亮着的那排路灯，将飞舞在灯柱之间的雪花，照得玲珑剔透。雪花如颗颗水晶，闪闪发光。

安平是第一次到唐眉家。温柔的灯影下，笑意盈盈迎候着他的唐眉，穿着嫩绿的羊绒开衫，像春天的一枝柳。

安平警觉起来，因为他一进门，就觑见小客厅的餐桌上摆着吃食，而且屋子洋溢着魅人的松香气。他一边申明自己吃过了，一边问怎么没见陈媛。唐眉淡淡地说，陈媛吃了半个蹄髈，她一吃香的东西，就打瞌睡，已睡下了。

安平像是踏入雷区，未敢往里走，小心翼翼地坐在门口的鞋凳上。他想以此暗示唐眉，听完她讲的事情，他就走人。唐眉见他紧张，微笑着说我又不是法官，你也不是来受审的，怎么坐鞋凳上了？

唐眉一口一个"你"，更让安平不自在，以前她是叫他安叔的。

安平说："我一会儿还有别的事情，你现在就跟安叔说吧，雪儿怎么了？"

唐眉执拗地说："安叔不进来坐，我就不说。"

听见"叔"字，安平松弛了一下，他摘下帽子，脱掉大头鞋，换上拖鞋，慢吞吞起身，走进屋子，在红松木餐桌旁坐下。桌上摆着酒瓶，香烟，还有四碟可人的下酒菜：卤煮花生米、香辣银鱼、酱牛肉和红烧鹿筋。一双相对着的青花瓷酒盅，斟满了酒。

唐眉说："安叔，先喝一个吧。"

安平问："你给你表哥打电话了吗？跟他说辛欣来还在这一带活动了吗？"

唐眉点点头。

安平端起酒盅，他们碰了一下，各自干掉。

唐眉倒第二盅酒的时候说："安叔，咱干掉三盅，我就说雪儿的事情。"

安平点了点头，飞快地干掉第二盅。

唐眉笑了，说："您也不能光喝酒不吃菜吧，多少尝尝啊，看看我的手艺，将来能不能开饭馆？"

安平拿起筷子，每样尝了尝，对红烧鹿筋赞赏有加，然后主动给自己倒了第三盅酒，喝得一滴不剩，将酒盅口朝向唐眉，让她看底儿，仿佛在向她献上一朵牵牛花。

唐眉微笑着摇头，说："我是说咱俩同步干掉三盅，你自己干的不算。"

安平只好给自己再倒上酒，用第四盅陪唐眉的第二盅。

唐眉见安平蹙着眉，看出了他的不情愿，说："算了，不难为您了——"端起酒盅，干掉第二盅，说："我要告诉您的是，雪儿孩子的父亲，那个辛欣来，也是我表哥，他和陈庆北是亲兄弟。"

安平懵了，仿佛挨了一闷棍，脑袋嗡嗡叫，他定定地看着唐眉，半晌说不出话来。

"这是我庆北哥亲口告诉我的，除了家人，外人没人知道。"唐眉补充说。

安平坐不住了，他从烟盒中抽出一支烟，点燃，深吸一口，走到北窗前，望着玻璃窗上的霜花，背对着唐眉问："你不是在虚构小说吧？"

唐眉说："我又不是单尔冬。"

安平沉默片刻，又问："夏天开着窗，能听见格罗江的水声吗？"

唐眉柔声说："夏天江水大时，不开窗也能听见水声。"

安平抬起手，要给霜花点睛似的，将烟头探向玻璃窗，用霜雪熄灭它，然后转过身来，颤着声问："他父亲是你大舅，那他母亲是谁？"

"当年来咱这儿插队的一个上海知青。"唐眉顿了一下，说："她已经死了。"

"哦——孽根！"安平回到桌前坐下，说："我现在明白了，陈庆北亲自坐镇缉拿辛欣来，并不是为了给受害人伸冤，而是为了割辛欣来的肾吧？我听人说了，除了你，亲戚们没人愿意给他捐肾，是吧？"

唐眉兀自喝酒，没有回答。

安平将湿漉漉的烟头投入烟灰缸，说："我知道你为什么告诉我，你是怕我逮着辛欣来，万一把他弄死，你大舅就没活肾了。哦，我也明白了，为什么这次大搜捕的时候，说是要活的，不要死的。"

"我把这事告诉您，意思恰好相反。"唐眉放下酒盅，说："因为我表哥说了，哪怕他自首，也得要他的命，不留活口。当然他的肾，是一定要留下的。"

"这是你大舅的主意？"安平冷冷地说，"绝啊。"

"是我表哥的主意。"唐眉说，"抓着辛欣来，我表哥会不择手段，让他快死，我觉得这不公平，虽说他的确该死！我想您知道了他落网后的下场，没准儿会改主意，他现在是雪儿孩子的爸爸啊。这样也等于救了陈庆北，我不想他落得跟我一样——作孽的日子不好过啊。"

安平以为她这是说和汪团长的事情，联想起自己和李素贞，也是不名誉的，于是心有感触地说："两个人的事情，说不清楚。

我想汪团长跟你，也不完全是为了玩吧。再说了，你收留陈媛，待她亲如姊妹，谁不佩服？人无完人啊。"

唐眉目光直直地看着安平，嘴唇哆嗦着，想说什么又说不出口的样子。她起身将餐桌上方六角形木制吊灯关掉，只留北墙一盏低照度的烛形壁灯发亮儿，让屋子陷入昏暗中，回到餐桌，凄然一笑，一支连着一支地抽烟，抽得咳嗽起来，又灌了自己两盅酒，然后拈起筷子，交叉成十字架，颤着声说："我身上背负着一个十字架，你们看不到的，我将背一生一世！"

安平心里"咯噔"了一下，说："你干了坏事？"

唐眉声嘶力竭地说："天大的坏事，鬼都干不出来的坏事！你毙过那么多人，胆子大，希望我说的话，别吓着你。"她一字一顿地说，"陈媛今天这个样子，是我害的！"

安平本能地说："怎么可能？你对她是那么的好！"

唐眉说："趁我此刻有勇气，让我都说给你听吧。也许说给一个人听，我心里能好受些，这世上没有第二个人知道这件事。"

唐眉撇下筷子，抓起酒瓶，将剩下的酒一饮而尽，用双手蒙住脸，发出一阵痛苦的呻吟声，良久，才落下手来，把着桌沿儿，努力坐正了，看着安平，幽幽地说："陈媛是我在医学院最好的朋友，我们同寝，她住我下铺。我们每天一起上课，一起去食堂，一起去实验室，好得跟一个人似的。她家穷，但很自尊，我偷着往她钱包塞钱时，不敢塞大票，怕她察觉。大四的春天，我们去制药厂实习时，同时爱上了生物工程系的一个研究生，而这个男生最终选择了陈媛。别看陈媛现在这副样子，当年她可是我们系最美的女生，瓜子脸，一头长发，苗苗条条、秀秀气气的。"唐眉停顿下来，怕安平听不清楚她接下来的话似的，使劲清了清嗓子，然后说："在爱情上败给陈媛，让我变得疯狂。我嫉妒她，憎恨她，在实验室偷了一种有毒的化学制剂，分三次，悄悄下到陈媛的水杯里。她喝了溶解了这种化学制剂的水后，夜里不睡觉，眼睛发呆，记忆力下降，脱发，寒颤，渐渐地不认人了，只得退学回家。陈媛不是过去的陈媛了，那个男生嫌弃她了，转而追求我，我拒绝了他。安平，世上哪有真正的爱情啊！"

"天呐，天呐——"安平叫道，"你能干出这样的事？！"

唐眉泪光闪闪地点点头。

"你害了她，称意了，反过来对她好，把她带在身边，是不是怕她有一天恢复记忆了，把你戳穿？"安平嘲讽道。

唐眉垂下头，说："她怎么会恢复过来呢——永远不会了。我毕业的时候，因为心里悔恨，去她老家看她。陈媛披头散发、破衣烂衫的，像个叫花子。她后母吆喝牲口一样待她，我看了实在受不了。她的地狱就是我的地狱，我发誓一生一世守护她，所以把她带在身边。"

安平觉得周身寒冷，他再次起身，走到北窗前。夜色渐浓，霜花从玻璃窗的底部，节节攀升，半窗的霜花在寂静地开放。从窗棂透过咝咝的风声，好像冬眠的蛇苏醒了，要钻进来。安平把双手按在窗户上，于是玻璃窗的霜花中，除了他先前用烟头烫出的一个葱管似的洞，还多了一对湿漉漉的掌印，而他的头脑也清醒了许多。未等安平转身，唐眉从他身后走了过来，抱住他，说："安平，我是有罪的人，这个秘密，我以为我会带到坟墓中去。我叫你来，是因为我从小就崇拜你。雪儿成了凡人了，但我相信我和你，还会生出一个精灵的，你身上有这个基因。我带着陈媛，永远不能结婚了，请你给我一个精灵吧，让她伴着我和陈媛，我不让她长大——精灵也不会长大的，长大了有什么好呢，无尽的痛苦——"唐眉说着，抽泣起来。

安平说："你不怕我把你送进监狱？"

"我已经在监狱中了！四周的山对我来说就是高墙，雾气就是无形的铁丝网，这座木屋就是我的囚室，只要面对陈媛，我的刑期就永无终结！"唐眉将安平的背当作墙，撞着头，哭喊着。

唐眉手臂修长，她从背后环抱安平，手刚好搭在他胸前。安平觉得呼吸困难，那双手像强加于他的冰凉的手铐，令他惊悚。他用力扳开她手的时候，感觉到那双手是那么的干枯冰冷，虽说她的面容还是青春的。

安平转过身，看着唐眉。屋内光线黯淡，但她的泪花在闪光；她的痛楚、悔恨和哀愁，也在脸颊清晰地闪烁；她身着的嫩绿色羊绒开衫，成了黛绿色，她急促的呼吸和高耸的双乳，让这件衣衫成了涨潮的海，波涛汹涌的。安平深深叹息了一声，说："你毁掉了陈媛，也毁掉了自己啊。"

唐眉说："我毁掉了她，可她活得比我快乐，你也看到了，只因为吃了香的东西，她就睡得这么沉，坦克开进来都不会醒。而我夜夜服用安眠药，连三四个小时都睡不上。是不是人都变成傻子，才没有痛苦？"

安平将手轻轻放在唐眉头上，摩挲了一下，说："你可真是龙盏镇第一傻孩子啊！"他抽回手来，泪水盈眶。

唐眉乞求地看着安平，说："傻孩子都是可怜的，你就不能爱爱她吗——"

安平后退着，摇了摇头。

唐眉瘫倒在地，冷笑道："你真是个好法警啊，不惧美色。你个自以为崇高的家伙，不知人间是地狱的家伙，滚吧，快滚到风雪中去吧！"

安平走向门口时，唐眉开始剧烈呕吐。安平没有犹疑，也没有回头，虽说他的眼里有泪。他想唐眉今夜把自己吐干净了，也许能畅快些。他穿上鞋，戴上帽子，迫切地推开门。

雪越下越大了，唐眉家院子中果树的枝条，披冰挂雪，被派出所门前的路灯，映照得跟圣诞树似的。雪大，风也大，安平从西坡往东南岗走的时候，感觉背后的西北风像一副巨大的雪橇，推着他走。

风雪之夜的龙盏镇，没有行人，也没有车辆，只有家家户户的灯火，闪着温暖的光。这样的灯火，像落在人间的星星。在那个夜晚，安平无限怀念李素贞的那双手，渴望见到她。

安平一回到家，就对母亲说，他有急事，得马上进城。绣娘

　　　　　　　　　　　　暴风雪

并没问他回去干什么，只是递给他一副厚实的狍皮手套，一条兔毛围脖，嘱咐他风大雪猛，别骑摩托车了，万一摩托车的机油在路上凝冻，熄了火，倒不如自行车管用。安平答应着，去院子里推起自行车，向青山县进发。

在松山地区，只要雪下到一定程度，野马似的奔突不定的西北风，不仅会粉碎正降下的雪花，还会把大地的积雪，搅得飞旋起来，两股雪在空中会合，加上风的助阵，暴风雪就来了。这时空中弥漫着雪粉，道路隆起雪包，寸步难行。但安平是山里长大的孩子，凭着他多年的山林生活经验，靠着雪自身的反光，哪怕山路成了刀刃，他也能让车轮转动。当然这种天气骑车，有点跟天对着干的意味，让他吃尽苦头。路面隆起了高高的雪坎，他不得不一次次扛起自行车翻越。等他到了青山县，已是午夜时分了。想着这时候去李素贞家，诸多不便，安平回到了自己的住所。他一进门，就给李素贞发了一条短信："我回来了，今夜的暴风雪真猛，我冷，想你想得慌！"李素贞没回复，他想她忙了一天，大概睡下了。

然而一个小时后，李素贞用钥匙，打开了安平的家门。她进屋后没开灯，而是在黑暗中，窸窸窣窣地剥光自己，然后踏着四散的衣服，摸向床，掀开被筒。安平紧紧地抱住李素贞，亲吻她冰凉的手。

这是李素贞第一次在安平那儿过夜，而这一夜，让他们付出了沉重的代价。

十四　毛边纸船坞

在龙盏镇，只有出了正月，才算过完年了！

这个年里，纵情吃喝的不是青年人，而是老人们。除夕夜的饺子，初七的面条，正月十五的汤圆，那些七八十岁的人，也不管能否消受得起，一碗连一碗，拼了老命地吃。以往他们喝烧酒论盅、论两，现在论碗、论斤，无日不醉。从前吃瓜果，他们也不挑拣，逮着什么吃什么，现在不了，带疤瘌的苹果不吃，梨子稍微有点烂的，弃之不理，香蕉皮发黑的，绝不入口。他们要吃色彩鲜艳、表皮紧致、汁液饱满的水果。除了吃喝，他们还讲究穿和盖了，朝儿女们要毛呢裤子，要棉皮鞋，要水獭帽子，要缎子棉袄，要蚕丝被，要羊毛褥子，要绣花枕头。当然，老人们的子女，大都会满足他们的心愿，因为他们把积蓄从信用社悉数取出，给儿孙们的压岁钱，是往年的数倍。

老人们觉得这是过的最后的年了，纵情吃喝，尽兴享受。

正月一过，是阳历三月，离八月一日火葬的日子，越来越近了。吃完二月初二的猪头肉，大多想带着棺材入土的老人，就开始少吃少喝了。他们知道身体是一盏灯，食物是灯油，只要不给它添油，燃烧不了多久的。他们对抗丧葬制度改革的这种慢性"集体自杀"，心照不宣，意志坚决。所以阳光转暖了，老人们的脸上却是一派寒冬气象。患糖尿病的，一天故意吃上十几颗糖果，虚弱得像风中的枯草。肝脏有问题的人，以酒当茶，喝得直呕，脸上像贴了黄表纸。心脏不好的人，整天给自己找气受。他们想给人留下好念想，不找人的气，就找牲畜的气。说什么狗见着他们不摇尾巴了，牛看着他们瞪眼睛了，羊对他们发出的叫声，没有从前温柔了。总之，牲畜没怎么样，他们气得眼冒金星，浑身发抖。肺功能不全的人，把自己关进小屋，恨不能一天抽一筐篓的黄烟。最恐怖的是神经衰弱的老人，以前一宿还能眯上三四个钟头，现在干脆不睡了，瞪着眼坐在窗前，说是要把身上的油耗干，添到月亮这盏天灯上，好为自己日后升天积功德。

老人们的种种谬行，愁坏了他们的儿女，却乐坏了单尔冬，他灵感袭来，以此为线索，在驴棚开始了首部长篇小说的写作。据知情人老魏透露，书名叫《升天记》。他以每天三四千字的速度爬格子，不但没累着，反而精神了。他脸色好看了，走路轻快了，与人说话气也足了。他说调到松山文联后，虽也写东西，可总觉笔下干涩。现在不然，他的笔有如神助，饱满滋润，一个个漂亮句子，像清澈的溪流，汩汩流淌。单四嫂虽不让他进屋，但春节过后，单尔冬开始长篇写作后，单四嫂倒不撵他走了，她带领单夏，把屋子与驴棚相隔的那道墙，打了个半人高的洞，说是给单尔冬送饭方便。这个洞不仅送去了热饭热菜，也送去了天光和暖流。单四嫂每天去南市场时，总要嘱咐单夏，别忘了上午十点钟，烧壶热茶，端给驴棚的人喝。她不让单夏叫他爸，而是叫陈世美。所以单尔冬最怕过上午十点钟，因为单夏来送茶时，会吆喝一声："陈世美！喝茶了——"单尔冬纠正他说："要叫爸爸。"单夏摇摇头，很固执地说："妈说了，陈世美——陈世美……"所以茶是香的，单尔冬喝在嘴里却是苦的。他也因此不敢在单夏不在家时出门，怕街上碰见了，他会当众喊他陈世美。

老人们的自戕，让甘芷生院长犯了愁。他不是为他们的身体担忧，而是为卫生院收益受损而心痛。老人们都不来看病了，而他们是卫生院消费的主体。在甘芷生眼里，疾病是花朵，它们决定了他们捧着的饭碗的成色。他去镇政府找唐汉成，说是老人们一心求死，精神不健康，影响镇子的形象，让他干涉一下。如果八月一日后，老人们死光了，这镇子还叫镇子吗？高寿的老人都是活菩萨，气场好，不能没有他们。

唐汉成刚从林市探望陈金谷回来，看着大舅哥日薄西山的样子，他动了恻隐之心，主动提出做配型试验。陈金谷家人喜出望外，在他们看来，唐汉成有今天，沾了他们的光，理应作出牺牲。陈美珍也愿意丈夫捐肾，他捐了，等于自己捐了，面上有光。而且她认为他少了一颗肾后，就没能力花心了，什么刘小红王小红李小红的，她都不惧了。可是化验的结果，令他们无比失望，他们的肾在两个天空中，配型不符。唐汉成从林市回来，有点死里

　　　　毛边纸船坞

逃生的感觉，心情大好。所以甘芷生求他，他一口答应，说："这有啥难的，你就给我出去放口风，说是上面有政策，八月一号以后，凡是活过七十岁的老人，政府每月给补贴四百元。你看吧，哪怕他们自己不想活下去，他们的儿女都不会答应！去你那儿修理身子的，就得排队了！"唐汉成爱把卫生院叫做修理铺，好像人是机器似的。

甘芷生问："真要出台这政策吗？要真那样，我也得争取活到七十以上！"

唐汉成撇着嘴说："什么叫'有'？什么叫'无'？告诉你吧，不管是啥，需要的时候就是'有'，不需要的时候就是'无'。过了八月一号，没这政策，难道他们自杀？自杀也得炼成灰了，他们只好活下去。"

甘芷生从唐汉成那儿出来，逢人就说，八月一号后，七十岁以上的老人，每人每月可享受四百元的生活补贴了。人们一传十，十传百，不出三日，这消息春风似的，吹遍了龙盏镇。人们在传播的过程中，尽兴作了发挥。渴望着补贴再多点的，把四百说成了五百；渴望着早点拿到补贴的，把八月说成了七月；渴望着带着棺材入土的，说是活过八十岁的人，将来可以不火葬。龙盏镇的年过去了，卫生院的年却来了。那些七老八十的人，纷纷来到卫生院，该打针的打针，该买药的又买药了。只有李木匠不信这说法，他说打了一辈子棺材，如果死时不带过去一口，阎王爷看不到自己的好手艺，他到了另一世没饭吃，这辈子就白忙活了！

他不能眼睁睁看着他打的棺材，有一天化为灰烬。他选好寿衣，又选好墓地，之后粒米不食，终于在清明时分，耗干了最后一滴油，倒在西窗下。

李木匠如愿以偿躺在他亲手打造的棺材里了。起灵之前，老人们绕着棺材走了一圈，无不泪垂。与其说他们是与死者作着最后的告别，不如说是与传统葬礼告别。尽管有每月几百块补贴的说法，诱惑他们活下去，他们还是羡慕带着棺材入土的人。他们拍打着棺材，看着它远去，眼里现出被分割了黄金的那种不舍。与李木匠须臾不离的黄狗，也跟着送葬队伍去了墓地。李木匠入土了，埋他的人扛着镐头铁锹走了，它还哀怨地趴在坟头。李木匠的后人，三天后来圆坟，发现墓穴被黄狗刨开了，它四蹄绽裂，血迹斑斑，趴在主人的棺材上，已无气息。李木匠的后人重新培土，将黄狗和父亲埋在一起。这条狗在这个春天，成了龙盏镇最动人的话题。

松山地区最早开的花儿，是蓝白两色的白头翁。它开花时，山间的雪还未化尽。白色白头翁不像蓝色的，白色的要是开在残雪旁，春色就模糊了，往往一开就牺牲，成了人脚下的冤魂。白头翁谢了，杜鹃就开了。杜鹃可不像白头翁冷色调，你没法忽略它，它开起来红红火火，蓬蓬勃勃，热热闹闹的。它能把山岭染红了，能把春水染出朝霞的颜色。龙盏镇人一到杜鹃盛开的时节，就从附近的山中采来花儿，插在家里。这花不仅鲜艳，叶片还有奇香，它们进了家，屋子就有好气息了。人们养花的器皿也不讲究，很少有用花瓶的。他们把杜鹃插在空的罐头瓶和酒瓶里，插在闲置的咸菜坛里，插在水桶里。腊月宰完猪，开春还没抓猪仔的人家，甚至把杜鹃插进了猪食槽。

安雪儿喜欢杜鹃，一到这时节，石碑坊就被她装点成花园了。她插花的容器更为丰富，炊具都派上场了，闷罐，锅，水壶，深口海碗等。器皿高矮不同，粗细不一，她就对杜鹃作裁剪，促成花儿与器皿的鱼水之合。虽说安雪儿快临产了，住在绣娘那儿，但杜鹃一开，她的心就跳得快了，还是忍不住采来许多，背柴草似的背回家，装点石碑坊。她是往一只水壶插花时，突然阵痛的。当时她选了一株骨朵多的、高枝的杜鹃，斜斜地插进壶嘴，正惬意地赏着，肚子突然疼了起来。安雪儿没有慌张，她先是给唐眉打了电话，说自己恐怕要生了，然后把没插完的杜鹃就地摊开，做了张花床，慢慢躺下去。等到唐眉和助产士赶到，石碑坊已响起婴儿的啼哭。安雪儿产下一个男孩，有五斤二两重呢！

安雪儿在石碑坊坐月子，绣娘便把为小孩子置备的东西打点了，由白马驮着，跟着住过来。石碑坊热闹起来了，女人们都以下奶的名义，来瞧小孩子。她们进了屋，放下鸡蛋红糖，便奔向摇篮。她们看了婴孩，无不啧啧称奇，因为小家伙很壮实，完全不像一个侏儒生的。他有着粉嫩的脸蛋，黑亮的眼睛，鲜红的嘴唇，可爱的鼻头，总之，从头到脚都招人稀罕。女人们忍不住，把头探向摇篮，轻轻亲他。她们不敢使劲亲，说是那样小孩子会落下流口水的毛病。

自打安雪儿生下孩子，龙盏镇人见了辛七杂和辛开溜，都现出讳莫如深的笑，不知是不是该恭喜他们得了后人。人们从辛七杂的举止看出，他心底是高兴有了孙儿的。因为每隔三四天，他会送几只猪蹄给单四嫂，求她给安雪儿熬猪蹄汤，送去发奶。从风俗来说，男人是不能进月房的，所以自打安雪儿生下孩子，辛七杂路过石碑坊，总是步履匆匆，绝不驻足。他也不亏待单四嫂，她家这一个春天的肉食，都是辛七杂供的。五花肉、排骨、猪腰子、猪肝，他换着样儿给，单四嫂也捯着样儿做，把单尔冬吃得脸上春色浮动，把单夏吃得满面油光，而单四嫂的高颧骨也不明显了，她的脸颊有肉了。

　　辛开溜自打用一篮煤，从唐汉成那儿换来一匹马，进山就骑马了。他当年换来的马鞭，也派上用场了。往年他在深山烧炭，回来的次数不多，可这个冬天他频频下山。他脸上的皱纹深了，嵌着炭灰，腰也弯了下来。而他骑着的马，被他使唤得不轻，也是灰呛呛的。每次回来，他先奔向南市场，把驮回的炭，在火锅店卖掉，然后采买吃食。烧饼，煎饼，酱牛肉和鱼干，是他的最爱。他让单四嫂将煎饼给他一张张叠好了，说是吃时方便；让烧饼铺给他烙豆沙饼。辛开溜以卖炭和卖草药为生，赚不了大钱，但他手头从没紧过，尤其是近年来，他喝的酒，上了一个档次。人们猜测，他有神秘的来钱渠道。人们见他带进山中的吃食，量比往年大，而且食物的口味有改变，比如原来他只吃椒盐烧饼，现在钟情豆沙馅的，以前他喜欢辣味鱼干，现在则不要加辣椒的，以此判断他在深山里多养了一口人，那个人应该是辛欣来！因这小子怕辣，而且最爱吃豆沙馅烧饼了。辛欣来要是去烧饼铺，就着一碗豆腐脑，一口气能吃掉六个豆沙饼。

依照公安局发布的悬赏通告，人们捉到辛欣来，或是提供有价值的破案线索，会获得重金奖赏。龙盏镇人以前还想着逮他，发笔横财，可自打安雪儿怀了孕，绝大多数人都不想干这事了。只有派出所的人迫不得已，听到南市场业主议论辛开溜可能窝藏辛欣来，在他进山时，象征性地跟一程。他们不会跟到窑厂，怕归来迷路。因为辛开溜为了锻炼腿功，不走老路，年年在山间开辟新路，哪怕他今年得了匹马，也不让马走老路，而在无路的密林中穿行，是鄂伦春马的强项。不屈不挠跟踪辛开溜的，是陈美珍。知道他是哥哥的私生子后，她和陈家人一样，把辛欣来视作救命稻草。她无力亲自跟踪，便雇用了骑马善射的葛喜宝。葛喜宝虽说跛脚，但在马上，依然威风不减。这个冬天，红日客栈因为葛喜宝的缺席，失去好味道，生意清冷，刘小红见着陈美珍，马脸拉得更长了。不过她生气也没用，葛喜宝憎恨辛欣来，案发之初，他就充当了民间警察的角色，一有空闲，就去搜寻。

葛喜宝当厨子，常去北口辛家的屠宰场买肉食，与王秀满多有交道。他喜欢她的大度和善良。比如他买猪大肠，王秀满总是用筷子将肠子掏干净，用碱水洗了，才卖给他；他买猪头，她用喷灯把猪毛燎得光光溜溜的；他买五花肉，她总是少算二三两的钱。她说懂得舍，才会有得。知道葛喜宝没有女人，每到深秋，她都给葛小宝做条新棉裤送去。小孩子个头长得快，前一年的棉裤，穿着服服帖帖的，可转年就成了吊腿裤！若不做新的，会冻脚脖子。葛喜宝感激王秀满，逢年过节，总要买点东西送她。王秀满出事那天洗的猪肚，就是红日客栈要的。葛喜宝上门取时，还给她买了两斤苹果提去，结果他进了院子，看到的却是一颗滴血的人头！

绣娘离不开马，辛开溜则离不开狗。他进山时，总带着狗。他到龙盏镇后，前后养过六条狗。每条狗死去，都会被他剥皮，说是要留下它们的衣裳，然后再埋掉。因为这，人们说他血腥。他拿狗皮当褥子，当脚垫，当枕头，还拿它做帽子。他冬天戴的帽子，没有一顶不是狗皮做的。他的狗不论公母，也不管什么颜色，都叫一个名字"爱子"，那是他日本老婆的名字。所以他的狗跟他一样，除了在旧货节的集市上，平素是不受人待见的。辛开溜养过花狗、黑狗和黄狗，就是不养白狗。他常年烧炭，怕白狗跟着，给熏染成黑狗了。

辛开溜的狗不会繁衍后代，因为到了发情期，它们热情洋溢地寻找配偶时，总会遭到狗主人的排斥，他们不允许自家狗接触爱子们，辛开溜只好给公狗去势，给母狗做绝育术，断了它们的念想。所以落入他家的狗，在爱情上是不幸的。

辛开溜用一篮煤，从唐汉成手里换来的鄂伦春马，棕黑色。它正当壮年，鬃毛蓬松乌亮，力大无穷。辛开溜有马骑了，但他进出山林，依旧带着狗。现在跟着他的爱子，是条七岁的黄狗。

没有马时，辛开溜进山，它勤勤恳恳地在前方开路。尤其冬季雪大时，爱子会在前方用四蹄为他拨开深雪。有了马后，它自在多了，可以在山里撒欢了。

葛喜宝跟踪辛开溜，骑乘的是匹枣红色蒙古马。它比鄂伦春马漂亮，但耐力却不如它。如果短途奔跑，鄂伦春马不是蒙古马的对手，可是长途奔袭，蒙古马就处于劣势了。葛喜宝跟着跟着，就会落后。往往是辛开溜到了窑厂一个多钟头了，葛喜宝才拍马赶到。辛开溜每次看到葛喜宝，只是抖抖山羊胡子，算是和他打招呼了。辛开溜住地窖子，葛喜宝在离他不远处，搭了个兽皮围子住。葛喜宝带来的食物和马草不足时，辛开溜会拿出自己的接济他。辛开溜白天烧炭，骑马遛狗，闲时剥点桦树皮，并无异常。到了晚上，他会邀葛喜宝一起喝酒，然后各自睡下。葛喜宝仔细察看了地窖子周围的林地，雪地上除了马蹄和狗的爪印，就是小鸟、灰鼠和野兔的兽迹。属于人类的足迹，只有他和辛开溜的。葛喜宝觉得跟踪辛开溜徒劳无益，便脱离他，扩大搜寻范围。在这个过程中，他们不止一次在林中相遇，辛开溜不是下山卖炭，就是带着给养上山。葛喜宝发现，林间雪地上，到处是辛开溜的马和狗留下的蹄印，忽东忽西，忽南忽北的，好像他在走迷魂阵，葛喜宝把这一切，归咎于辛开溜不走老路上。

葛喜宝在山中跟踪辛开溜、寻觅辛欣来数月，一无所获。到了五月，河岸的毛毛狗开花了，山间的溪水又开始唱歌了，葛喜宝垂头丧气地回到龙盏镇，把马还给陈美珍，将一半的工钱退给她，说自己竭尽全力，却连辛欣来一根屌毛都没捡着，说明这狗杂种不是逃走了，就是死在山林喂老鸹了。陈美珍听葛喜宝叫辛欣来"狗杂种"，面露不悦，嘟囔道："他有名有姓的，叫他辛欣来嘛，何苦骂人家是狗杂种。"葛喜宝愣怔半晌，不明白她让他捉辛欣来，为啥又不许骂他？看来龙盏镇人猜测得对，陈美珍雇他追捕辛欣来，并不像她宣称的，是为了王秀满灵魂安宁，而是另有企图。这企图是什么，他猜不透，也不想猜了。

葛喜宝上山时，把葛小宝送到古约文乡的姐姐家。他的到来，让失去爱子的安泰和葛秀丽，得到了温暖和快乐，所以葛喜宝接葛小宝回龙盏镇时，他们都舍不得。葛小宝也不愿离开，因为这里的民族乡学校，比龙盏镇的管理松懈，一天只上半天课，而且安泰常驾车带他去喜温猎场，教他打枪，他过得快活。这个猎场建在山间，里面的狍子和鹿，都是半放养的。春夏秋三季，它们靠着大自然的恩赐，自主生存；到了冬天，数九寒天，它们找不到吃的，饲养员就得定点投放食物。

喜温猎场的兴建，与青山县的主要领导爱好打猎有关。他们以发展少数民族文化旅游的名义建立猎场，圈定了古约文乡附近一片风景秀美的山林，斥资三百万建起猎场，由青山县旅游局直管。猎场平素对外开放，但到了各级领导来视察时，就不营业了。饲养员会抓住几只狍子，给它们注射微量麻醉剂，让领导们追逐猎物时，能够百发百中。猎场建成后，绣娘骑马来过一次，她看了半放养的动物，说了一句"可怜"，再没来过。

葛喜宝来接葛小宝，葛小宝开出条件，说再去喜温猎场玩一圈，才肯回龙盏镇，葛喜宝答应了他。安泰驱车，载着葛喜宝父子上路了。天清气朗，杜鹃花将山岭抹得一片红，一片粉，好像老天在大地晾晒它的彩衣。他们走到中途，碰见猎场看守人老木，正急慌慌地打马下山。安泰停下车，老木跳下马，结结巴巴地报告，猎场装枪弹的大铁柜被人撬了！

　　喜温猎场现有九杆猎枪，放在猎场保安室，平素锁在一个大铁柜里。老木说清晨他和饲养员去河边喂狍子，忘了锁保安室的门，但大铁柜的钥匙挂在身上。等他们回来，发现大铁柜的锁头被撬开了，少了一杆猎枪，还少了四打子弹，每打十颗的。偷枪者看来只需一杆枪，因为其他枪还在。

　　老木说，丢了猎枪和子弹固然不好，但没什么威胁性。因为贼拿走的子弹，与他盗的枪，型号不匹配。也就是说，那四十发子弹，在那杆大口径猎枪面前，只能当哑巴。一杆枪没有子弹助力，跟一根烧火棍有啥区别呢？老木以此判断盗枪贼，肯定不是鄂伦春人，鄂伦春汉子哪个不懂猎枪呢。贼应该是汉人，而且没玩过枪。安泰这才稍微心安。

　　安泰掉转车头回古约文乡，准备向上级公安机关报案。葛小宝一看走回头路了，呜呜哭了。葛喜宝给了他一巴掌，骂他不懂事，说猎场出了大事，他还想着玩。葛小宝委屈地说："我咋不懂事了？前晚我尿了炕，都知道自己晒裤子了。"他的话把忧心忡忡的安泰逗乐了。葛小宝接着说，他知道是谁偷的猎枪。他上次去猎场玩，太阳快落山的时刻，望见猎场外一棵高大的樟子松树上，坐着一个人。他穿迷彩服，戴迷彩帽，骑在大枝桠上，耷拉着两条细长的腿，瞄着猎场的保安室。这人发现葛小宝看他，从树上跳下，一溜烟往林子深处跑了。安泰说那你怎么不早告诉姑父？葛小宝说："我本来想说的，可我往回走的时候，不是掉进泥坑了吗，掉进泥坑不是换鞋刷鞋了吗，刷完鞋吃完饭，天不就黑了吗。爸爸说过，啥事到了黑天，都不是事了，我就没说。"

葛喜宝问："那人长得像辛欣来吗？"

葛小宝说："他在树上，离我那么远，帽檐压得又低，我咋瞅得清。"

安泰对葛喜宝说："偷枪的未必就是他，他怎么能挺过一个冬天！"

葛喜宝说："也是，我找了他好几个月，屁毛没见！"

安泰说："也许这小子早就喂了狼了！"

辛欣来是否活着，活在哪里，只有辛开溜知道，可他不会跟任何人说。他暗助辛欣来逃脱，不是为了包庇孙子，而是把保卫辛欣来当作一场伟大的战役来打。他是这场战役唯一的士兵，唯一的统帅。他想让世人看看，他是不是打过仗的人。你们不是重兵把守，层层包围，要搜出他来吗？我辛开溜就能让他神不知鬼不觉地藏匿，而且安然度过严冬。你们不是想立刻捉住他，要他的命吗？我就是能让他再多看几回人间的日出。安雪儿怀孕后，他庇护辛欣来的意志更加坚定，至少他要保证孩子出世前，辛欣来是安全的。这样，就算他落网后被执行死刑，还能看一眼他的孩子。

辛开溜没有武器，装备就是一匹马一条狗，以及猎刀和斧头，可他让辛欣来迎来了春天。当龙盏镇的老人们，为着死去能带着一口棺材入土而活得不耐烦时，辛开溜却精神抖擞地穿山越林。他在战场上，见到过太多的死者。战友的遗体，都是就地掩埋，往往连块碑都没有，最终成了荒凉的无主墓。有时战事紧急，需要立刻转移，战友的遗体来不及掩埋，他们只能噙着泪花上路。至于敌人的尸首，他们缴获了他们身上有用的东西后，会立刻离开。那些陈尸荒野的尸首，最终都喂了野兽。辛开溜觉得自己能够活下来，已经够幸运的了。他不怕化成灰，因为他这一生，心底已满是灰烬。

辛开溜娶了秋山爱子后，才知道她男人并不像她宣称的死了，而是生死不明。辛开溜是从刘瘸子口中，得知这一情况的。刘瘸子是地主的儿子，患有小儿麻痹，成人后在依兰开了家布店，娶了个嘴斜眼歪的姑娘。刘瘸子的老婆丑，但她审美不差，所经营的布匹，无论面料还是花色，在依兰都是最别致的，深得日本人喜爱，所以这家布店，来的客人多半是日本人。日本战败，它的生意一落千丈。辛开溜娶了秋山爱子的那年冬天，有天路过刘瘸子的布店，被他隔窗望见，给叫进店里。刘瘸子提醒他小心着点，说好不容易娶个老婆，别再让她跑了。因为秋山爱子来布店打探过她男人的消息。

原来秋山爱子和她男人在天井开拓团时，每到夏至和新年前夕，都要来布店，扯上几块布。秋山爱子的男人离家时，知道日本败局已定，跟妻子约定，一旦天井开拓团的家不复存在，亲人离散，就以这家布店作为联络点。苏联红军打过来后，没有战死和自杀的日本战俘，大都流放到西伯利亚做苦力去了，逃出者寥寥无几。而那些失去男人的日本女人，没有踏上遣返归程的，要么给有钱的中国人做用人，要么嫁给说不上媳妇的穷鬼酒鬼，要么沦为暗娼。秋山爱子带着太一郎来到依兰后，几次三番到刘瘸子的布店打探她男人的消息，最终都是失望而去。绝望之际，她想去大户人家帮佣，谁料在庙会遇见了想要娶她的辛开溜呢！虽说她最终做他老婆了，辛开溜待她和孩子也都好，可秋山爱子仍不死心，一旦上街，就溜进布店，打探太一郎父亲的消息。

刘瘸子家的布店，挨着一家面馆，辛开溜跑船上岸时，常来这儿吃面，得以相识。有天刘瘸子在街上，突然看见辛开溜和秋山爱子，一起扯着太一郎的手，才知道他们是一家人了。那时他就想告诉辛开溜，秋山爱子的男人可能还活着，可他见辛开溜喜气洋洋的，说不出口。他想秋山爱子跟了辛开溜，也许就死心塌地过日子了。可没过多久，她又到刘瘸子的布店，打听她日本男人的消息了。

刘瘸子只得跟辛开溜说了。他不能让个日本娘们儿，把这个满面风尘的跑船的汉子给骗了。

辛开溜听了刘瘸子的话后，第一个念头就是带着妻儿远走高飞，可他喜欢依兰小城，不愿离开这里。他想唯一能让秋山爱子死心的，就是太一郎父亲的死讯。他乞求刘瘸子，万一哪天那个日本男人找上门来，一定牵制住他，暗中差人来给他报信，他想办法干掉他。刘瘸子说："她男人现在是战俘，你要是拿他当鬼子给打了，那可是犯法的。"刘瘸子帮他出主意，让他拍张一家三口的合影照，留在布店，如果那男人来，他就把照片拿给他看，说秋山爱子已嫁给自己的亲戚了，哪个男人会恋着背叛了自己的女人呢？

刘瘸子虽瘸，但出的主意不瘸，辛开溜接受了。不过他拍的不是一家三口的合影，而是他和秋山爱子的。在他眼里，一个男人可以舍掉老婆，但不会舍掉亲生骨肉。如果那男人看到相片中的太一郎，绝不会掉头而去的。辛开溜最终留给刘瘸子布店的两张相片，一张大头像，他与秋山爱子并排坐着，他刻意将手搭在她肩头，以示亲昵，虽说他的手是僵硬的，秋山爱子的表情是木然的；另一张是远景照，布景是苍茫的远山，他叼着烟袋威严地坐着，秋山爱子穿着棉袍，提着一方手帕立在旁侧，一副低眉垂眼的模样。刘瘸子见了这两张照片，说："咋没有太一郎呀？"

辛开溜说："他要是问起来，你就说太一郎逃难时，让马车给碾死了！"

刘瘸子"啊呀——"叫着，说："你也忒狠了！"

辛开溜说："你是向着中国人还是向着日本鬼子？"

刘瘸子反唇相讥："娶鬼子老婆的是你，又不是我。是你捡了鬼子的洋落儿，你说谁向着鬼子？"

辛开溜哑口无言了。

日本战败后，秋山爱子与长崎的亲人，失去了联系。转年春天，她得到亲人罹难的消息。美国在长崎投下的原子弹，带走了她的父亲和哥哥，只有弟弟幸存。秋山爱子得知父亲和哥哥的死讯后，做了两盏河灯，撒上金黄的野菊花，择了个月亮好的夜晚，领着太一郎，到松花江畔放了河灯。

辛开溜怕老婆跑了，就不去跑船了，他在依兰小城当脚夫，虽说苦些，却是快乐的。每天回到家，他都能吃上热乎饭。那些普通的食材，一经秋山爱子烹饪，味道非同寻常的好。他晚上会喝上两盅烧酒，泡个脚，然后迫不及待地吹灯上炕，把秋山爱子拉入怀中。闻着她清爽的体香，辛开溜有种贴心入肺的幸福感。

太一郎一开始和辛开溜很生分，不爱跟他说话。他们坐在一个饭桌前时，他只看碗里的饭，从不看辛开溜。但随着时光推移，他和他熟悉起来，亲密起来，终于认了这个中国的爹。辛开溜出了一天苦力回到家，太一郎会给他端来一盆温水洗脸，还会把拖鞋拿给他，让他松快松快脚。辛开溜也喜欢太一郎，只要不干活，走哪儿都领着他。秋山爱子和太一郎会说中国话，但说不利落，邻居们知道了他们的来历后，对他们就没以前热情了。小孩子一起玩耍时，从来不带太一郎，他就一个人在院子里玩。独自玩耍，是玩不起来的，太阳好的日子，他玩着玩着就睡着了。辛开溜见邻居们抵触他们一家，便说自己以前打过鬼子，只不过因为迷路，与队伍失去联络，才落到今天这步田地。而他娶秋山爱子，是看他们母子太可怜。他说战争就是为了让女人和孩子过上好日子，因而世界上所有的女人和孩子，都应受到保护。邻居们对他的说法嗤之以鼻，说扛枪打鬼子的人，怎么会娶个日本娘们呢！

辛开溜家后院的王寡妇，看上了他，一直怂恿他抛妻弃子，跟她一起过。她听辛开溜说打过鬼子，一口咬定他是逃兵，不然怎么会流落到依兰小城当脚夫呢？日本鬼子没了，但国共两党在东北决战正酣，他要是真打过仗的话，怎能坐得住呢？

这年夏天，太一郎见邻居的孩子都提着笊篱去江上捞虾，邻家灶房常飘出炸虾酱的鲜香气，他嘴馋了，有天尾随他们，也提着笊篱，去江上捞虾。别的孩子见他跟着，都不搭理他。太一郎个头矮，又单细，不会水，他学着别的孩子，挽起裤腿下了江。太阳那般好，江水却很凉，他一入水，腿便抽筋，身上一抖，手上的笊篱掉入江里。太一郎跌跌撞撞追笊篱时，被它带入深水区。他失去重心，高呼救命，孩子们听到后，互相看看，漠然无语，没人愿意去救一个小鬼子，他们就眼睁睁地看着太一郎被激流卷走。

太一郎是被下游的一个打鱼人打捞上岸的，他的嘴巴和耳朵淤满泥沙，眼睛却是一尘不染。他睁着眼睛，虽然目光凝固了，但依然满怀惊恐。

太一郎死了，秋山爱子就不和辛开溜睡一起了，他们一个炕头，一个炕梢。辛开溜一撩她的被子，她就大呼救命，弄得他好不扫兴。那时遣返日侨正在高潮，在丹东的日本侨民经朝鲜遣返，在大连的由苏军遣返。东北其他地方的侨民，全部涌向葫芦岛，由日本派来的舰船接回。秋山爱子的日本男人杳无音讯，儿子又溺亡，这片土地没了她生活的支撑，她不想留下来了。她哀求辛开溜，送她到葫芦岛，让她乘船回长崎吧，毕竟那儿是她生长的故土，还有一个亲人。辛开溜一听急了，说你是我老婆了，只有我休你的份儿，你想蹬了我，没门儿！辛开溜怕秋山爱子跑掉，把家改造成监狱，用黄泥糊死两扇窗，唯一留下的那扇，外加一层对开的隔板，安了锁鼻子。他去街上干活时，紧锁门窗，把钥匙挂在腰上。秋山爱子被囚禁在密不透光的家里，如入地牢，本来她的脸就白，这下更白了。

一个阴雨的日子，辛开溜不出工，他打着伞，带着秋山爱子闲逛。路过一家纸店时，秋山爱子停下来，要买几张纸，辛开溜随她进去了。秋山爱子选了一沓上好的竹制毛边纸，它轻薄绵软，纸质细腻，柠檬色，有微香。辛开溜以为她要用它揩屁股，讥讽她说，你的腚有这么金贵吗？秋山爱子摇摇头，从嘴里吐出两个字："画——画——"辛开溜想画画儿不是坏事，这样她就不惦记着回日本了，赶紧给她买了纸，又买了笔墨。秋山爱子回到家，把毛边纸裁剪了，用线绳穿起，做成画册。这样辛开溜外出干活时，她就在家里掌灯画画。辛开溜心疼灯油，将窗户隔板打掉两条。这两道天光透进屋子，等于为她点起了一对蜡烛。

秋山爱子的每张画，都有船的影子。船有大有小，有多有少，但都是靠在岸边的，每条船上都挤满了人。男女老幼，无论是背着包袱的，扛着锹镐的，手持稻穗的，举着灯盏的，还是牵着马的，领着狗的，都是满面焦灼，看得出她心底浓浓的归乡情。她用毛边纸打造的这座船坞，伴她度过了无数寂寞昏暗的日子。

一九四八年秋天，日侨遣返全部结束，辛开溜想，秋山爱子就是长了翅膀，也没天空了，她跑不了了。于是把家恢复原样，打通堵死的窗户，将窗板卸下。秋山爱子重获自由后，直奔刘瘸子的布店。得知她的日本男人从未现身，她长叹一声，似乎认了命，买了三尺蓝布，给辛开溜做了一条新裤子。到了冬天，她的肚子鼓了起来，一直想做爹的辛开溜，喜不自禁，好生伺候着她。转年春天，秋山爱子产下辛七杂，辛开溜如愿抱上了大胖小子。

孩子出满月时，辛开溜特意在家摆宴，请朋友喝喜酒。谁知所有人看了孩子，都皱眉头，说不像他。辛开溜起初并未在意，在他眼里，刚出满月的孩子，长得都是一个模样。及至孩子长到三岁，那张脸与他的脸越来越南辕北辙，邻人都在背后议论，他才起疑。辛开溜仔细询问秋山爱子，才知道她自己也不敢肯定，辛七杂是否他的骨肉！因为她怀孕前，除了辛开溜，还有两个男人强行睡过她。辛开溜气愤至极，问她为什么不早说。秋山爱子说怕他逼她吃药堕胎，太一郎没了，她渴望再有一个孩子。辛开溜问她那两个男人是谁，秋山爱子低下头，说他们都是天擦黑时来的，瞅不太清。只知道一个胖，力气却小；一个瘦，却有蛮力。他们不是同一个人，走前却抛下同样的话，说是为了死在日本人手里的亲人报仇。辛开溜听完，懊恼地打了自己一巴掌，说："一直把你锁在屋里就好了!"

辛开溜想,日本人在东北犯下的罪行多了,若受伤害的人都找他老婆算账,自己的女人,不就成了他们的慰安妇了么?他听说松山地区酷寒,人烟稀少,便带着老婆孩子逃离依兰,向北挺进,落脚于龙盏镇。他一眼就看上了这个建在山上的镇子,在他眼里这里离太阳近,作孽的人少。他们在此安家,过着平静的小日子。

辛开溜对辛七杂是否自己的,心底始终嘀咕。他想让秋山爱子再给自己生一个不让他心底犯嘀咕的。他们也没少同房,可她的肚子如一潭死水,毫无动静,辛七杂倒是一天天长大了。

龙盏镇人最开始并不知道秋山爱子是日本人,辛七杂跟人说她是山东人。但仅仅半年,人们从她说话的方式中,感到了异样。比如她爱用"的"字,去粮店买粮,她问店员:"高粱米的有?"她碰见邻人,会问对方:"吃饭的有?"人们听出了她是日本人。等到人口普查时,辛开溜不得不把她的身世和盘托出。他们有孩子,要落户口,不想当一辈子的盲流。

他们落了户口的第二年,秋山爱子秋天时突然失踪了。她去了哪里,一直是个谜。有人说她忘不了日本丈夫,偷渡到苏联,去西伯利亚寻夫了;有人说她进山采蘑菇,被黑熊吃掉了;有人说她跟一个卖艺的跑了;有人说她去了海边,乘黑船回日本了;还有人说她不喜欢人间,与野狐狸做夫妻去了。从此之后,辛开溜开始了他漫长的寻找。他曾带着秋山爱子的相片,回到依兰,到刘瘸子的布店，到原来的天井开拓团，也到葫芦岛、大连和烟台，然而没人见过秋山爱子。他回到依兰，不但没找到人，反而为自己惹了麻烦。一直想和他好的王寡妇，听说秋山爱子不见了，喜出望外，一路跟到龙盏镇，要做他老婆。辛开溜死活不干，王寡妇绝望了，与他撕破脸皮，离开之前，四处散布辛开溜是逃兵，是大汉奸。龙盏镇人唾弃他，与王寡妇关系很大。人们说他念念不忘日本女人，对自己的姐妹却冷酷无情，是民族的败类。而那些年辛开溜外出寻找秋山爱子时，会把辛七杂放在别人家托管，人们说辛开溜的不好时，也不避讳他，辛七杂对父亲的憎恶，从童年就开始了。

辛开溜再没找过女人，他对秋山爱子难以忘怀，尤其是她的体息，一经回味，总会落泪。秋山爱子留下的每件东西，他都视作宝贝，绝不会拿到旧货集市上。他最钟爱的，就是毛边纸画册。每到新年，他都要捧出它，看看画册里的船坞。他想从中看出秋山爱子去了哪里，可他看不出究竟。所有的船都没起航，虽说那上面挤满了人。他想也许她化作了鸟儿，在海上自由飞翔呢。能够在水面踏浪而行，却又不留足迹，该是最美的生灵了吧。

安雪儿生下孩子后，辛开溜特别想送一件礼物给重孙子。虽说他与自己并无血缘关系，可辛开溜觉得自己就是他的曾祖父。他选择了秋山爱子留下的毛边纸画册，他知道有安雪儿庇护着，这个画册不会进坟墓。画册的后面，还有几张空白的纸页，他希望孩子长大后，能用画笔填补了它。

十五　花老爷洞

　　龙盏镇的春天，被松毛虫给劫持了！

　　往年雪化了，白头翁和杜鹃谢幕后，林间的百合、芍药、野菊、马莲将次第开放。可今年森林遭遇松毛虫害，该开的花儿开不起来了。

　　连年的采伐致使森林树种趋向单一，这给松毛虫的繁衍生息，提供了温床。而林木一旦被松毛虫附着，就是绿宝石库被通天大盗给盯上了，会惨遭劫掠，叶萎根枯。这时的森林仿佛出了丧事，一派萎靡，了无生气。青山县所属的二十多万亩林地，成了松毛虫流动的盛宴，青山失色。政府部门不得不出动救灾直升机，喷洒农药。

　　农药杀死了松毛虫，也杀死了不该杀死的动植物。花骨朵萎缩了，鸟儿停止了歌唱，河流也被污染了。林间小溪漂浮着死鱼，河岸边是野鸭的尸体，树丛中飘散着灰鼠和野兔腐烂的气味，连喜食腐肉的乌鸦也少见了。龙盏镇人曾那么喜爱春天采食野菜，喜欢肥美的开江鱼，但这个春天，他们与这些美味作别了。

唐汉成一看见飞机在半空喷洒农药，就气得跳脚大骂，说要去野狐团偷一挺机枪，将它打落。龙盏镇的自来水引自格罗江，飞禽走兽大批死亡后，格罗江的水质监测显示异常，唐汉成下令关闭了水厂的自来水阀门，动员大家喝深井水，因为飞机喷洒农药时，绕过了居民区，这里的水源相对是安全的。

龙盏镇有三口深井，一口在北口，两口在东南岗。有了自来水后，这三口井弃之不用了，虽说井底的水依旧清洌，但井壁生有青苔，井口蛛网缠绕。唐汉成带着人，奋战了三昼夜，将井壁清理干净，将井台糟烂的辘轳和断掉的井绳换成新的。人们取出了多年不用的水桶扁担，出门挑水。住在西坡和西南角的人家，挑水一路上坡，怨声连连。

单四嫂这段心绪烦乱，正想找样力气活儿，出出汗，让脑子清爽一下，于是她不摊煎饼卖了，而是带着单夏，给行动不便或是不愿出力气的人家挑水。一担水三块钱，一天下来，少说挑上二十担水，赚个六七十块。这种没有本钱的生意，比她摊煎饼划算多了。

单四嫂的心烦，来自老魏的求婚。而老魏这么干，源于单尔冬的离去。

离婚归来的单尔冬，一直住在驴棚。自从那道墙被打出一个洞后，他与单四嫂和单夏，相处日趋融洽。可他的长篇《升天记》写到中途，像一条河突然断流了，文思枯竭，一天写不上三行字。他开始烦躁，像多年前一样，无端指责单四嫂。他嫌她一大早牵驴拉磨，扰了他的清梦，而他的梦是这部长篇的命根子；他嫌她穿得灰突突的，乌云似的在他眼前飘来飘去，气场不好，令他的写作没有蓝天；他嫌她刷牙不彻底，齿缝藏污纳垢，吐气不洁，熏得他脑袋缺氧，他的笔才失去想象力；他嫌她用水舀子淘刷锅水，弄得水舀子油叽叽的，像老妓女的脸，用它舀水沏出的茶，浊气滚滚，把他脑袋喝浑了。

单尔冬喜欢龙盏镇的自然风景，以前写作不畅时，常去山里转转，获取灵感。可今年的春天是伤残的春天，森林散发着一股刺鼻的农药味，令他窒息。家里家外都没好气息，他又向往城市了，从龙盏镇逃离。可怜单四嫂把他伺候得脸儿亮堂了，可这张脸嫌家里黯淡，又要照耀别处了。

单夏一看住在驴棚的人不见了，问母亲："陈世美咋走了？"

单四嫂说："叫陈世美的人，终归是留不住的。"

单尔冬走后第三天，单四嫂从南市场卖煎饼回来，发现单夏把驴棚与住屋之间的墙洞堵上了，墙又是原来的墙了，黑驴也回到了老地方。

单四嫂说："你把墙堵上了，他再回来咋办呐？"

单夏一边用干草擦拭瓦刀，一边说："驴进了咱家，抽它鞭子它都不走，天天还干活；他进了咱家，啥活儿不干，给他吃住，给他光亮，他说走就走了，这样的人再回来，谁还稀罕！"

单四嫂目瞪口呆地看着儿子，他从来没有说过这么长的话，也从来没有说过这么有条理的话，她惊喜地抱住儿子，说："我儿子不傻啊！"

单夏"哼"了一声，说："我傻，我咋不帮别人家干活呢？"

娘俩儿正说着话，老魏来了。老魏像是赶集归来，扛着椅子，拎着五花肉，斜挎的包里，露着酱油瓶醋瓶的脑袋。他先把椅子放下，然后把吃食放下，对单四嫂说："单尔冬跟辛欣来这主儿有啥分别呢？我真是瞎了狗眼，还以为他痛改前非，从此后会跟你好好过呢。你别为这畜生难过，不值！我老魏啥人你也知道，除了花心，没大毛病。不是自夸，我心地好，你们女人应该懂得，找个心地好的男人，就是找到了一片好水。你跳进来，放心大胆地游吧！咱岁数相当，家境差不离，长相也都中不溜，你要是不嫌弃我，就留下这把椅子，给我个位儿，我也不图单夏喊我爹，咱搭伙过日子吧。我做豆腐你摊煎饼，咱能过得红红火火的。你给我仨月俩月收收心，然后咱就把行李搬到一块儿，咋样？"

未等单四嫂作答，单夏瓮声瓮气地说了声："我看行！"把老魏的椅子搬屋去了，把他带来的酱油和醋，摆在灶房的调味架上，把那条五花肉横在菜墩上。他见菜刀有些锈了，拿起磨刀石，蘸着水"嚓嚓"地磨刀。

老魏在磨刀声中，走出单四嫂家。

单四嫂带着单夏挑水赚钱时，老魏也没闲着，奔忙在城里。他忙的是花钱，连豆腐也不做了。想着成家后，得对单四嫂负责，再睡小姐不好，他晃荡着腿，流连于长青城做人肉生意的地方，出了这家进那家，恨不能把能睡的都睡了。一直到怀揣的钱快花光了，他也累得瘪茄子了，这才打道回府。

老魏没乘汽车回来，而是步行。他想用漫长的行走，与自己的过去告别，想想和单四嫂未来的新生活。他的背囊装着椒盐烧饼、酱牛肉、烧酒和矿泉水。他沿着山路，走走歇歇。松毛虫病已控制住了，森林在静悄悄复苏，林木的清香，正逐渐抹去农药刺鼻的气味。累了渴了，老魏就找块石头坐下，喘口气，润润嗓子。阳光灿烂，石头表面微热，可一旦坐下来，还是凉意森森，好像石头里埋着谁前世的幽魂。

老魏突然改变主意，不想和单四嫂结婚了，就在他回来的路上。他走到中途，在一条小溪边坐下，打开背囊，喝酒吃肉。这个春天少见飞鸟，林间异常寂静。老魏喝了半瓶酒后，困倦难当，将背囊当枕头，倒头便睡。等他醒来，太阳西斜了。他起身的一瞬，发现了一只黄蝴蝶。它只有指甲般大，贴着草尖，精灵般飞舞。老魏在林间好不容易见到活物，无比欣喜，他追逐蝴蝶，来到一片茂密的桦树林。这片桦林未被松毛虫所害，树叶鲜润明媚，树下的野花如期开放着。粉红色的斑花杓兰，与金黄色的菊花交相辉映，它们身下，是矮株的白色玉竹。盛开的白色玉竹，就像四溅的水滴，晶莹明亮，让人有啜饮的欲望。老魏爱极了这片花儿，想采一束带给单四嫂。而正是这次采花，让他对婚姻顿生畏惧。他采了斑花杓兰，只喜欢了片刻，觉得玉竹花更可爱，便奔向它们。而玉竹花到手后，他嫌它颜色过于寡淡，黄菊花更娇艳，就转向它们。可黄菊花到手后，他又嫌它过于明亮了，正踌躇着，一转身，发现了不远处的一枝粉色芍药，芍药花开得蓬勃，香气也蓬勃，可他采到手后，又觉得它的花瓣过于张扬了。老魏看着怀抱的姹紫嫣红的野花，心里"咯噔"一下，心想这么美丽的一束花，都没有一朵自己格外钟情的，单四嫂比起它们，哪一朵都不如，怎么可能拴住我的心呢？守着一朵枯萎的花儿过日子，有什么劲呢！

老魏捧着野花，走出树丛，在山间公路拦到一辆货车，搭车回到龙盏镇，直奔单四嫂家。单四嫂家只有驴子在，老魏便知这娘儿俩给人挑水去了，连忙去北口的井台寻她。一见单四嫂，他把野花放到她怀里，然后"扑通"一声跪下。单四嫂以为他这是求婚，叹了口气，说："你没孩子，不知道有了孩子的人，都是为孩子活着的。单夏乐意你做他爹，那我就随他愿吧。"

老魏一听，像是听到了斩首令，吓得魂不附体，话都说不连贯了："单四嫂，唉，怎么说呢，野花把咱的婚事搅黄了……噢，不是野花，是他妈的蝴蝶！唉，咋跟你说呢，我在林子里歇脚，吃了肉喝了酒，睡了一觉，醒来看见蝴蝶了。啊，蝴蝶，还有野花，都他妈的是精灵，张嘴跟我说话了。哦，我咋办呢，不能硬装好汉啊——"老魏"咣咣"磕起头来。

单四嫂没听明白老魏的话，她说："快成一家人了，行这么重的礼做啥？"

单四嫂吆喝单夏，把老魏扶起来。

单夏答应着，扔下扁担，走到老魏跟前，拽着他的后脖领，一把将其薅起。

老魏摇晃着站定，单四嫂见他一脸窘状，说单夏："叫你扶，你咋薅呢，他又不是猪草！"

单夏立刻纠正错误，一拳又把老魏打倒，然后再慢慢扶起他。

老魏被单夏这番折腾，对悔婚已无愧意，他挥着胳膊，跳着脚，骂骂咧咧地对单四嫂说："听清楚了，我老魏他妈的改主意了，不他妈的乐意娶你，不他妈的乐意给单夏当爹了！"

老魏的话噎着了单四嫂，她瞪着眼，直打干嗝儿。等她醒过神来，立刻吆喝单夏把老魏再给她打倒，然后她提起一桶水，狠狠泼向他。单夏见母亲这样做，也跟着将桶里的水泼向老魏。斜阳四射，他们泼出的水，被夕阳染成金色，有如金水。老魏被四桶冷水泼得直打滚，连声骂娘。他艰难爬起，一身泥水地回家，亦哭亦笑，卖豆腐似的沿途吆喝着："自由啊——自由啊——"撞见他的人，都以为他疯了。

单四嫂回到井台，先是把单夏的两个空桶打满水，嘱咐他挑到西坡的唐眉家，待他走远，她对着余下的两只空桶呆呆地看了半响，然后拎起一只，拴在井绳上，下到井里，缓缓地摇着辘轳，提上满满一桶水，倒进另一只空桶一半，将老魏带来的那束花，也一分为二，栽进桶里，挑着一担野花回家。

单四嫂进家后放下担子，将野花抱进屋，打开灯，洗了脸，席地而坐，编起花环。等她编完，天黑透了，单夏也回来了。单四嫂领着单夏走进驴棚，将花环戴在驴的脖颈上，黑驴好像被雨后的彩虹缠绕了，单夏看了咯咯直乐。单四嫂一手搭在驴背上，一手搭在儿子肩头，说："从今后谁都不找，咱仨一块儿过到死了！"单夏点头，黑驴也点头。单夏点头，是因为发现自己的衬衫掉了一颗纽扣；黑驴不用说了，它是被花环压的。

单四嫂没跟老魏过上一天日子，但她有再度被男人抛弃的感觉，心死如灰，悲凉满面。从此以后，她见着所有的男人，都不说话了。哪怕辛七杂跟她打招呼，她都不理。

老魏也不好过，病了一场。等他病好，雨季来了，他又做起了豆腐。老魏比以前虚弱了，他挑着担子走街串巷时，摇摇晃晃的。他不敢去南市场了，怕见单四嫂。南市场想买豆腐的业主，就得追他的豆腐担子，这一追就把豆腐给追落价了，都说耽搁工夫了，要他便宜点卖。黄豆的价格逐年看涨，除去成本，老魏本赚不了多少，现在怕豆腐馊在手里，被迫降价，十分窝火。

这天早晨阴云密布，老魏挑着一担豆腐，才出家门，就碰到安平。安平骑着白马，朝北口而来。老魏好久未见安平了，他又黑又瘦，头发长，胡子也长，神色阴郁。老魏听说安平的相好，那个殡仪馆的理容师，因过失致夫死亡，本来被判二缓二，无须入狱服刑，可她坚称自己有罪，居然不服一审判决，上诉要求执行实体刑，轰动了青山县。

安平见着老魏，跳下马来。老魏便也停住脚步，放下豆腐担子。

老魏有气无力地说："快下雨了，绣娘不是心疼白马，这样的天气不许使唤它吗？"

安平不说白马的事情，而是问老魏："这一担豆腐值多少钱？"

老魏看着还冒着丝丝缕缕热气的豆腐，说："今天做了两板，一共八十块。每块按一块五算，也得一百二十块钱。"

安平"哦"了一声，从上衣兜掏出一百二十块钱，递给老魏，说："今儿我包圆儿了。"

老魏收了钱，正想问他要这么多豆腐干啥，只见安平操起扁担，把豆腐担子打翻。莹白的豆腐跌到土路上，立马破了相，老魏急了，说："你这是干啥？对我有意见，也不能拿我的豆腐撒气啊！"

安平说："记着，以后再对女人食言，打的就不是豆腐，而是你了！"

老魏"呸"了安平一口，说："别他妈以为自己是英雄！你在长青睡瘫子的老婆这么多年，谁不知道？你真要脸的话，应该等人家的男人自然死了，再跟她好，那才叫汉子！谁不知道去年小年夜里，你把人家老婆招去，那瘫子给锁在家里，活活让煤烟给熏死了？那瘫子死得不明不白，谁背后不说！你相好的嫌法院判轻了，非要蹲笆篱子，说明啥？说明她后悔跟你了，说明她对死去的男人愧疚了，说明她还有良心！你他妈的还跟我装崇高，戳我的脊梁骨，也不看看自己腚上的屎擦没擦干净！"

老魏的数落伴随着隆隆雷声，他的话因而显得有威慑力。

安平不想跟老魏纠缠下去，他还要去花老爷洞办大事呢，不能耽搁。他飞身上马的时候，在北口觅食的鸡，发现了弃在地上的豆腐，纷纷跑来刨食。紧跟着，鹅梗着脖子，狗甩着尾巴，猪吭哧吭哧地相继赶来。安平看着它们欢欣鼓舞的样子，觉得自己的钱撒得值。

老魏捡起扁担，把豆腐板放到箩筐上，垂头丧气地挑着空担子回家。

安平策马下山，一溜烟出了镇子。雷声越来越响，闪电焰火似的在天边绽放。这样的闪电在浓黑的阴云里，灿若银树！白马很少在坏天气出门，它被惊着了，闪电耸身的时刻，森林震颤，它也颤抖。而且它不听安平使唤，让它往花老爷洞方向走，它却梗着脖子，朝向古约文乡方向，安平不得不勒紧缰绳，让它走他要走的路。

安平正需要一场雨来沐浴，所以他去马厩牵马时，见黑云压顶，也没带雨具。

李素贞对亡夫有负疚的心理，安平对李素贞，何尝不是呢。

去年的那个暴风雪之夜，对安平来说，永生难忘。它是天堂之夜，也是地狱之夜。那晚他从唐眉那儿出来，满心委屈，满心爱恋，满心哀愁，无比渴望见到李素贞，于是顶风冒雪赶回城里。当李素贞带着暴风雪的气息，撩开他的被子时，他感动得哭了。那个夜晚他们像两棵同根的树，紧紧相拥，枝缠叶绕，翻云覆雨，直至黎明。李素贞临出门时，怕冻着她男人，特意给炉膛加满了煤，还把家里的两道门都锁上了，所以那天她放心大胆地在安平那儿过了一夜。等她回家时，曙色微露。她在离家最近的早点铺，给丈夫买了他爱吃的油条和豆腐脑。可当她回到家打开院门，踏着满院的积雪，再打开屋门时，闻到了一股刺鼻的煤烟味，丈夫侧身倒在门边，身体蜷缩，浑身青紫，手指淤血，瞪着凝然不动的眼，已然僵硬。李素贞填煤填得太满，煤燃烧不起来，煤烟四溢，他因此中毒。而冬季所有的窗户都被钉死，门又被她锁上，使他无法逃生。

李素贞出去做事时，怕丈夫突发不适找她，手机不离身，且总是处于待机状态。可那天她接到安平短信后，急于见他，忘了带它。事后证明，她男人给她手机打了电话，当他听见应答铃声响自家中，一定彻骨绝望。而他能打电话，说明初始中毒不深。求生的本能让他从床上翻下来，艰难地爬到门口。他推不开门，一定呼喊过，可是住在平房的邻居，相距较远，听不到他的呼救，再说那是个北风呼号的夜晚。他也一定拼命用手推过门，希望能用最后的力气把它顶开，然而无济于事。从他没有闭上的眼睛看，他死时满怀惊恐、愤怒和绝望。丈夫明明凉透了，但李素贞不死心，还是把他送进医院，期待奇迹发生。医生熟悉李素贞，理解她的心情，象征性地做了心肺复苏的抢救，让她心里有个安慰，然后吩咐护士将死者推到太平间。

李素贞丈夫的死讯传开的当日中午，那个像避麻风病人一样远离他们的小叔子，也就是李素贞丈夫的弟弟，这下忽然认亲了，他蹬着一辆三轮车来到李素贞家，说要继承遗产，又要搬电视，又要拿冰柜的。邻居们知道他对哥哥无情无义，帮着李素贞阻挡，不让他进屋。他像贼一样，也不走空，最终在院子划拉了一车树皮，搬了一辆自行车回去。那辆自行车是他哥哥没瘫时骑的，永久牌的，半新。他将东西拉回家，去公安局报案，说李素贞害死了他哥哥。

李素贞涉嫌谋杀丈夫，在丈夫去世次日，被公安机关立案侦查，很快报检察机关批捕。

在最初受审的时候，李素贞怕牵连安平，没说她在他那儿过夜，而是说那晚她失眠，五点钟就起来，到院子收拾仓房去了。快七点钟的时候，她干完了活儿，也没回屋，直接锁上门去买早点了，没想到回家后，丈夫出事了。因为她不会撒谎，这个谎儿撒得漏洞百出。腊月的五点钟，天还黑着，仓房没灯，难道她打手电拾掇仓房？再说那家早点铺离她家也就两三百米，来去一刻钟足矣，家中有人，她怎么会锁门呢？还有从尸检来看，那男人的死亡时间，是凌晨三点左右。如果说她在家，即便不跟丈夫同一房间，或轻或重，也会为煤烟所袭，她怎么就浑然无觉呢？更为重要的是，警方查到了当晚安平发给她的短信记录。

种种疑点，让公安机关对李素贞的供词产生怀疑，他们一再问讯，李素贞终于心理崩溃，在被押的第十七个小时，实话实说，供述自己那晚与安平幽会去了。她怕冻着她男人，所以给炉膛加满了煤。又怕万一小偷来袭，丈夫无力抵挡，为了安全，锁了两道门。李素贞哭泣着，说她绝没有加害丈夫的意思，他瘫了这么多年，她精心侍候，连个自己的孩子都没要。虽说安平是她相好的，但他们从未有除掉她丈夫的念头。

不熟悉李素贞的人，听闻她男人死于煤烟中毒，而那晚她和情人在一起，便怀疑他们合伙谋害了他，但李素贞的邻居，没人相信她会这么干。他们太熟悉她了，夏天的时候，只要殡仪馆没活儿，李素贞就像抱婴儿似的，把丈夫抱到院子的钢丝床上，让他晒太阳。冬天天冷，她怕冻着丈夫，总是把屋子烧得暖暖和和的。因为完全烧煤烧不起，她常骑着自行车，去刨花板厂捡树皮。她终年不添衣裳，可一到过年，总要给丈夫做件新衣。他们还常看到安平往这儿带吃食，毫无怨言地帮她干活。这样的一对人，心地纯良，忍辱负重，怎么可能以如此拙劣的手段，加害于那男人呢？煤烟中毒只能是个意外。五十多户邻人，联名上书至检察院，请求撤案。当撤案无果，这个案件公诉至法院时，他们再次联名，说李素贞即便有过失，绝无杀夫之心，请求轻判。

李素贞在押期间，最惦记的是死去的丈夫。她心疼他，多想亲自给他理容，送他最后一程啊。她知道把他的头发剪成多长，他心里欢喜；知道怎样给他刮胡子，他最惬意；知道给他洗脚时，怎样揉掌心，他最舒服；更知道给他擦身子时，触碰到哪个部位多停留一会儿，他会发出陶醉的呓语。

可惜她身在囹圄，不能送他最后一程了。

尸检之后，法医鉴定死因是煤烟中毒，公安机关通知死者弟弟，可以落葬。但他见没油水可捞，东推西阻，不肯现身。最终是安平出面，买了口上好的棺材，将其厚葬。安平给他选的墓地，离在建的小西山火葬场不远，想着李素贞想他时，趁工作之便，能常去看看。

安平还求助大徐，想跟李素贞单独见个面，说说知心话。大徐也安排好了。可李素贞拒绝见他，安平只有等待开庭的日子。

第一次庭审在三月中旬，安平是作为证人到庭的。那天下着小雪，安平早早就起来了。他刮了胡子，精心梳理了头发，穿上李素贞喜欢的灰色毛呢中式便服，将皮鞋擦得锃亮，想让她看到一个精神的自己。可站在被告席上的李素贞，始终低着头，摆弄自己的手，谁都不看。她那双美丽的手，失去了往日光泽，分外枯干，安平看了心疼。当公诉人问安平，李素贞那晚去他那儿，有什么异常反应吗？安平摇了摇头，说："没有。"又问他："她去后都跟你说了什么？"安平依然是摇头，说："没说话。"再问他："什么都没说？那她做什么了？"安平满含热泪地说："做爱。"安平说出这两个字后，法庭沸腾了，一片笑声，可李素贞依然没抬头看他一眼。安平伤心极了！庭审结束，大徐对安平说："哥们牛啊，庭上作证，就俩字儿'做爱'，这得成为今年长青城的流行语啊！"

第二次开庭，安平是旁听者。李素贞的辩护律师是安平请的，他向法庭出示了两份关键的证据，第一份是医院的证明，这二十年来，李素贞每半个月都要去那儿给丈夫开药，看得出她一直积极配合医生，治疗他的病，从无嫌弃。律师出示的第二份证明，是李素贞家所用燃煤，属于劣质煤的检测报告。因为买不起价高质好的煤，李素贞都是在小城最次的煤炭经营站买煤，这里的煤由于燃点差，近几年用这种煤的人家，不止一次发生过煤烟中毒事件，医院有接诊记录，所幸那些人发现及时，抢救及时，没出人命。律师指出，李素贞丈夫的死亡，除了她烧煤不当，与煤的质量不好，也大有关系。这也间接证明，李素贞无害死丈夫的主观故意性，这是个孤立事件，偶发事件。至于法官一问到李素贞，她只会说一句"是我把他害了"，并不能证明她是有罪的，这不过是一个善良女人，表达对亡夫的一种愧疚心理。

安雪儿在杜鹃花床上生下儿子时，这桩引人关注的案子，在长青县人民法院一审宣判。李素贞那天穿黑裤子，白衣服，黄马甲，头发梳得很柔顺，瘦得小眼睛显大了，鼻子也显高了。她大约伤风了，不时咳嗽着。当审判长宣告判决结果，李素贞并无主观故意杀人，属过失致人死亡，决定判二缓二时，令人震惊的一幕发生了，李素贞抖了抖手，忽然抬起头来，咳嗽一声，将头转向自己的律师，大声说："我不服判决，我要上诉！"律师急了，以为她没听明白，连忙向她解释，这个判决结果不用入狱服刑，她现在就可回家。但李素贞满含热泪地说："我要上诉，是因为法院给我判轻了！我有罪，该蹲监狱改造，给我丈夫赎罪！"法庭顿时鸦雀无声，人们惊愕地看着李素贞，以为她神经失常了。李素贞用衣袖揩了把眼泪，接着说："那晚我不该扔下丈夫出去，不该在外面过夜！他那晚被煤烟熏醒，给我打电话发现我出去了没带电话，他都不知道再给 120 打电话，他把我当成了他的 120 了，可我辜负了他呀！天啊，他平常不能动的，可他为了活下去，不仅从床上翻下来，还爬到了门边，我都不敢想他当时的样子！他的手指挠门都挠出血了，可我锁了门啊！我锁了门，就是把他留给阎王爷了！法官大人，我罪孽深重啊！"

　　李素贞的当庭上诉，给法院出了难题，自建院以来，他们还从未见过当事人因不服轻判，而提起上诉的。法庭乱作一团，上面的法官面色难堪地紧急磋商，下面的旁听者大声议论。李素贞的一个邻居甚至冲到她面前，指着她鼻子说："你让人给灌了迷魂汤了不是？你没罪，能回家了，咋非要蹲笆篱子，牢饭就那么好吃？"安平也没想到李素贞会心甘情愿为丈夫服刑，一时急得满头大汗，浑身颤抖。大徐见状，说："老法警了，怎么还哆嗦上了？她没罪，赶紧给领回家啊！"可安平双腿发软，站不起来。他知道即便站得起来，向李素贞伸出手，她也不会跟他走的。安平分外委屈，想哭，却哭不出来。他知道命运用一只无形的手，在那个暴风雪之夜，推倒了多年来阻隔在他和李素贞之间的墙，可又在他们之间，竖起了一道更森严的墙，冰冷刺骨。

　　李素贞最终被放回家中，但她依然提起上诉，请求法院判她个三年五载，使她有机会，为犯下的过失而赎罪！在等待二审法院审理的日子，李素贞依然做理容师，送这小城死去的人上路。周末的黄昏，她会骑着自行车，从窗台的花盆上，掐一枝丈夫生前喜欢的花儿，火红的绣球或是水粉的玻璃翠，去小西山看他。

每次从坟上回来，她的眼睛都是红肿的，邻居们见了，会摇头叹息说：看来又没轻了哭。

安平心疼李素贞，常带着好吃的去看她，可李素贞见着他很冷漠。安平想握握她的手，她都躲闪。每次他去，她都要说："唉，那晚你顶风冒雪回来，一定是鬼催的！我去你那儿，也一定是鬼催的！"她做好了服刑准备，劝安平再找一个。每次她这样说，安平都报之以沉默。他想，深爱一个人，是不需要语言表白的。可李素贞不断这么说，安平只得告诉她："你要是真进了监狱，不管多少年，我都等你。你要进了地狱，我不等你，我跟着你去——没有你的日子我怎么活？不管哪个'狱'，休想分开你我！"

安平撂下这话，摇摇晃晃走出李素贞家。他的身体有种被抽空的感觉，脚底发软，血流缓慢，大脑一片空白。他回到家后不吃不喝，在床上独自躺了两天。从此他不再看望李素贞。他想，对她这样的女人来说，所有的表白都是苍白的，只有等她自己摆脱了罪恶感，才会重新投入他的怀抱。安平愿意静静地等她，因为等待一个好女人，就是等待千年一遇的彗星，那种灿烂哪怕刹那，但惊心动魄，能照亮心底，值得为之付出所有的岁月。

李素贞案子的二审结果很快下来了，法院驳回了她的诉讼请求，维持原判。得到二审判决结果的那天，大徐请安平，在一家小酒馆为他庆祝。大徐说小蒋刚从松山中院的法警培训班回来，学习怎样给死刑犯实施注射死亡。小蒋回来后哭丧着脸，说一不留神，自己沦为护士了。他后悔当初没上法场，亲自枪毙掉一个死刑犯。大徐说通过这一段的观察来看，小蒋没他想象的那么复杂，是个可爱的人。安平说既然这样，咱就给他张罗个对象。大徐听他的口吻，知道安平心里有人选了，问他是谁？安平说："是烟婆的闺女林大花啊。她现在不在红日客栈做了，刚刚自己开了网吧。不过她以前怕黑，现在怕白了！大白天的，她的店里还拉着窗帘。"大徐知道烟婆，一听安平要介绍她的女儿给小蒋，说："拉倒吧，摊着那么个丈母娘，小蒋哪有好日子过！再说了，小蒋最爱穿白衬衫了，要是娶这么个媳妇，连白衬衫都不能穿，哪有晴朗日子啊。"

　　安雪儿生子，让龙盏镇人兴奋异常，可安平怎么也高兴不起来，他只看了孩子两回，就做了两场噩梦。一回梦见自己在月亮地儿里劈柴，被天上掉下的陨石砸着了脑袋；一回梦见两个面目狰狞的小鬼儿跳着舞，拿着绳索要绑他走。孩子出了满月后，安雪儿去派出所上户口，报的姓名是杜安来。她说孩子生在杜鹃花上，理应姓杜。可傻子都能看出，这名字中，还是微妙地嵌入了安雪儿和辛欣来的姓名，这让安平不快。而且，安雪儿给孩子起的小名叫"毛边"，让他联想起辛开溜送来的满月礼———一册毛边纸画册，而据老辈人说，这是辛开溜失踪的日本老婆遗留的心爱之物。

　　安平去花老爷洞，是为了缉拿辛欣来。喜温猎场丢了一杆猎枪后，他就怀疑是辛欣来干的，但他始终想不通他会藏在哪里。前日他碰见辛开溜，他牵着换来的马，要下山卖马，说这匹马完成了使命，得用它换酒喝了。

安平大惑不解地问："它有什么使命？"

辛开溜抖着白胡子，不无得意地说："我靠着它打了一场战争，我赢了，全面胜利了，收兵了！"

安平见他疯疯癫癫的，并没拿他的话当回事。次日黄昏，辛开溜卖马归来，喝得醉醺醺的，知道绣娘不在龙盏镇，他进了镇子，径直去安家找安平，指着他鼻子说："你当了姥爷了，见着外孙了，发发慈悲吧，也把孩子他爹请下山，咋也得让他看一眼自己的娃呀。"

安平警觉起来，问："那个该杀的还活着？他藏在什么地方？"

辛开溜冷笑了几声，说："亏你是个法警，妈的，真就想不出他在哪儿吗？他住的地方，风吹不着，雨淋不着。你娘和你还有葛喜宝，再加上公安局那帮搜捕他的人，一群废物点心！"

安平被辛开溜一骂，清醒不少。他想了一夜，终于明白，辛开溜所说的那个风吹不着、雨淋不着的地方，应该是离龙盏镇并不远的花老爷洞！也许是蛇洞的传说，自童年起给他以心理暗示，认定那不是人待的地方，不会藏人，所以他搜遍了这一带的山山岭岭，却独独漏过了花老爷洞。

安平起床后生起火炉，烤了豆饼，先去喂马。他骑马去，是想押着辛欣来归来时，可以威风地骑在马上，而将这个败类双手捆上，拴于马后，拖他个屁滚尿流！自打绣娘离开，白马哀怨满面，不爱吃草，哪怕安平将它放到最好的草场上。不过这个早晨，它吃了安平烤的豆饼。

绣娘离开龙盏镇，与安大营的死有关。毛边出了满月后，她牵着白马从石碑坊回了家。次日黄昏，她趿着板凳，吃力地骑上马。安平以为她出去随便遛遛，并没在意。可是月亮升起来了，她还没回来。安平慌了，骑着摩托车，把绣娘能去的地方找遍了，也不见她踪影。直到凌晨，天蒙蒙亮了，看得清路了，他才寻着马蹄印，一路找到长青烈士陵园。白马被拴在陵园外的一棵松树上，绣娘垂头坐在安大营的墓碑前，顶着白发，也顶着朝阳，身体一抖一抖的。安平奔过去，热切地叫了一声："妈妈——"绣娘抬起头，眼睛湿湿地看了一眼安平，将手哆哆嗦嗦地伸给他，说："儿子，快扶妈妈上马，这儿实在太冷了！"

　　安平搀着母亲出了陵园，扶她上马。绣娘顺手折了一根柳枝，当作鞭子，抽打白马，开始了在山间小路的狂奔。白马毕竟老了，跑到中途，气喘吁吁，腿打哆嗦，步伐紊乱，不得不放慢速度。绣娘却不依不饶，骂它偷懒，狠命地抽打它。

　　绣娘和白马回到家后，都病倒了。绣娘躺在床上，只喝水，不吃饭。她夜里也不睡觉，瞪着眼望着房梁，跟谁都不说话。白马也是只饮水，不吃草，病得站不稳了，短短几天，肚子就塌下去了。

　　三天后绣娘起来了，她抱柴生火，在炉盖上烤了一角豆饼，拿到马厩，掰碎了，一点一点喂给白马。绣娘满含热泪地看着白马，白马也满含热泪地看着她。待白马吃完豆饼，绣娘将脸颊贴在它脸上，说："老伙计，对不住，我心里再疼，也不该抽打你啊。"

事后安平得知，绣娘是从王铁匠儿媳嘴里，得知安大营的死讯的。绣娘牵着白马从石碑坊回家，路遇这个没心没肺的女人，她对绣娘说："人家都说安小仙生的孩子，长得可随大营呢，唉，可惜大营让他爷爷给叫去了，见不着这么可爱的小东西了！"

绣娘惦记安泰，说他失去儿子，在她面前一直掩饰，一定没好好哭过。她跟安平说要去安泰那儿，让儿子在她怀里，痛快地哭一场。安泰在古约文乡忙于筹办鄂伦春民俗博物馆，正需母亲指点，绣娘一去，她就被留了下来。

安平早晨起来，喂过马，烧了一壶奶茶，就着它吃了两个隔夜的烧饼，然后将背囊里没用的东西清理出去，只留下七寸杀猪刀、手电筒和绳索。他启开一瓶好酒，折到军用水壶里，放进背囊，想着捉到辛欣来回来的路上，在马上畅饮一番。临上路时，他又把捕蛇器拴在马鞍上。谁料他在北口遇见老魏，耽搁了一会儿呢。

从龙盏镇到花老爷洞，走山路，不足三十里。山路崎岖，但如果天气好，骑马很快就到了。可是雷雨当前，空气沉闷，闪电来袭，白马闹情绪似的，走得缓慢，安平感觉自己是骑在了牛背上。初始他还驱使它快走，后来想到不久前母亲从烈士陵园看安大营回来，它被她疯狂地抽打了一路，受尽委屈，安平心疼起它来，不再用双腿夹紧白马，而是放松下来，由着它走。反正这种天气，辛欣来也不会出洞，他逃不掉。

森林起风了，初始较小，很快加大，吹得白马的鬃毛芦苇似的摇荡。风起来后，雷声弱了，闪电收兵了，白马似乎很得意这场背后袭来的风，加快步伐。山路两侧松树和桦树的枝条，像多情的手，不停地抚摸他和白马的脸，留下清香，也留下绿意。松毛虫害后，森林在复苏，鸟语重来，野花也像星星一样，在林间溪畔闪烁。安平想，再下几场雨，农药的残留将被彻底清洗掉，那时人们又能吃江里的鱼，又能用山珍野味扮靓餐桌了！

好风相送，白马驮着安平，顺利到达花老爷洞。这怡人的风，仿佛完成了使命，戛然而止，林中的树叶，不再沙沙作响。但这种寂静没持续多久，更激越的雷声响起，阴云终于裂变，大雨倾盆而下。安平下了马，也没拴它，从背囊中取出杀猪刀、手电筒和绳索，将刀子插在腰间，将绳索装进裤兜，左手持手电筒，右手提捕蛇器，走向洞口。虽然雨水模糊了视线，安平还是发现了洞口的树枝有折损的，草也有踏过的痕迹，显然有人涉足。

其实安平并不怕蛇，大多的蛇，你不主动攻击它，它是不伤人的。他进山时，多次遇见蛇。很奇怪，本来恣意游走的蛇，遇见安平，立刻老实了，如同僵死，一动不动。他将这现象说给别人听，大家都说他当法警，毙掉不少人，身上杀气重，连蛇都害怕。虽说以往遇见的蛇，对他确实俯首帖耳，但为防万一，安平来花老爷洞，还是将捕蛇器带上了。

安平拨开覆盖在洞口的树枝和野草，弯腰站在洞口，打着手电，照了照石壁，又照了照洞底，未见传说中的蛇，这才放心大胆地进去了。洞口宽阔，但越往深里走越狭窄，只能容身而过。

但是通过四五米的狭长地带后，又是一番天地了。呈现在安平眼前的洞，豁然开朗，竟有一间屋子那般大，且有光亮和水声。

安平闭了手电筒，发现光亮来自石壁，那儿挂着一盏马灯！辛欣来穿一身迷彩服，佝偻着腰坐在灯下的地铺上。他的脚畔放着一把斧头和一根木棍，手持猎枪，长发及肩，瘦得脱相了，脸颊凹陷，颧骨凸起。他张着空洞的嘴，面目扭曲地望着安平，一字一顿地说，"你、敢、靠、近、老、子、他、妈、的、拿、枪、崩、了、你！"

安平冷笑一声，说："蠢货！你偷来的猎枪和子弹，不是一个妈养的，你要是能让它们说一家话，我宁可吃你的枪子儿！"

辛欣来颓然放下猎枪，迅速抓起脚下的斧头，显然他已试过，猎枪和子弹是不匹配的。

安平发现，山洞里除了马灯，地铺前还摆放着碗筷、茶缸、毛巾、肥皂、手电筒甚至收音机，显然，这是辛开溜提供的。地铺左侧，是石块垒砌的火塘，火塘边堆着干枝桠、煤和桦树皮，而火塘对面，一线活泉自洞顶贴着石壁流下，在洞底冲积成一个澡盆般大的水潭。安平听见的水声，就是泉水的声音。

安平扔下捕蛇器，将手电筒揣进裤兜，从腰间抽出七寸杀猪刀，朝辛欣来靠近，说："孬种，站起来吧！"

辛欣来挥舞着斧头，眼睛盯着杀猪刀，"呸"了一声，说："这刀子是我家的，妈的，穿警服的也偷东西啊！"

安平冷笑道："你是头猪，就得用这样的刀子对付你！实话告

花老爷洞

诉你吧，你爹允许我拿的。不过我今天不想当屠夫，不想因杀了你而脏了自己的手。这世上还有值得我爱的人，不能因为你，剥夺了她们被爱的权利。给你两条路，你是伸出手来，乖乖让我捆了你到公安局呢，还是你自己用这刀抹脖子？反正抓回你去，你也是个死。"

辛欣来哆嗦了一下，眼里现出绝望的光。

安平想他若选择自行解决，自己也不会阻拦，因为那样，陈金谷就休想得到辛欣来鲜活的肾了！

辛欣来扔下斧头，示意安平将杀猪刀给他。不过他不许他靠近，要安平与他保持距离。安平蹲下来，将刀子轻轻顺过去。这刀贴着洞底的青石飞过，像银色的江鸥掠过水面，刀柄触地，正栽在辛欣来脚畔。辛欣来拿到刀后，用手试了试锋刃，嘟囔着："还他妈这么快啊——"然后将刀插在腰间，对安平说，按照死刑犯被执行枪决前的老规矩，他得好吃好喝一顿，不然去了阎王爷那儿，是个饿死鬼，也让鬼们瞧不起。再说了，他四五天没正经吃东西了，只靠盐水活着，也没力气杀死自己。安平说酒不缺，背囊里就有，而且是好酒，吃的他没带。辛欣来的眼里像是飞进了萤火虫，蓦然亮起来，说："那就先把酒给我，下酒菜嘛，有了你带来的家伙，就能搞定了！"

安平卸下背囊，取出酒壶，扔到辛欣来怀里。他迫不及待地旋开壶盖，连喝几口，然后一抹嘴，说："喝酒跟喝白水的感觉，就他妈不一样，烧酒是粮食啊，喝了真他妈的舒坦，要不怎么叫琼浆玉液呢！"辛欣来放下酒壶，让安平后退到石壁南角，离他更远些，他抓起木棍，吃力地站起来，一瘸一拐地走到火塘，从兜里摸出火柴，生起火来。待橘黄的火苗蹿起来，他走向捕蛇器，弯腰捡起，拎着它走向水潭。

辛欣来在水潭边的一块泛着幽蓝光泽的石头旁停住，松开捕蛇器的卡钳，猛一纵身，擒住了什么，迅疾地收紧卡钳，纵声大笑着，伫立片刻，再松开卡钳，然后弯腰拎起一条蛇。这条蛇玉米秆般粗细，两尺来长，灰白色，在幽暗的山洞里，它就像一道闪电，触目惊心。

辛欣来把这条蛇当鞭子，得意洋洋地甩了两下，骂："让你咬老子，老子最后还不是吃了你！吃了白蛇，我他妈就是死了，也得道成仙了！"

安平这才反应过来，辛欣来的腿，原来是被蛇咬伤了！辛开溜曾说他在山中看见过白蛇，看来所言非虚。

辛欣来走向火塘，撕掉蛇皮，用一根桦树枝将蛇穿上，从衣兜摸出盐来，撒上，开始烤蛇。火苗舔舐着蛇肉，就像微风拂过盛开的花朵，浓郁的香气随之飘出。辛欣来闻到肉香，面目柔和了，他对安平说，等他吃好喝好，再到抹脖子，还得一会儿。他调侃说站着的客儿难答对，让他坐下等着。

安平也想让辛欣来尽兴享受人生最后的时光，听了他的，就地坐在自己的背囊上。他心想，辛开溜提供给孙子的给养，真够丰富啊。而这小子也聪明，火柴和盐巴随身带，这是安平小时候，母亲给他讲过的山林生活经验，火柴和盐巴不能离身，万一遇险，它们就是助人飞出绝境的一双翅膀。

辛欣来烤好了蛇，拎到地铺，慢吞吞坐下。他显然饿坏了，掰下一节，飞快地填进嘴里，未等咀嚼，连着蛇骨吞下了，噎得直翻白眼！他这样连吃了几节，半条蛇没了踪影。辛欣来放下烤蛇，抬起胳膊，用袖子擦了擦嘴，抓起酒壶，又是一番畅饮，然后凄凉地说自己快死了，想跟他说说心里话。

安平说："那就说说吧。"

辛欣来在诉说之前，先问安平："爷爷是卧病不起，还是死了？"

安平摇摇头，说："他还下山卖马换酒喝呢。"

辛欣来委屈地说："怪不得我找他的坟，满山都找不到！他没死，也没病得起不来，那他为啥不理我啦？不给吃的，也不发布命令啦？"

安平说："他可能觉得你该死了！"

辛欣来抽了一下鼻子，然后诉说他的委屈。他说杀害养母，是个意外，如果养母不骂他是孬种的话，他不会将斩马刀挥向她。他说那刀多年不用，他以为早哑巴了，切豆腐都难，谁知那么锋利！他开始咒骂养父辛七杂，嫌他当年将斩马刀磨得太快了；接着咒骂王铁匠，不该打制这样一把刀；再跟着怪罪绣娘，说刀柄是她镌刻的，一点也不滑手，不然他握不牢刀，使不上力气，也杀不了人。说到强奸安雪儿，他低下头，热切地叫了安平一声

"叔——"然后再抬起头来，说："我知道我强奸了小仙，你恨不能吃了我。实话跟你说吧，我早就想干她，看她是不是肉身。因为我恨你们全家！你们家在龙盏镇太风光了，要英雄有英雄，要神仙有神仙，要警官有警官，要乡长有乡长，妈的个个得意！我们家呢，除了逃兵、屠夫就是蹲笆篱子的，一窝草寇！我连亲爹亲妈是谁都不知道，谁待见我？没人！我明明没在林子里吸烟，可公安局非把我抓去，说我扔烟头引起山火。我被屈打成招，受冤坐牢。你说我要是英雄的儿子，他们敢抓我吗？借他们十个胆儿也不敢！生活公平吗？不他妈公平哇！"

辛欣来说着说着，流下了眼泪。

其实安平最早从大徐那里，知道辛欣来第二次入狱是冤枉的。最近公安局抓获了一个纵火贼，居然是青山县山林防火队的工人。他交代说他们正常巡护森林时，每月的工资只有一千多块，可一有火灾，他们奔赴火线扑火，当月的收入就能翻倍。所以没有自然的火灾时，他们就纵火。法院判定辛欣来有罪的那场林火，就是他放的。虽说辛欣来在这个案子上，确实蒙受了不白之冤，可安平还是认为，这并不能抵消他犯下的累累罪行！安平绝不会原谅一个对含辛茹苦把自己养大的母亲下手的冷血的杀人犯，绝不会原谅一个强奸了精灵般女孩的禽兽！

辛欣来擦干眼泪对安平说，经过这一年多的逃亡，他无比崇拜他爷爷。他竖起大拇指说："辛永库同志真他妈的智慧，是指挥官的料儿！"他告诉安平，爷爷助他逃亡，一直在幕后，从未现身。他给他送东西，都是不同的地点。比如一心山的"地库"，比如乌鸦岭的"熊洞"，再比如三村附近的百合坡坟场。

辛欣来说他犯案后逃入森林，就跑到一心山，他知道那儿有爷爷的一个地库。辛开溜常年在山里转，怕万一哪年雪大，烧炭时被困在山里，在一心山的樟子松林中，紧贴山崖，挖了一个隐蔽的地库，放置着火柴、食盐、面粉、食用油等物品。地库密封得好，不会被动物所害，四周植被又丰富，所以没人发现过。辛欣来少时跟爷爷进山，知道这个地库。辛欣来说他最初逃亡的时候，就围绕着一心山转。他去地库取物资，都是晚上，白天他怕搜捕，躲在一心山西侧的白石碴子里。初秋的一个晚上，他去地库时，发现那里多了一套迷彩服，一双鞋，还有一把斧头和一个手电筒。迷彩服的兜里有张纸条，就四个字：花老爷洞。辛欣来一看是爷爷的笔迹，欣喜若狂，连夜奔赴那里。

辛欣来说他到了花老爷洞，发现地铺和火塘都已搭好，铺上有狗皮褥子，火塘边堆着乌黑油亮的煤。煎饼鱼干等食品充足，生活用品一应俱全，重要的是，洞里居然有水源！爷爷不仅给他准备了马灯，还有收音机。也许离野狐团近的缘故，他打开收音机，居然能收听到松山人民广播电台的节目。他想，爷爷给他收音机，是想让他能及时了解外面的情况，便于转移；更怕他陷入孤独，让收音机充当他的伴侣，因为那里头有人说话，有人歌唱。他就是在收音机里，得知了陈庆北带队对他的大搜捕的。那期间他居于洞中，一次都没出去。爷爷备下的煤很好烧，很奇怪不起烟，所以他从不担心在洞里烧煤而暴露目标，因为不会有烟飘出去的。

安平打断辛欣来的话，问："你是从收音机里，听到安大营的死讯的吧？就是你去了长青烈士陵园，划了墓碑？"

辛欣来激动起来，梗着脖子骂："他妈的英雄也世袭吗？救个落水的人，算个屁呀，广播里没完没了地宣传！我来气，没把碑给砸了，算是给你们安家面子了！"他啐口痰，接着讲逃亡经历。

辛欣来说他进洞的第七天，在狗皮褥子底下，发现了一张爷爷亲手绘制的地形图，除了一心山的地库，还为他标注了另两处物资转运点，一个是乌鸦岭的熊洞，一个是百合坡的坟场。乌鸦岭的熊洞很好找，它是一棵被雷拦腰劈断的落叶松，脸盆般粗，像截烟囱，黑黢黢地伫立着，中空，离地一米处有洞口，熊看好了它，常在此冬眠。可是近两年偷猎不绝，熊弃洞而逃，辛开溜就用它给辛欣来转送物资。百合坡的坟场，在一片杨树林中，埋的都是三村人。不到春节、清明和鬼节，这里一片死寂，无人涉足。辛开溜非常狡猾，他放置在这里的东西，多为罐头。肉类罐头和水果罐头，以及各种酱菜。动物们即使发现了，抓挠一番，无从下嘴，只好弃之。而罐头要是被人意外发现，也无风险，他们一定以为这是谁带来的上坟的供品。

安平问："你爷爷画的地形图呢？"

辛欣来"哼"了一声，说："我知道自己会有这么一天的，早把爷爷留下的地图和纸条扔火塘烧了！你们休想得到，定他包庇罪。他这把年纪了，多活还能活几年？不能牵连他！"辛欣来摸了摸光光的下巴，又摸了摸蓬乱的头发，责备爷爷给了他刮胡刀，却忘了剪刀，害得他剪不了头发，他在水潭边照过自己的脸，真是难看！说完，他又责备爷爷在杜鹃花开后，就不给他提供给养了，他去地库、熊洞和坟场找吃的，可连根面条也没得到！他以为爷爷死了呢，就去喜温猎场偷了杆猎枪，打算逃出去。可是偷到手的猎枪和子弹，阴阳两隔，不能相融，他只好又回到花老爷洞。

辛欣来边说边吞掉了一条蛇，他打着干嗝儿，眼神飘忽，坐立不稳，语无伦次，一会儿骂松毛虫，一会儿骂白蛇。他说不叫松毛虫害，飞机不会喷洒农药，春天时可食的东西多了，他怎么会饿着呢？林中倒是随处可见死鸟死鼠，但那都是被药死的，他不敢吃。他说想来想去，终于想到了陈年的橡子果。它的肉包裹在壳里，不怕农药，绝对安全。他开始捡拾橡子果，用潭水洗了吃。可它外壳太硬，他嗑橡子时，好不容易做的烤瓷牙，给镟掉了多半！他自嘲在洞里待得时间长了，脑力退化了，连猴子都不如了，直到掉了牙，才明白该用斧头和石块砸橡子的！说起白蛇，他说如果不是饿极了，绝不会动念吃它。去年森林下过白霜后，花老爷洞确实爬进不少蛇，它们大都靠近洞壁，把自己的身体拧成朵花儿，盘成一盘，头像花蕊似的竖在中间，偶尔吐下舌头，开始了冬眠。它虽然不动弹了，但蛇皮还是那么紧致，散发着光泽。在冬眠的蛇中，辛欣来发现了这条白蛇，它与众不同地在水潭边冬眠。春天一到，别的苏醒的蛇纷纷出洞，不再回来，只有它戴罪修行似的，依然待在水潭边，偶尔出去，当夜就会回来。辛欣来说自己与它一直相安无事。有它的气息，他感觉身边有个卫兵，能够安然入睡。但这个春天里，它是唯一可食之物，遂起杀心。他选了根树杈做捕蛇器，可当他凑近它时，还没等他用树杈按住它的颈部，白蛇耸身咬了他的腿。

辛欣来拍着肚子，一脸得胜的神情，示威地说："白蛇啊白蛇，这下我吃了你，你再想咬我，只能变成我肚里的蛔虫了！你变啊，变啊——"

安平不想再听他啰嗦，提示他吃饱了喝足了，该上路了。

辛欣来撇下酒壶，怪笑两声，从腰间抽出杀猪刀，在脖颈晃了晃，在心脏部位晃了晃，又在肚腹晃了晃，问安平怕不怕他自杀了，公安局来勘验现场，从刀柄能提取到安平的指纹，而认定是他干掉的他？如果那样的话，他也算死得值，因为他能把他拖下水。安平也笑了两声，告诉他法医没那么愚蠢，自杀的刀口和他杀是不一样的。辛欣来很失落，沉默片刻，突然将杀猪刀朝向心脏。安平以为他真要对自己下手了，急切地问他："要是你做了父亲，你会想着活下去吗？"

辛欣来晃着刀子，撇着嘴说："托生在我家的孩子，哪他妈会有好命，我才不要那个累赘呢！再说我也不会有孩子。"看来他除了从广播里听到的一些消息，对龙盏镇发生的其他事，一无所知，辛开溜什么消息也没传递给他。

安平的心被刺痛了，再问他："你不想要自己的孩子，那你想

　　　　　　　　花老爷洞

要自己的父亲吗？如果你的亲生父亲有权有势，可他重病在身，需要你的一颗肾，你愿意给他吗？不过我得提醒你，你就是把肾给了他，最终还得死！"

辛欣来的眼睛瞬间变得通亮，高叫着："那我可是红日当头了！要是有这样的爹，我死了不要紧，我的一颗肾还活着啊，它能跟着他坐官椅，享富贵，也算我发达了！话又说回来，真要有这样的爹，他要了我的肾，就会救我的命！他会想办法判我个死缓，从死缓到无期，从无期再到有期，不断减刑，我有生之年出狱不成问题！只要有这样的爹，啥都难不倒！嗬，你说的是真的吗？没有诳我吗？"

安平向他肯定地点点头。

辛欣来哈哈笑着，激情澎湃地说："天呐，我吃了白蛇，喝了美酒，真他妈的交了好运了！"他腾地一下站起来，腰也不佝偻了，将杀猪刀"嚓"的一声撇向火塘，主动向安平伸出双手，说："铐我走吧，我要见亲爹！"

其实辛欣来不将刀扔掉，安平也要夺刀，将他绑走。在他看来，一个灵魂彻底腐烂的人，不配自杀。在他眼里，真正的自杀是清洁的，自尊的。他要让辛欣来活一段时间，让他经历灵与肉的审判，让他知道他以为的光明，是人世真正的黑暗，会将他送上不归路。

安平用绳索捆上辛欣来的手，拽着他走出花老爷洞。

暴风雨过去了，满天是豆腐似的雪白的云了！看来闪电是卤水，它将先前空中的黑云，全然点化了！

可是白马不见了！安平千呼万唤，也不见它的踪影，他们只得徒步。辛欣来拄着木棍，一走一晃，安平也仿佛受了伤，步履沉重。他突然改变主意，不想让辛欣来出现在龙盏镇了，因为他不想让安雪儿和孩子看见他，于是押着他朝三村走。晚炊时分，他们终于到了金素袖的榨油坊。安平在那儿，拨打了报警电话。青山县公安局的警车到达时，辛七杂也骑着摩托车赶到了，看来是金素袖暗中打了电话。辛欣来一见辛七杂，咆哮道："臭杀猪的，你来干屁呀！"

辛七杂从腰上抽出烟袋锅儿，敲着辛欣来的脑壳说："我来是要问你，你临刑时想穿啥衣服，我好提前给你预备下。你再不义，我也算是你爹啊。"

警察给辛欣来戴上手铐，他一脸不屑，辛七杂已老泪纵横。

花老爷洞

十六　黑珍珠

　　辛欣来落网后，又下了两场雨，森林绿了一层，空气也一如从前，清香四溢了。因为喜好不同，有人说闻到的是樟子松的香气，有人说是百合花的香气，有人说是白桦树的香气，有人说是野菊花的香气，还有人说是紫花地丁的香气。百无聊赖时，人们为着香气，也会生发口角，好像谁不认同自己的嗅觉判断，就是瞧不起自己的鼻子似的。但今年夏天，人们可谈的事情多了去了，谁说闻到的是什么香气，大家都点头附和，反正不管什么香气，终归一家。

　　人们热议安平该不该抓辛欣来，说该抓的都是喜欢王秀满的人，觉得这女人死得冤，辛欣来该为她偿命；说不该的都是喜欢安小仙的人，说她生下了辛欣来的孩子，不管咋的是一家人了，不能让毛边一出生就没有爸。围绕着辛欣来藏匿的花老爷洞，人们议论的内容就更丰富了，那里不是蛇洞吗？辛欣来怎么可能与蛇共存？听说他能活下来，是因为洞里有泉水，这泉水是从天上来的，还是地下冒出来的？如果是天上来的，是不是月亏时，从月亮里流出来的？喝了这样的水，是不是就长生不老了？如果是地下涌出来的，是不是阎王爷流的哈喇子，谁喝了谁就得下阴曹地府？天上说和地下说各执一词，争得面红耳赤。

人们也议论辛开溜，他为啥把换来的马卖了？为啥在孙子落网后，沦落为酒鬼，腰像是被一夜大雪给压弯的树，突然就直不起来了，腿脚也不灵便了？为啥天天晚上带着那条叫爱子的狗，在镇子里乱转，逢人就骂安平不是个东西？

说到安平，人们还争论他捉了辛欣来，能否领赏？因为公安机关当时发布了悬赏通告。一方认为应该，因为他病退了，是普通公民了，不是因工作而捉辛欣来；而另一方则坚持认为，安平不该领赏，毕竟他的人事关系还在法院，领着退休金，作为老法警，这是他该做的事，再说他是英雄的儿子。

围绕着安平，人们又议论与他有瓜葛的两个女人。他的前妻全凌燕刚离了婚，她与第二个丈夫没自己的孩子，安小仙可是她亲生的，她已经来龙盏镇两次了，提着奶粉去石碑坊看毛边，看样子是想和安平破镜重圆；而安平的相好李素贞，现在也是单身了。安平究竟会选哪一方呢？有人说他会选全凌燕，毕竟他们有共同的孩子；也有人说他会选李素贞，听说她男人都是安平发送的，如果对一个女人没有深爱，怎会心甘情愿帮她做这种事呢！

人们议论安平该选哪个女人时，把与之相关的话题，也都说一番。

安平介绍给林大花一个姓蒋的男友，他模样一般，但人很聪

黑珍珠

明，家境也不错，重要的是他在县法院工作，吃皇粮的，比林大花这种没正当职业的，不知强多少倍！小蒋对林大花一见钟情，说她安静，朴素，少言，本分，他最怕找个咋咋呼呼、整日描眉涂唇、跟麻雀似的在耳边叽叽喳喳叫的老婆了！小蒋常在下班后，骑着摩托车来看林大花。他很体恤她，知道她沉迷于黑色，他就一身深色衣服，袜子都不穿白的，连腕上的手表，都换成黑色表盘的，可林大花呢，真是邪门儿了，说她要跟自己过一辈子！烟婆气得直喊肝疼，威胁林大花，她要是不跟小蒋，她就跳格罗江！林大花毫不在乎，当着众人的面顶撞烟婆，"咱家欠格罗江一条人命，你去跳吧，你死了，我给你吊一辈子的孝！"烟婆抹着眼泪说："你现在穿得跟乌鸦似的，不就是吊孝吗！你这是咒我，报复我！"人们从烟婆的"报复"一词中，分析她有愧于女儿，究竟是什么事，他们想得脑瓜都疼了，也想不明白。烟婆瘦了，脸更黑了，见谁都哭丧着脸，只有看见小蒋来了，才兴奋起来。吝啬的她会奔向红日客栈，给小蒋要上两个肉菜，打包带回，说是他太瘦，得补养补养。她嘱咐葛喜宝往好了做，说小蒋如果惦记上美食了，就会常来龙盏镇。要是林大花和小蒋成了，她给他赏钱！葛小宝听到后，出来跟大人们学舌，说烟婆这么跟他爸说的时候，葛喜宝用铲子敲着马勺说："拴住了他的胃，拴不住他的心，有个屌用！"大家听了都乐，说葛喜宝说得在理。葛小宝听人们夸奖他爸回应得好，也不忘了表扬一下自己，说小蒋一来，烟婆就不让他找林大花了，他不听她的，有次照样去，在网吧门口，被看门狗似的烟婆给一把揪住，她说："人家搞对象，你去碍眼，还不快滚！"葛小宝说："他们搞对象，我去帮你搞情报啊，省得你在外面干着急，不知里面亲没亲上嘴！"在葛小宝心目中，搞对象就是亲嘴，这是他看电视得来的经验。大家被葛小宝逗笑了，接着又夸他回应得好。

林大花有了追求者，烟婆高兴，刘小红也高兴。她生怕别人不知道似的，逢人就说："大花交了好运了，找了个城里的法官。"她还公开许诺，林大花要是嫁给小蒋，她会拿五千块钱的礼金，因为林大花为红日客栈出了力。人们以此判定，刘小红是在意葛喜宝的，她怕葛喜宝娶林大花，林大花名花有主了，葛喜宝也就安全了。人们从她新聘的服务员身上，也找到了她喜欢葛喜宝的佐证。葛喜宝最不喜欢个儿高、单细的女人了，说这样的女人寡气。可刘小红从长青县招来的这名服务员，大高个儿，长脖子，杨柳腰，细胳膊细腿，长发及腰，一脸狐媚相。她好像在用自己的身体开着首饰铺，脖颈、耳朵、手腕和脚腕，佩戴着形形色色的饰品，虽说大都是仿制品，但一样闪闪发光。因为这一身的饰物，她干起活来叮当作响，走起路来就更不用说了，尤其是赶上风大的日子，她的身体仿佛在奏乐。她姓范，龙盏镇人因此送她一个绰号"范叮当"。

葛喜宝不喜欢范叮当，以前灶房没事了，他会坐在靠窗的桌前歇息一刻，抽烟喝茶，眯着眼看林大花做事。范叮当来后，他去茶馆小憩了。

范叮当虽不入葛喜宝的眼，但刘小红喜欢她，客人们也喜欢她。林大花在红日客栈靠着拉手风琴和拔火罐，深得客人欢心；范叮当则以口技和剪发，笼络人心。她能模仿形形色色的声音，惟妙惟肖。除了动物的叫声，还有火车的汽笛声、雷声、屁声、刹车声、切菜声、屋檐滴水声、玻璃杯碎裂声、挂钟行走声、流水声以及北风呼号的声音。她学鸟叫，能招来鸟的和鸣；她学猫叫，能吓跑灶房的老鼠；她走在街上学汽车喇叭声，前面的行人赶紧避开让路；她经过小学门口，学打钟的声音，学生们以为下课了，纷纷跑出教室。有客人听了她表演的口技，说她应该去当配音演员。范叮当还剪得一手好发，她使剃头推子，跟使筷子一样熟练。她免费剪发，针对客人的不同喜好，剪出千变万化的发型。龙盏镇人说，她剪发的手艺，是在城里开发廊练出来的，发廊妹哪个干净？人们从范叮当与老魏相熟上，坚信自己的判断是对的。

属于情爱范畴的话题，唐眉也是绕不过去的。春末的一个礼拜天早晨，她将陈媛送到刘小红那儿，说她进城办点私事，得在外过夜，要像往常那样，把陈媛送辛七杂那儿，有点不方便，请她帮着带两天，刘小红爽快地答应了。但陈媛却不高兴，她进了红日客栈，始终噘着嘴。刘小红说唐眉那天打扮得非常入时，头发挽起，化了淡妆，穿白色高领针织衫，外披大翻领雪青色风衣，扎一条藕荷色真丝围巾，脚上是一双白色的单层羊皮短靴，看上去清新脱俗。刘小红见她妆容精致，以为她要与汪团长幽会呢。

两天后的黄昏，唐眉回来了。她来红日客栈接陈媛时，弯弓着腰，眼窝深陷，面如土灰，嘴唇泛紫，刘小红吓了一跳，问她怎么了？唐眉脱掉风衣，搭在椅背上，说她想吃碗面条，她还嘱咐葛喜宝，多卧两个鸡蛋给她。唐眉吃了一海碗鸡蛋面后，擦了擦额上沁出的汗珠，付过账，起身穿风衣时，平静地告诉刘小红，她进城是做结扎去了。刘小红大惊失色，说你将来不想要孩子了？唐眉凄然一笑，拉住陈媛的手，说："我这不是有一个吗。"

唐眉的举动，让龙盏镇人联想起死去的王秀满。她当年结扎，是为了辛七杂，唐眉这么做，为的谁呢？有人说是为汪团长，汪团长不离婚，她做情人做够了，不再相信男人，对婚姻彻底绝望，所以做了结扎；也有人说她是为陈媛所累，她后悔把她带在身边，但又不能将她抛弃，为了不给自己留退路，她干脆做了结扎，不再梦想婚姻，这样只能与陈媛生死与共。

陈美珍本来就因哥哥找不到合适的肾源而心焦如焚，女儿做了结扎，对她来说雪上加霜，生活再没有春天了。她大病一场后出门，憔悴不堪。已是盛夏，人们都穿短袖衫了，她穿绒衣还害冷。她面色青黄，总是抬头望天，说太阳变冷了，恐怕世界末日快到了，一副厌世的表情。而唐眉也不去看汪团长了，人们把野狐团近期频繁的军事训练，归结为他见不到唐眉，而找宣泄的出口。

唐眉和汪团长关系冷淡了，甘芷生无比失落。他是唐眉和汪团长私情的知情者，汪团长为堵他嘴巴，逢年过节，总派勤务兵带着礼品来家看望，令他好不得意，常在人前炫耀，说他和汪团长是哥们儿。唐眉不去野狐团了，等于扫了他的风光。

龙盏镇气色最好看的人是谁呢？无疑是陈媛。唐眉给她买了几个涂色本，阳光明媚的日子，她会坐在果树间，用彩色蜡笔，给动植物的图形上色。她在色彩的运用上喜欢"张冠李戴"，比如她给一棵杨树的树干涂成黑色，树叶却紫白红黄都有，好像这棵树，落着一群五彩斑斓的鸟儿。再如她给一只山羊上色，羊身倒是雪白的，但羊头却涂得鬼怪一样，脸是黑的，角是白的，眼是绿的，鼻子是红的，嘴巴是鹅黄色的！

由于家中不顺，唐汉成的心思不在工作上，再加上受松毛虫害影响，今春来龙盏镇旅游的少，所以端午的斗羊节没有如期举办。但松毛虫害过去后，龙盏镇又山清水秀了，来此消夏的游客激增，再加上老人们渐渐知道了对七十岁以上老人所谓的生活补贴，完全是谎言，八月一号火葬的日子还没到来，很多人又向往死了，他们见着唐汉成，嘟囔今年没有看到斗羊，少了一样乐，死了都会闭不上眼！唐汉成思来想去，下令补办，他也想在斗羊节上，驱散一下心中的阴霾。

三村五村的村民，听说要举办斗羊节了，兴高采烈。准备参加斗羊的人家，开始训练他们的羊了，期待拿到好名次。在参加斗羊的人中，最兴奋的当属李来庆了，他去年千挑万选了一只公羊，精心饲养和训练，调教出了在他眼里天下无敌的斗羊，本想端午拉上角斗场，一展雄风，但龙盏镇今春取消了斗羊，令他沮丧。现在好消息传来，他精神抖擞，吩咐老婆给他做好吃的，说只有他体力充沛了，才能掌控好羊，让它在场上有绝佳的发挥。他相信这头羊，是雪藏的一把宝剑，一旦出鞘，定会绝杀众羊。

李来庆因为喜欢斗羊，农闲时节，常去附近的村屯，看看有无他钟情的公羊。他是在彩云岭的一户人家发现的这头羊。它一岁多，通体黑色，大眼，薄鼻，粗短的脖子和腿，前胸厚实，腰背微微上弓，一看就是斗羊的好料子。李来庆用手敲了敲羊角，听到了铿锵有力的回声，知道它角质厚实，可抗性强。他又踹了它一脚，这羊不像别的羊哀怜地叫，而是缩脖耸身，瞪大泛红的眼珠，愤怒地望着他，忽然一歪头，将一只月牙形的羊角，猛地顶在他胯骨上。李来庆疼得龇牙咧嘴，但心底是欢喜的。他用两只肉羊，换来了这头小羊，给它取名黑珍珠。

李来庆喂黑珍珠精饲料，不许它饱食。斗羊如果吃得肚子溜圆，增肥的同时，斗志也涣散了；但也不能不让它吃好，没有好料，它的筋骨就不会强健。他认为吃带着露水的青草，对斗羊最滋养，所以春天由于喷洒农药，他无法去山间草地放牧羊群时，就将房前未被污染的田地辟出一块，不种蔬菜，任由野草疯长，待清晨露水下来时，牵着黑珍珠过来吃草。他老婆为此摔了好几次擀面杖，说这哪是养羊，是供祖宗。李来庆骂她蠢货，说别看眼前人少吃了几口青菜，端午节它在斗羊场拔得头筹后，奖金就有几千块，几千块钱能买一园子的菜。再说了，还有钱买不来的风光和美誉。

李来庆后找的老婆，知道丈夫因斗羊场上给对手的羊下药，为金素袖不齿，从而失去她，而他虽和自己过日子了，还是在意前妻。因为她注意到了，金素袖榨油坊雇用的男人，李来庆都恨，他见着他们，从没好脸子。李来庆年年参加斗羊，在她看来，他是想在斗羊场上，重拾威风和尊严，赢回金素袖的心。可惜近几年来，李来庆和他的斗羊走下坡路，最好的名次是第三名。这次得了黑珍珠，他认为雪耻的机会来了。他单独给黑珍珠围了个圈，牵来羊群中脾气最暴躁的公羊，做它的陪练。夜里他还常打着手电，用强光刺激黑珍珠，激怒它，看着它用羊角撞碎栏杆。修复被黑珍珠撞碎的栏杆，是李来庆最惬意的事情。

斗羊节定在了七月十八日，晚上七点半。斗羊场跟往年一样，设在南市场西侧的广场，这也是龙盏镇设置的临时避难点。因为斗羊年年在此举行，这个广场尽管竖起了现代化的灯柱，地面却是砂石的，没有铺砖。

广场早已布置起来，四周搭起了能容六七百人的阶梯看台。看台后面，西侧是用蓝色铁皮围起的候场区，南侧是医疗点和简易厕所，北侧是领奖处。东侧出入口，则是商贩的阵地，卖凉茶的，卖爆米花的，卖啤酒的，卖雪糕的，卖烤串儿的，卖煎饼的，卖棉花糖的一字排开，支起了花花绿绿的摊子。场内各角，还备了覆盖着蒿草的柴堆，预备着熏蚊子。广场的每根灯柱下都吊着彩旗，彩旗印有广告，宣传着龙盏镇的各色绿色产品。伫立在广场中央的高音喇叭，下午就开始播送劲爆乐曲，提前预热。

青山县电视台提前做了宣传，来龙盏镇看斗羊的人蜂拥而至，这乐坏了开客栈和开饭馆的。为了抢占观看斗羊的好位置，看台一搭起来，人们就开始占座了。占座的方式多种多样，有的用人，如孩子们；有的用物，如衣物或是鞋子，当然都是不值钱的；还有的用狗。狗就是再听话，毕竟坐不住凳子，往往主人一走，它们就跳下看台，撒欢儿去了。当然，孩子们坐久了也受不了，夏天日头毒辣，他们看着看着，就离座奔冷饮摊儿去了，而等他们回来，座位往往成了别人的了。所以斗羊节上，因为争座儿，常有口角。

　　龙盏镇人占座懂得规矩，从来不占第一排的，因为首排座位，是给领导和嘉宾预留的。但今年不一样，镇政府对外宣告，东西两侧看台的第一排座儿，是为龙盏镇的老人们预留的。

　　三村五村参加斗羊的人，下午就领着他们的羊来了。载羊的交通工具除了电动三轮车，还有马车。这些车辆由警察引导，统一停在广场外的两条巷子里。

　　李来庆牵着黑珍珠到达斗羊场时，已是人潮蜂拥了。夕阳仿佛在金灿灿的泥里打滚儿，西天一片绚丽的晚霞。参赛的羊和它们的主人大都到了，做着最后的准备。李来庆一进候场区，镇政府办主任小孟就迎上来，埋怨他今年怎么来得这么晚，说等了他好长时间了，让他赶快跟自己出去一下，有点急事。李来庆撇撇嘴说，有啥急事，斗完羊再说，我可不能和黑珍珠分开。李来庆怕自己离开的工夫，对手会在黑珍珠身上使坏，多给它喝几口水，都可能让一只斗羊败下阵来。他牵着黑珍珠晚到，一方面为了少消耗它的体力，另一方面也是想在众目睽睽下，炫耀他的斗羊与众不同。他从其他选手羡慕的眼神中，尤其是死对手许大发满含嫉妒的目光中，知道黑珍珠光芒四射，这令他无比享受，更加不想离开。小孟见他不动，急得满面流汗，趴在他耳边小声乞求说，你出来一下吧，好处大大的！李来庆眼珠儿飞快转了两下，问他得多长时间。小孟说一颗烟的工夫就够了。李来庆便牵着黑珍珠，跟着小孟出去，来到简易厕所旁。

小孟见周围无人注意他们，打开公文包，飞快地抽出一张照片，拿给李来庆看。那是一个戴眼镜的小伙子，长脸，小眼睛，眉心有颗黑痣，很清瘦，斯斯文文的，穿蓝色 T 恤，戴蓝色遮阳帽。小孟悄悄对李来庆说，这个人是危险分子，斗羊开始后，他会坐在看台北侧第一排，希望李来庆操纵自己的斗羊，给他挑个轻伤，教训他一下！

斗羊是循环赛，李来庆家的羊因为上届第三名，所以他牵来的羊，会作为种子选手，最后三轮才上场。李来庆大惑不解，说："他既是危险分子，让警察把他控制住不就行了？万一我的羊冲撞了他，他身上带着匕首，捅死它，那不是要了我的老命吗！我太稀罕黑珍珠了，不能没有它！"

小孟连忙向他保证，此人虽危险，但身上绝无匕首。他是林市地质勘探所的一名地质工程师，来龙盏镇找矿的。要是他探到了矿，一旦开采，这里就没好山水了！龙盏镇人要过好日子，就得让他赶紧滚蛋！小孟从兜里掏出一千块钱，塞给李来庆，又将抽剩的半盒中华牌香烟送给他，嘱咐他此事不可外泄，做得利索点，千万别伤着那人的脑袋，把他的腿挑成轻伤就行。

李来庆明白小孟这是奉旨行事，让他的羊充当"枪手"，背后的指使者当然是唐汉成了。镇长要办的事儿，他不好推辞，何况还有好处费。李来庆收了钱，点头答应了。

要赶走工程师的，确实是唐汉成。十天前照片中的这个人，住进红日客栈。他扛着探矿仪满山转，令唐汉成心惊胆战，感觉他这是在翻他的家底。一开始他以为这是私人探矿，属于非法，可以理直气壮地赶他走，谁知小孟出面干涉时，他拿出了工作证。他是林市地质勘探所的工程师，利用休假来到龙盏镇，一边旅游，一边工作。

唐汉成喜欢龙盏镇的自然环境，不愿它有任何的开发，因为大多的开发初始是节制的，可当金钱顺着开发的通道，源源不断地被开掘出来时，金光会晃乱人心，连政府也会眼红，适度的开发就变成无度的了，环境因此恶化。这样的现象在一些发达地区，比比皆是。深受其害的，不是官员，而是百姓。因为生存环境因污染而变得恶劣后，有权有钱的人，有能力去别处再造安乐窝，有的甚至移民海外；而贫寒的百姓，无处可逃。唐汉成觉得一个真正造福一方的领导，首先得让他的百姓，能与好山好水相伴。所以那年辛开溜在一心山发现了无烟煤，兴高采烈地说给他听时，把他吓坏了。唐汉成为了堵辛开溜的嘴，不许他跟任何人说，常偷着给他钱。辛开溜虽不给他张扬此事，但他常偷着从一心山往回背无烟煤来烧，他的烟囱不食人间烟火似的，很少冒烟，但寒冬腊月，去他家买炭和买草药的人，发现他的屋子温暖如春，都很惊奇。唐汉成为此威胁过他，说他不能连着烧无烟煤，隔三差五的，总得让烟囱冒冒烟吧，不然就不给他封口费了。这样辛开溜收敛一些，偶尔烧捆松树皮。这时他家的烟囱就成了宣讲台，那冒出的浓烟，就是庄严的宣言书。去年深秋，当唐汉成听说辛开溜在旧货集市拎出一篮乌黑油亮的煤，声言要换一匹马，如雷轰顶，赶紧差人买马，换走了那篮煤！他可不想让一心山沦为乌烟瘴气的矿山，他想尽快以旅游开发的名义，募集资金，在一心山建寺院。有了庙，那儿就是神仙圣地，无人敢掘。

从年龄上说，辛开溜已是日薄西山，唐汉成想他就是以无烟煤敲诈他，也敲诈不了几年了，但这位工程师却不一样，他年轻有为，且有来头，一旦被他探出矿藏，龙盏镇就没太平日子了。唐汉成想了多种办法牵制他，比如让刘小红指使范叮当勾引他，让他沉迷女色，无心找矿。范叮当穿得袒胸露背，抛了无数媚眼，工程师却石头人儿似的，不为所动。女色绊不住他的脚，唐汉成再生一计，让小孟晚上去红日客栈找他喝酒聊天，吓唬他山里到处是杀手、草爬子、毒蛇、毒蜘蛛、野猪、狼和黑熊，不知害惨了多少人。谁知工程师说他有多年的野外探矿经验，防护齐全，安全无虞。唐汉成无奈，冥思苦想，脑子灵光一闪，何不趁斗羊节之机，让斗羊挑他个轻伤，让他止步呢。而能完美实施这个计划的，在唐汉成眼里非李来庆莫属。第一他贪财，贪财的人见到钱比见到娘都亲，会丧失原则；第二他斗羊技艺好，不会有闪失，万一将工程师挑成重伤，那就惨了；第三也是最重要的，唐汉成听说李来庆调教出了一只黑羊，斗志昂扬，初上角斗场。没有经验的斗羊挑伤观众，在情理之中，不会引人怀疑。

太阳落了，斗羊场的灯亮了！斗羊场的灯一亮，离开赛就不远了。一到斗羊节，男人们就不在家吃晚饭了。他们坐在看台上，手持啤酒瓶，边喝边吃烤串儿。女人和孩子们呢，嘴也没闲着，女人嗑着榛子和瓜子，孩子们舔冰棒、吃爆米花。坐在东西看台首排的龙盏镇的老人们，嘴巴虽然不动，但几乎人手一张煎饼，就像举着一面面小黄旗。他们买的都是单四嫂的煎饼，想在人间做最后的善事。老人们也不像往年穿得随随便便的，他们不约而同盛装出席，衣帽簇新，裤子挺括，鞋子干干净净的。

七点一刻，高音喇叭停止了广播，场内刹那间安静下来，很快，一列白衣红裤戴红色贝雷帽的学生，打着欢快的腰鼓，从东侧上场。他们引导的，是参加斗羊节的领导们。探照灯将所有人的脸映照成青白色，所以从脸上看不出领导是否喝过酒。但他们歪斜的步态和一路走来散发的酒气，泄露了他们在红日客栈痛饮过了。领导们入座南侧看台后，腰鼓队的孩子们退场，一位穿蓝旗袍的主持人上场，一段煽情的开场白后，是各级领导的致词。先是松山行署主管农业的领导致词，跟着是青山县领导的致词，最后是唐汉成的致词。每段致词都引起哄笑，因为松山行署的领

　　　　　　　黑珍珠

导个子矮矮，肚腩却很大。他缓缓走上场时，就像要临盆的孕妇。本来这姿态就惹人发笑，他致词前又对着麦克风先打了一个酒嗝，看台立刻笑声四起，但主持人很会圆场，她说领导因为饱览了龙盏镇秀丽的山水，被噎着了；青山县县长的致词呢，开篇就说："今天是我们所有共产党人的节日，在这个时刻，我们深切缅怀为中国人民解放事业做出过——"读到此时，他幡然醒悟拿错稿了，这是七月一日建党纪念大会的讲话，他今天穿的裤子，是七月一号穿过的，裤兜还揣着这份讲话稿，而秘书将斗羊节的讲话稿递给他时，他随手揣进了一个裤兜，不曾想掏出时"张冠李戴"了。当他换第二份讲稿时，场内除了笑声，还有口哨声。青山县电视台的女主持人应变能力强，在此时又能恰当地圆场，说没有共产党就没有新中国，没有新中国就没有今天的幸福生活，过去我们生活在水深火热之中，贫农得给地主放羊，现在我们是羊的主人！羊不仅带来了经济价值，还带来了欢乐。县长为了给大家带来欢乐，故意备下两份致词。轮到唐镇长上场，他自身倒是没出差错，可他刚开始致词，辛开溜从入口带着他的黄狗爱子现身。他来晚了，本该溜边走，悄悄找个座位坐下，谁知他大模大样地走到场地中央。他打扮得跟去年在旧货节上一样，穿着打满补丁的土黄色小翻领衣服，戴六角形灰布帽，不同的是没穿大头鞋，而是一双懒汉鞋。他弯弓着腰，左手拎一瓶烧酒，右手攥一把烤肉串，所以跟在他右手边的爱子，一副馋涎欲滴的模样。唐汉成见辛开溜往他跟前走，停顿一下，用手指了指西面的看台，示意他去那儿，因为首排还有空座。爱子见唐汉成对主人指手画脚了，非常不满，耸身对着他汪汪汪叫起来，它的叫声通过麦克风，无限放大，游荡在看台后的狗们，一呼百应，斗羊场一片犬吠，让人以为举办的是斗犬赛。到了这时，连主持人都忍不住笑了。这时现场维持秩序的警察赶紧上场，将他拉开。辛开溜来了倔脾气，警察让他向西，他偏向北，刚好那个从林市来的工程师旁边有个空座，辛开溜一屁股坐下去，爱子摇了摇尾巴，在主人脚畔坐下来。

开场致词本来是最乏味的，以往到了这环节，人们通常一边吃东西，一边喊喊喳喳说话，再不就是趁斗羊没开始，去简易厕所，把屎尿打扫干净，没人理会领导们说什么。但今年大不一样，场上发生的事情，实在比看春晚的喜剧小品还令人开怀，人们捧腹大笑，斗羊节的气氛从未有过的热烈。

唐汉成硬着头皮念完讲稿，宣布斗羊节开幕，欢快的乐曲随之响起。斗羊的背景音乐年年不同，当年流行什么热辣的曲子，播放的就是什么。所以这样的乐曲响起的时候，看台上的年轻人，喜欢站起来，和着节拍舞动。按照由弱到强的出场顺序，两头斗羊被它们的主人带上场了。也许盛夏的缘故，也许是一路颠簸来到龙盏镇的缘故，五村的两头羊，在主人的吆喝下，闷头用角抵住对方，只三两个回合，其中的一只就败下阵来，主动离开了角斗场。而作为胜者的那只羊，也无斗志，当它看见一只比自己威猛得多的斗羊被牵出场，要挑战它时，撒腿就跑。它的主人傻眼

黑珍珠

了，愣怔片刻，才举着皮鞭追它。这戏剧性的场面，令斗羊场回荡着无穷的笑声。

上场的斗羊被主人打扮得千姿百态。有的把斗羊当新郎官打扮，在羊角挂了朵绢制的小红花；有的将羊角涂上一缕弯曲的蓝色，看上去像闪电又像溪流；有的给羊耳朵染成绿色，让人以为一只青蛙跳上去了；还有的给羊尾巴染黄了，这样的斗羊就仿佛拖着一抹斜阳。当然最炫目的，是给斗羊穿上刺绣的花背心。而李来庆的黑珍珠，毫无修饰，他觉得它自身的光泽，足以打动人心。

循环淘汰赛到了九点，达到高潮。探照灯下聚集着成团成团的飞蛾，蚊蚋飞舞，驱赶它们的蒿草已点燃了。喝多了啤酒的男人，频频起身如厕，女人们身下的瓜子皮，铺了一地，像暴雨前聚集的蚂蚁。坐在首排的老人们，知道上一次厕所不容易，所以尽管镇政府给他们每人发放了一瓶矿泉水，但没一个敢喝的，他们也不像往年打瞌睡，每一幕情景都当成最后的人间美景，满怀眷恋地看着。

黑珍珠要上场前，李来庆打开手电筒，晃了晃它的眼睛，发现它双眼血红，知道它已在征战状态了，无比得意。他盘算好了，等黑珍珠赢得冠军后，在人们欢呼的时刻，再挑衅工程师。不然一上场就对人家下手，黑珍珠会留下恶名，而且可能丧失比赛资格，那就损失大了。

黑珍珠最先对抗的，是留在场上的一只白羊。它个头比黑珍珠高，而且已接连淘汰了两只羊，正在兴头上，可黑珍珠一入场，像是身经百战的老兵，毫不怯场，不等白羊反应过来，猛扑过去，四蹄抓地，一低头将羊角顶过去。白羊仓促应战，一个趔趄被它撞倒。黑珍珠旗开得胜，场内一片喝彩声。接着和黑珍珠过招的，是一只黑白花的羊，它的主人是三村的李德田，上次取得亚军。李德田是金素袖榨油坊最得力的伙计，李来庆一直看他不顺眼。李德田的羊没太打扮，只有耳朵染成金黄色，好像挂着两片秋叶，煞是可爱。它上场后，像老运动员先要热身一样，绕着场地跑了一圈，然后不等人们反应过来，突然奔向黑珍珠，一头撞向比自己矮很多的小黑羊。它以为一抵就会击垮黑珍珠，谁知这小羊蛮力十足，相持两三分钟后，倒将它顶得步步后退。花羊哆嗦着腿，终于支持不住，主动抽出角来，缴械认输了。李德田没想到花羊会败给小黑羊，带它退场时，在它屁股上狠踹了一脚。最后出场的，是上届的冠军羊，五村许大发的斗羊。它已六岁了，个头高，腰背长，通体雪白，螺旋状的角，久经沙场，少有闪失。许大发觉得他的羊应该是今晚落在人间的明月吧，让它本色出演，也没给它作任何修饰。别的羊都是被主人牵上场的，这只羊相反，是它牵着主人上场的。它昂首阔步在前，许大发低眉垂眼在后，像它的奴隶。白羊上场后很有绅士风度，先走到黑珍珠跟前，顿了顿头，算是跟它打过招呼，黑珍珠领会它的意思，也顿了顿头，然后它们共同后退，怒目对峙，几乎同时飞奔向前，发起攻击。羊角两两相交，激烈的碰撞，发出"噼啪噼啪"的声响，像放爆竹。许大发和李来庆这对冤家，同时攥紧了拳头，发出只有他们的羊听得懂的口令，为其助威。它们的头一抵不分胜负，主人把它们分开后，用各自的方式挑逗它们，使它们对对手充满更深的敌意，以利再战。然而它们的第二抵，照样是你来我往，难解难分，处于胶着状态，主人无奈，只得再次将它们分开。到了第三抵，它们僵持了七八分钟，场内的空气几乎凝固了，黑珍珠突然一耸身，抽出羊角，再迅疾地顶上去，羊角再度撞击，发出雷一样的轰鸣，好像羊角要撞出火花了！黑珍珠占得优势，直把白羊逼到西北角。这时的黑珍珠像一只滚滚的车轮，气势如虹，而后退的白羊则像一个大雪球，被黑珍珠碾压踏平了！

全场观众为这精灵般的黑珍珠欢呼时，李来庆牵着它，来到了北侧看台，他一眼就认出了蓝衣蓝帽的工程师。但同时，他也看见了挨着工程师坐着的辛开溜。李来庆很不高兴，心想北侧首排不是嘉宾席吗，辛开溜坐那儿算老几？而且，别人家的狗都在看台后游荡，他的爱子竟蜷伏在他脚下，一个逃兵配享受这样的待遇吗？他还听说辛欣来藏匿在花老爷洞，是辛开溜暗助的，他犯了窝藏罪，该进笆篱子，为啥还不抓他？难道因为他年龄大，就可以逍遥法外吗？李来庆对辛开溜当年戳穿他给许大发的羊下泻药的事情，始终怀恨在心。看见辛开溜喝着小酒，悠然自得，不由得怒火中烧，真想让黑珍珠把他给挑伤了。但一想，挑伤不该挑伤的人，唐镇长会生气。镇长生气了，他一个普通百姓，就没好日子过了。李来庆咬着牙，咽下这口气，将手指向蓝衣工程师，对黑珍珠下达了冲撞的指令。黑珍珠犹豫片刻，纵身一跃。不过它领会错了，以为主人让它对抗的是那条黄狗。它永远也不会想到，主人是让它对人下手。辛开溜先前还乐着，当他发现黑珍珠扑向爱子，赶紧扔下酒瓶，飞身掩护。他护住了爱子，羊角却刺穿了他的左腿，血流如注。辛开溜倒下来，头重重地磕在座椅上。

辛开溜倒在血泊中，叫了一声"毛边——"因为他裤兜里揣着在旧货集市上交换来的一把口琴，他以为会在斗羊场看到毛边，想要送给他。在他意识还未完全丧失前，他居然呵呵笑了两声，仿佛很享受这个时刻。他想带着快乐离世，努力回忆自己一生中快乐的事情，可是真该死，他似乎没什么快乐。唯一让他骄傲的，是他单枪匹马，与搜捕辛欣来的警察周旋，让辛欣来活到现在。他在深夜一次次从北口出发，神不知鬼不觉地将花老爷洞布置成了个家。为了避免频繁买东西引起怀疑，他去的是附近村镇的商店。葛喜宝跟踪他时，他为了送出给养，会在晚上将他灌醉，等他睡熟，他再行动。葛喜宝一无所获离开他后，他怕他从马蹄印和辛欣来留在雪地的脚印上，寻到那几处物资转运点，所以那一段他常骑着马，在林中漫无目的地游走，踏平辛欣来的足迹，留下广阔而纷乱的马蹄印，在山林摆下一个迷魂阵，让人看不出究竟。安雪儿生下孩子后，他觉得是结束战斗的时候了。他希望捉拿辛欣来的安平，能让孙子看一眼亲生儿子毛边，谁知他没有这么做。他对安平非常不满，觉得这不是一个好汉做的事情。他不是逃兵，可是背负了一辈子逃兵的骂名；他娶了个日本女人不假，但他依然是个战士啊。他也不是没有上访过，当年还找过当了林市军分区政委的战友，但所有人一听他找了个日本女人当老婆，没有不嗤之以鼻的，根本不听他申辩。辛开溜最终认命了，他觉得活着就好。他把自己的生命交付给山林，也将自己的屈辱交付山林，在风雪人间，不知不觉走到了熄灯时刻。

辛开溜被连夜拉到青山县人民医院。他腿上的伤让他失血过多，输了大量的血。但致命的不是腿伤，而是他脑袋磕在座椅上，造成的颅内出血。因为他年龄太大，医生不建议给他做开颅手术。辛开溜在重症监护室，始终处于重度昏迷状态。一天两天三天，他昏睡着；七天八天九天，他依然昏睡着。医生会诊的结果，辛开溜恐怕醒不过来了。也就是说，他成了植物人了。唐汉成心急如焚，他怎么也没想到，工程师安然无恙，辛开溜却成了牺牲品。他认为这是李来庆公报私仇，但李来庆跟他起誓，纵使憎恨辛开溜，但他真没想对他下手，是黑珍珠领会错了。不管怎么说，辛开溜在斗羊节上受伤了，唐汉成不能不管。辛开溜躺在重症监护室，他的每一次心跳，燃烧的都是铜板，医疗费直线上升，已经花掉了两万。李来庆公开表示，不是他挑伤的辛开溜，是黑珍珠！想要他出医疗费，没门儿！其实唐汉成也不敢让他出一分的，怕他说出真相。所以这笔医疗费，辛七杂出一半，镇政府出一半。如果辛开溜活个三年五载，不光是辛七杂的屠宰场，镇政府恐怕都要被他拖垮了。唐汉成盼着他苏醒，或是死去，因为辛开溜昏睡的代价太大了。他每次进重症监护室探视，都会趁医生不在，用手指弹弹辛开溜的脑门儿，挠挠他的脚心，见他毫无反应，他会在他耳边，大声说着能刺激他神经的话，比如他的黄狗爱子让车给撞了，比如他的炭窑钻进了一只会说话的红狐狸，再比如上面要来人，在镇政府召开公开大会，给他平反，他不是逃兵了！不管唐汉成怎么说，辛开溜连眼睛都不眨一下，沉沉睡着。

　　绝望的不仅是唐汉成，还有辛七杂。不管怎么说，躺在病榻上的都是他的父亲，他不能不尽孝心。他在县医院旁一家小旅社住下，每日到医院看护父亲。他时常坐在重症监护室外走廊的长椅上，垂着头，呆呆地看着往来者的脚，他觉得所有运动着的脚，都是那么的美丽。外面阳光灿烂，走廊却阴冷潮湿，辛七杂常常想起小时候的事情。很奇怪，这时候他想起的，都是父亲的好。他曾在月亮地儿里，用旧自行车里带，给他做弹弓；每年学校开运动会前，他都会进城卖草药，让他能穿上崭新的白球鞋上运动场；他感冒发烧了，他给他熬汤药，刮痧；一进腊月，他会去商店扯块布，拉着他去裁缝铺，让他过年有新衣穿。辛七杂一想起这些，眼睛便湿了。这时他会起身，到医院门前的花坛前，取了太阳火，烧袋烟抽。太阳火与烟丝是神仙眷侣，它们的结合令人陶醉，辛七杂吸这样的烟时，心境会平复许多。

　　有一天辛七杂在县医院门前抽烟，老魏垂头丧气地走了过来。他说王铁匠前日死了，今天出殡，他不想听送葬的哭声，所以进城找乐。谁承想这段公安部门扫黄打非，歌厅舞厅洗头房洗脚屋成了秋风中的黄叶——没有不挨扫的，做人肉生意的都跑了。老

　　　　　　　　　　　　　　　　黑珍珠

魏扫兴，无处可去，于是来医院找辛七杂，想看看他爹咋样了。

老魏苦着脸对辛七杂说："还是有老婆好哇，找自己的婆娘耍，随时随地，又不犯法。"

辛七杂说："那是啊，还能把卖豆腐的钱省下来。"

老魏讪笑着，跟着辛七杂去看辛开溜。当他见他的脑袋插满了银白色的细管，直说辛开溜变成大蜘蛛了！他吹了吹他的眼皮，捏了捏他的手指，挠了挠他的脚心，见他毫无反应，于是撇着嘴对辛开溜说："看来人家没冤枉你，你真是逃兵啊。不是胆小鬼，咋会死得这么拖泥带水。快到八月一号了，你要是不想进焚尸炉，学学王铁匠吧，人家可是真英雄。前晚上王铁匠吃了一海碗的羊肉水饺，喝了半瓶烧酒，在仓房抡起大铁锤，把自个儿的脑袋给开瓢儿了。人家今天带着放在北口铁匠铺的棺材，心满意足去西天了，你还磨蹭啥？快跟着去吧。你躺在这儿，就是躺一百年，一千年，一万年，谁还能给你平反呐？趁早歇气吧，还能弄个全尸下葬。"

老魏数落完辛开溜，把辛七杂拉到重症监护室外的走廊上，说你爹除了喘气，跟死人有啥区别？不如让医生把他头上的管子拔掉，让他轻松走了算了。老魏见辛七杂不语，又开导他，他是个逃兵，长得跟你也不像，还不知是不是你亲爹呢，你为他尽孝傻不傻呀？再说了，他找了个日本女人做老婆，害得你婚姻不幸，连个自己的孩子都没有，王秀满要是不抱养辛欣来，哪能被杀？你有那钱接济穷人不好吗，干吗让他这么作践你？老魏没想到，辛七杂满含热泪地说："不管咋的，他都是爹啊。只要他能喘气，就不能不让他活！"

　　七月的最后一天，晚上八点，辛开溜打算从人间出逃了。他的血压直线下降，心率每分钟三十多拍，各脏器衰竭，脸色青灰得像出土的陶俑，瞳孔开始扩散。民政部门的领导已经坐镇医院，对濒临死亡的重症患者进行监督，不许医院瞒报患者的死亡时间，零点一过，必须执行新的殡葬法。火葬场得知辛开溜可能成为第一个服务对象，把运尸车都开来了。辛开溜此时成了火葬场投下的一注彩票，他们渴望着中彩，为他们的生意开张。除了火葬场，关注辛开溜生死的，还有电视台的记者，他们在医院摆开阵势，准备作殡葬改革的报道。只有主治医生，他同情这个瘦骨嶙峋的老人，悄悄关掉钢瓶的氧气阀门，想让他在零点前结束生命。二十三时过去了，辛开溜的血压和心率持续下降，监护仪上的生命指标就像一条逐渐干涸的河流，不断呈现枯竭的迹象，可他依然顽强地呼吸着。辛七杂从未听过这样的呼吸，沉重，缓慢，哀愁，更像是一声声叹息。二十三时五十分，各路人马拥进重症监护室，想做一个历史时刻的见证人。所以当八月一日零点零七分，辛开溜吐出最后一口气时，人们众星捧月似的围绕着他。火葬场的人为他的死暗暗击节叫好，主治医生却扼腕叹息。辛七杂很木然，不相信一个人说走就走了。

　　因为辛开溜是青山县火葬场迎来的第一个服务对象，所以费用减免了一半，即便这样，辛七杂还是花费了一千九百块，这其中包括停尸费、理容费、焚尸费、骨灰盒费以及护卫灵骨回龙盏镇的车费。龙盏镇的老人们，听说辛开溜死了，火葬场开张了，不约而同地乘车来到青山县，到小西山火葬场，名义上是送辛开溜，其实是想看看焚尸炉是怎么烧人的。辛开溜被推进炉内的那一刻，他们无不战栗，捂着胸口，惊恐地睁大眼睛。而等到炉门打开，一缕热腾腾的轻烟散尽，人们发现一具血肉之躯，果然成了一堆灰烬，有的当场晕过去，有的吓尿了裤子，还有的呕吐起来，嚷着回家。因为焚尸的师傅是初次烧人，温度控制得不好，个别部位的骨灰还呈焦炭状。这样辛七杂戴着白手套，握着橡皮锤，按照师傅的吩咐，将没烧透的骨块研碎。辛七杂就是在这个过程中，蓦然发现父亲的一截呈蜂窝状的腿骨里，竟嵌着弹片！它指甲般大小，还散发着金属的光泽，就像一粒出土的金子！辛七杂的心颤抖了，他仔细察看，寻觅，最终从父亲的骨灰里，又找到四片弹片。他攥着这把弹片，仿佛攥着父亲的灵魂，悲恸欲绝地说，"爹，你不是逃兵！不是逃兵哇——"

辛开溜的墓地，是黄狗爱子选的，靠近一条小溪。辛开溜出事住进县医院后，安雪儿每天给爱子喂食。爱子早晨出去，晚上回来看家。镇子里采野葡萄的人，看见爱子在西山的松林刨坑，人们那时就议论辛开溜活不了几日了。

辛开溜的灵车到达龙盏镇时，爱子在北口迎接，呜呜哀叫。它在西山刨的墓穴，澡盆那般大，印满花形爪印。坑底渗出一汪水来，看上去像嵌着一面圆圆的镜子，反射着阳光。墓穴上空飞着一对蜜蜂，它们大概把墓穴的阳光当成了花枝，想在它们身上采蜜。

辛七杂把父亲葬在这里，他的墓碑是安雪儿提供的，是当年安泰捡来的那块青石碑。她将石壁上祖父、鹿和树的形影用錾子去除，刻上"辛永库之墓"。

青石碑在辛开溜的坟头，依然做着鸟食钵。辛七杂给父亲上坟时，总会揣一把谷物，撒到墓碑凹陷处，喂着南来北往的鸟儿。

黑珍珠

十七　土地祠

　　毛边一岁多，有两根筷子高了，能喝米汤，吃鸡蛋羹，也会走路了。

　　毛边是在墓碑上学会爬的。他出生后，安雪儿觉得该挣钱养活孩子，又开始刻碑了。只要是温暖的时节，晴朗的日子里，安雪儿在院子里干活，会把一块墓碑平放着，让阳光晒暖它，在上面铺了毯子，把毛边抱上去。毛边在墓碑上学会了翻身，爬行。玩累了，他就躺在上面睡觉。他睡醒的一刻，若是哇哇哭，一定是因为他看到的天空没有云；而有了云彩，他就像望见了母亲的奶，口水横流，挥着小手咿呀叫着，做出要的动作。

　　大雪覆盖了山林，毛边就不能去院子里玩了，安雪儿也只得在屋子里刻碑了。毛边大概不明白，为什么在院子里晒太阳的好享受，说没就没了，天也亮得晚了？有时安雪儿还没起来呢，他就醒了。毛边也怕孤独吧，他啃手指头和自己做伴。所以只要毛边醒在了安雪儿之前，她会发现儿子的手指沾满涎水，被啃得通红通红的。

入冬之前，安平给石碑坊的外墙抹了黄泥，屋顶又加了层锯末子。虽说屋子的保暖比往年好，但架不住北风和寒流的吹打，零下三十多度的夜里，晚上烧得很热的屋子，凌晨却是凉的了，像是短命的爱情。不过这也带来了一样美事，就是有霜花看了。安雪儿喜欢在早晨生起火炉后，抱着毛边看玻璃窗上的霜花。

　　霜花跟云彩脾性相同，姿态妖娆，变幻万千。它们有的像器皿，如锅碗杯盏；有的像动物，如牛马猪羊；有的像植物，如树木花朵；还有的像珠链，像房屋，像星辰，像田垄，像闪电，像人，像飞鸟。一扇挂满了霜花的窗户，就是一个大千世界。毛边总想做这个世界的主宰，每回安雪儿抱着他看霜花，他都要伸出胖乎乎的小手去摸。霜花脸皮薄，一摸就破相了。像蝴蝶的，踪影全无了，好像谁把蝴蝶捉走了；像花朵的，只剩光杆儿了，好像小姑娘把花儿给采了；像碗的，出了个大窟窿，好像淘气的葛小宝用石子把碗砸破了；像猪的，没了脑袋，好像辛七杂提着屠刀来过了；像树的，枝桠间有了圆孔，就像吊了个鸟窝，如果霞光好，圆孔里金光流溢，这个鸟窝就成了金鸟窝了。安雪儿每次看到霜花，都会想起绣娘，她后悔没有从奶奶那儿学来刺绣的本领，不然可以用绣针，把霜花的情景绣出来。

　　辛开溜成为火葬的第一人后，龙盏镇那些在生死纠结中，挣扎着活下来的老人们，一想死后反正要被烧成灰了，活短了不划算，又都想往长了活了。他们恢复了正常的生活，吃喝拉撒，一如从前。不同的是，他们喜欢正午时，去南市场的茶馆聊天，这乐坏了开茶馆的。他们聊得最多的，是棺材的去处和火葬的费用。殡葬新规实施后，上级民政部门下派的工作人员，下到各个乡镇，清理棺材。他们挨家逐户地走，发现棺材，勒令主人三日内处理掉，否则没收烧毁。棺材料都是好料，没收了谁家都舍不得。有的人家将它劈成柴，有的拆开后打成面板、木桶、桌椅，换种方式用着；还有的把最好的一块料卸下，让安雪儿给提前刻成墓碑。当然更多的人家，是听了算命先生的，在棺材里放上主人的相片、衣物、鞋子，然后拉到坟场烧了。算命先生说这么做，等于在另一世造好了屋子，他们走上黄泉路时，自然就去了新居。当然也有心存侥幸的，将棺材藏起，期待有一天还能用上。但工作人员心明眼亮，他们会仔细察看柴垛、草垛、仓棚这些能藏棺材的地方，跟找出敌坏分子一样，一一揪出。

人们不能在家办白事了，白事主持也就失了饭碗，满心不悦。普通大众也不高兴，因为大家习惯了多年流传的老葬礼，有灵棚，有棺材，有长明灯，有供品，有庄严的入殓仪式。病弱的小孩子可以钻棺祈福，儿女们可以在长明灯前守灵。最重要的，人们可以吃丧饭。丧饭对葬礼来说多么重要啊，悲伤在丧饭中，往往被化解了。

龙盏镇的老人们想不通，骨灰盒土葬和棺材土葬有啥区别，山林里不是照样隆起一座坟吗？又不像大城市，骨灰盒是存放在殡仪馆的。他们嫌火葬场收费高，不如在家出殡便宜。就说理容费吧，在家死是没有的，家人给洗洗身子，穿上寿衣就是，可进了火葬场，按照一条龙服务，必得理容，仅此一项，收费就是六百。钱让谁赚去了呢？是开火葬场的，而不是理容师。理容师是李素贞，她因为丈夫被煤烟熏死，愧疚得慌，现在把一半的工资，都捐给火葬场了，可火葬场却没减免理容费。老人们见着安平都说，你那个相好的，脑子咋那么不灵光？她想捐一半工资，捐给个人呀，别捐给火葬场。捐给个人，俺们都念着她的情；捐给火葬场，等于捐给了小鬼，那里都是见钱眼开的东西啊！安平只好讪笑着，说她没犯罪，却要为前夫蹲监狱，脑子确实不灵光，谁拿她都没招儿啊。

辛开溜死后一个多月，绣娘从古约文乡回来了。她佝偻着腰，耷拉着眼皮，整日哈欠连天，好像很困，可躺下却又没觉了。安泰说她得知白马走失后，一直说要追它去。她每天吃过早饭，就去鄂伦春民俗博物馆待着。她不是坐在展厅的一只桦皮船里，把桨板当孩子抱着；就是坐在用电光制造的通红的篝火旁打盹儿。有天晚上，她打点好东西，对安泰说她要回龙盏镇了，这个博物馆缺一个刺绣的马鞍垫，她得回去绣。安泰答应了。

绣娘回来后，先去石碑坊看了看安雪儿和毛边，然后到南市场，买了五瓶烧酒，吃力地拎回家。安平贴着她的耳朵问，您不是不喝酒了吗？她叹息着说："不喝酒没有梦，我想梦见白马啊。"安平听了心里难过，他多次去山上寻找，却不见白马踪迹；她问遍了附近村镇的人，也没谁看见它。它像一朵云，说散就散了。

绣娘每天吃豆腐，喝烧酒，绣马鞍垫，安平则去山里寻马。

时值秋天，蘑菇长出来了，安平找白马时，顺带就采了蘑菇。雪白的桦树蘑，褐色的松茸，金黄的榆黄蘑，这些植物界打伞的公主们，个个娇媚，安平带回它们的同时，也带回了沾在蘑菇上的落叶。落叶有金黄的，有酒红的，有半青半黄的，还有半红半绿的，五彩缤纷，胜似春花。绣娘拿起落叶，总要痴痴地看上好久，像是看着她隔世的恋人。安平知道，母亲怀念进山的日子，而这样的日子对她来说，一去不复返了。有了鲜蘑，绣娘的下酒菜就不是豆腐了。她亲自下厨，用桦树蘑炒白菜，用松茸炖肉，用榆黄蘑配韭菜，烙馅饼吃。也许吃了蘑菇的缘故，绣娘的气色好看了，眼皮也能抬起来了。她绣的马鞍垫，本来勾勒的图案，都是花草树木的纹饰，现在她把蘑菇也加进来了。每绣完一个蘑菇，她会说："真俊啊。"

深秋的一个正午，风很大，龙山上秋叶飘舞，绣娘放下绣了多半的马鞍垫，对安平说烧酒喝完了，她要去趟南市场。安平说风太硬，出去容易感冒，他给她买就是了。可绣娘说她眼睛发涩，头昏，胸闷，正想在风中走一走，清爽清爽身子，安平也就由着她去了。

绣娘在漫天秋风中走走停停，吃了一肚子凉风。她到了南市场后，进了一家茶馆，想先喝碗热茶暖暖身子。龙盏镇的茶馆似乎从来没有这样热闹过，没有闲座。可绣娘一进来，大半的位置都空出来了，腿脚麻利的老人，都起身给她让座。绣娘拱手谢过大家，拣了张靠近火炉的木椅坐下。火炉上的铜壶呼呼作响，冒着热气。绣娘坐在火炉旁，被水蒸气映衬得恍若仙人。店主见绣娘来了，赶紧给她上了一壶热茶；见她气色灰暗，又上了一块枣泥糕。

老人们正在议论辛开溜身上烧出的弹片，它们像逆时令而开的花朵，令人惊奇。听说辛七杂把一片颜色和形态都不错的弹片，稍作修饰，钻了个小孔，用红绳穿上，当护身符，戴在身上，其余的与他心爱的屠刀摆在一起。辛七杂相信父亲是战士了，可老人们还是持怀疑态度。有人说弹片是他逃跑时，被我方追击留下的；有人说他做了逃兵后，在深山遭遇土匪，被土匪打的；还有人说他厌战，是自己打的，因为受伤后可到后方医院，趁此离开战场。

议论完辛开溜，人们又议论起辛欣来，他啥时能被判死刑呢？听说死刑执行也有新规了，不用吞子弹了，打上一针，一眨巴眼的工夫就能死，一点痛苦都没有。大家都说，辛开溜没赶上个好死，辛欣来倒是赶上了！

说到辛欣来，老人们又议论起白马，安平因为捉辛欣来，将它弄丢了，至今下落不明。大家把头转向绣娘，七嘴八舌的，有人说白马可能被狼吃了，有人说可能被毒蛇咬死了，还有人说可能被黑熊吞了，总之，在他们的想象中，白马被野兽害了。正在此时，住在北口的老于来了。他每次打鱼回来，喜欢到茶馆喝碗热茶。一身腥气的他见绣娘在，说他正想找她呢，他早晨去小星河捕鱼，在岸边的白桦林里，发现了一副马的骨架。虽说它已被鹰隼和乌鸦啄食殆尽，但从散落的白毛和它蹄子上的铁掌看，就是绣娘的白马！因为王铁匠不打铁后，知道绣娘爱马，将铁匠铺剩下的几副不同型号的马掌，都送给了她。绣娘的马，挂的都是王铁匠打的铁掌。这马掌别具一格，钉孔不是圆形的，而是六角星孔。

小星河是格罗江的一条支流，水不深。绣娘年轻的时候，常扛着鱼叉，去叉大嘴鲶鱼，那儿的鲶鱼又大又肥。老于说完白马的下落，绣娘推开茶盅，喊店主结账，说她要去小星河。店主说您今天找着白马了，相当于找着亲人了，大家都高兴，茶和枣泥糕我请客啦。但绣娘坚持付账，而且要把老于的茶钱也付了，乐得老于眼睛眯成一道缝。店主见状，也不推辞了。绣娘付了账，缓缓起身，拱手跟大家道别，说："你们好好享受着，我见白马去了！"绣娘走到门口，也许腿太沉了吧，绊倒在门槛，瞬间就没了气息。

按照新殡葬法，青山县所属乡镇的人去世，要第一时间上报给青山县火葬场，由他们派出殡葬车，将死者拉到火葬场，火葬后再运回来。绣娘的尸体被抬回家后，老人们都跟到安家，想看看火葬场派来的车什么模样。

但安平并没有给火葬场打电话，等到安泰赶来，他们悄悄商量了一下，决定把母亲风葬在发现白马骨架的小星河畔。为了使计划顺利进行，他们给母亲净身，换上她早就为自己备下的丧服，谎称火葬场的殡葬车坏了，他们要自己驾车送母亲去火葬场。这样跟到安家的老人们，与绣娘道过别后，各自回家了。安平求老于做向导，加上葛喜宝，由安泰驾车，他们四人护卫着绣娘，上了吉普车，连夜去了小星河。那晚的月亮又大又圆，像一盏天灯，照亮了绣娘的归程。

他们在午夜时分找到了白马的骨架，它刚好在四棵两两相对的白桦树间，这正是绣娘喜欢的树，像蜡烛一样明亮的树。他们在天明前，在树间搭就一张床，铺上松枝，把绣娘抬上去。白马的骨架像一堆干柴，在绣娘身下，由月光点燃，寂静地燃烧着；绣娘在白马之上，好像仍在驾驭着它，在森林河谷中穿行。

安雪儿那夜没有去小星河，她听了父亲的，告别奶奶后，背着毛边回到石碑坊。那一夜她伫立窗前，一直望着月亮。当月亮隐去，天色微明时，她背着毛边又回到了童年的家。安平刚刚回来，他见了安雪儿，没说把绣娘风葬了，而是告诉她山里下霜了，然后转身去了空荡荡的马厩。安雪儿知道父亲是去哭了，她再也看不到绣娘了，也很想哭，但她不敢，怕吓着毛边。

绣娘被风葬的事情，最终还是传了出去。安泰身为乡长，违犯殡葬新规，上级组织部门说他缺乏原则性，不宜再担重任，将他调整到乡人大做主任。安平觉得弟弟冤，去县委申明，风葬母亲是他的主意，与安泰无关，但这种解释无济于事，新乡长很快走马上任了。这位乡长是县委书记的表侄，人们说他早就想换掉安泰，安排亲属，苦于没有合适的理由，安泰这次是自己犯错，送上门来。

土地祠

人们都为安泰抱冤，说他父亲是英雄，儿子也是英雄，鄂伦春人又有风葬的习俗，纵使犯错，也不该将人家的乡长给撸掉啊。安泰倒不介意，他说母亲能与心爱的白马和清风明月同眠，他所背负的一切都是值得的。

　　绣娘死后三个多月吧，旧历新年将至时，辛欣来一审被判死刑。出人意料的是，他竟未在规定的时间内，提起上诉。安雪儿作为受害人出庭时，尽管辛欣来对强奸她的犯罪事实供认不讳，但她站在法庭上，却并不认同。公诉人问她是否被强迫时，安雪儿摇头，说上天认为她该有个孩子，于是辛欣来给她送来了毛边。而王秀满的娘家人，联名上书至法院，请求严惩辛欣来，让杀人者偿命。

　　辛欣来是在松山市被执行死刑的，那已是腊月了。小蒋代表青山县法院，将辛欣来的骨灰领回，交给辛七杂。小蒋回来跟大家说，负责执行辛欣来死刑的法警说，他被注射了那种致命的黑色药水后，脸上竟然泛起婴儿红，鲜润粉嫩，非常好看。但这种颜色很快潮水般褪去，他停止了呼吸，面色青灰，像一片落入深渊的枯叶。小蒋还听说，辛欣来被押解到执行车上后，还不相信死到临头，脸上始终挂着嘲讽的笑，梦想有人把他解救出去，他说的最后一句话是："马上会有人叫你们刀下留人的，你们等着瞧！"

　　其实辛七杂和安雪儿，都提出要见辛欣来最后一面的，辛七杂是想送他豆沙饼，让他上路时肚子里有他喜爱的美食；安雪儿是想带着毛边，一起跟他合个影，但辛欣来都拒绝了，说他会活下去，不作死亡告别。

辛欣来被处死的当日，陈金谷在林市医学院附属医院，接受了肾脏移植手术，手术很成功。肾源来自哪里，院方和陈家人都没有说。

辛七杂在青山县法院领取辛欣来的骨灰时，按规定交付了焚尸费和骨灰盒费。他在交费时，想起当年为辛欣来交学费的情景，心下哆嗦，号啕大哭。辛七杂不敢埋葬他，一是龙盏镇人觉得一个横死鬼不该有坟，二是王秀满的弟弟放出狠话，只要辛欣来入土，会找到他的坟，给他掘了，用他的骨灰垫猪圈。

辛七杂将辛欣来的骨灰，撒在辛开溜墓旁的树林中。树林一地白雪，辛欣来的骨灰和白雪融在一起了。辛七杂觉得骨灰是人下给自己的一场雪，这雪因为带着尘土的气息，永远不会融化。

辛欣来死后一个多月，陈金谷回到了松山。他是逃出一劫，又落一劫。

徐金玲因一直在林市陪伴丈夫，把家中贵重物品都存放在儿子家，想着贼来了，也无甚可偷的。一个官员家失去防御，令小偷们欢欣鼓舞。先后有两拨贼去了陈金谷家，但他们都是失望而归，盗来的东西不过是名烟名酒，水晶花瓶，传真机，铜壶和电脑。有一个以收废品为掩护的贼听说后，不相信陈金谷家没有好东西，他信心满满地去他家行窃，把每个角落翻遍，一无所得后，将卫生间的铝扣板拆开了。他虽没在棚顶发现他期待的金银细软，但得到了一个红色缎面笔记本，扉页写着徐金玲的名字。他打开一看，是主人记载的收礼记录。无论钱物，谁送的，什么时间，数量多少，金额多少，每一笔都记得详详细细，且在后面标注着一些奇奇怪怪的符号，比如绿色的对号，红色的问号。这个贼统计了一下，仅记在本子上的，就有人民币四百七十万，美元八万，欧元两万，港币三万，各式名表九块，金银珠宝、各类饰品一百一十件。贼偷走了这个笔记本，如获至宝，想着以此要挟陈金谷，发家致富。可他万万没料到，这个红色缎面笔记本，被自己上小学的儿子发现了。他以为那是爸爸收来的废品，见笔记本纸页漂亮，有鹅黄色的，粉红色的，海蓝色的，淡绿色的，就撕下一沓，拿去叠飞机，课间休息时和同学在教室玩耍。其中一只落到讲台上，被老师看见，发现了其中的奥秘。老师将这些纸飞机收集到一起，复印了多份，寄给相关部门。残雪消融时，林市纪检委的调查组来到松山市，引发了松山地区官场地震，多名官员涉案被查。检察机关先后对陈金谷夫妇和陈庆北实施批捕。

这个春天陈金谷落马事件，就成了龙盏镇人的话题中心。陈家可说是一落千丈，陈银谷涉案被查，陈美珍见势不妙，以健康为由，辞去了南市场管理中心主任。唐汉成在钱物上与陈家素无瓜葛，对老婆也算约束得力，所以只有他还在镇长的岗位上。但大家说他失去靠山，恐怕也干不长了。

唐汉成不怕失去权力，最怕失去青山绿水。他在龙山顶上，在那两块巨石间，建了一座土地祠，祈求土地老护佑龙盏镇，不要沦为矿区。因为那个地质工程师回到林市后，先后又来了两拨地质勘查队，有人说探出了金矿，有人说是钼矿，还有人说是铬矿。一说发现矿，唐汉成就心慌，好像矿是凛冽的白骨。

土地祠供奉的彩色泥塑土地老，有半人高。他着蓝袍，披描金红色大氅，足蹬金靴，身挎宝葫芦，手持念珠，双耳垂肩，慈眉善目，须发如月光，一副菩萨相，给人以温暖感。神像旁的对联是唐汉成编撰的，上联是：青山常在牛羊壮，下联是：绿水长流鱼儿肥，横额是：龙盏安泰。自打有了土地祠，常有人拿着香烛，带着鸡鸭鱼肉，去土地祠求土地老。人们所求不同，办喜事的求婚姻美满，办白事的求后人发达。造屋的求顺利，病弱的求强壮。想成家的求姻缘，种地的求丰收，无子的求子，对乌纱帽感兴趣的求官。土地祠香火不绝，土地老身下的长条形供桌，供品不断。而这些供品，最终都进了单四嫂家。

唐汉成差单夏看管土地祠，每月给他开五百块钱。单夏每天清晨登山打扫祠堂，晚上回家，风雨不误。他一开始不敢碰供品，后来唐汉成告诉他，要及时把供品拿走，不然山上的野物会被引进祠里，惹得土地老不高兴。单夏听了镇长的，晚上下山时，用一只竹篮，拎着各色供品。单四嫂家鸡鸭不断，水果飘香，日子好过多了。单四嫂的气色好看了，单夏也胖了。除了烟婆，龙盏镇人都乐意单夏看管土地祠，因为他们敬一次土地老，等于接济了一次单四嫂，积了善了。

烟婆说让个傻子看管祠堂，土地老也会被拐带傻气了，不会灵验。她认为土地祠该由她看管，因为她长得黑茬茬的，模样像土地婆，与土地老最配。虽说她一肚子牢骚，但也拜过两次土地老。烟婆不带供品，仅带香烛，烧香磕头，求土地老帮忙，让林大花接受小蒋做她的乘龙快婿。烟婆许愿说，只要土地老保佑小蒋和林大花成就姻缘，她就宰一头猪，来此还愿。

小蒋追求林大花，满怀深情，殷勤备至，可林大花连手都没让他拉一下。初始他觉得她纯贞，后来看出她病态，也泄气了，不像以前似的来得勤了。烟婆为此心焦，一到周末，就在路口徘徊，期待那个一袭黑衣的小蒋现身。等不到小蒋，烟婆就在晚霞中咒骂唐汉成，说他不该把土地祠建在龙山顶上，应该像其他地方，建在村口，这样她能随时随地求土地老帮忙。

陈金谷案，案情复杂，涉及面广，立案半年了，还没开庭。尽管很多人上了陈金谷家笔记本的黑名单，但很少有人承认行贿了，都说徐金玲记错了。陈美珍倾其所有，想化解这场灾难，她跑了三趟林市，通过中间人，想用金钱将大事化小，但中间人回话说，陈金谷案是实名举报的大要案，会一查到底。陈美珍彻底死了心，她回到龙盏镇后，为了显示陈家并不是全军覆没，每天都打扮起来，硬撑着去南市场逛一圈，逢人微笑着，热情地打招呼。但人们看得出来，她的好气色是抹了腮红，鲜润的唇色也是口红的功劳。她的笑容里，掩饰不住内心的绝望和凄凉。这种时候，她已顾不上唐眉了。

老婆遇害，父亲去世，养子被处决，经历了这一切的辛七杂，消瘦了许多，也沉默了许多。他依然宰猪，依然喜欢取太阳火点烟。每天早晨，他会去父亲的房子，给爱子喂食。辛开溜不在了，爱子却一直守着家。当春暖花开，王秀满过了周年忌日后，辛七杂频繁出入金素袖的榨油坊了。人们都说，他这是要向金素袖求婚了。

他们的婚讯传了数月，直到深秋，才变为现实。

有一天辛七杂又去看金素袖，李来庆见他把摩托车停在院外，趁人不备，用刀子扎漏了轮胎。李来庆本意是想让他滚蛋，但是晚上辛七杂要回龙盏镇时，发现摩托车不能上路了，只好住下。这一夜让他们难再分开。他们也没办婚礼，金素袖在榨油坊炸了二十斤油条，请三村人吃油条，等于散发糖果了；辛七杂在屠宰棚宰了一头猪，卸成小块，送给与他有交情的人，也算是散发糖果了。他们过得浪漫，辛七杂还在龙盏镇宰猪，金素袖也依然在三村开榨油坊，他们谁有空闲，就到对方这儿来。金素袖来龙盏镇时，最怕碰见陈媛。她会步步紧跟，不让她和辛七杂单独在一起。金素袖要想在这儿过夜，就得做出走的姿态，到街上逛一圈，待辛七杂把陈媛哄走了，她再回来。

九月将尽的时候，一个叫季莫廖夫的俄罗斯人来到龙盏镇，住进红日客栈。他五十上下，中等个儿，浓眉，灰蓝的眼珠，大鼻头，厚唇，黑头发，黄胡子，一看就是个混血儿。他揣着俄罗斯护照，能说简单的中国话。刘小红问他是来旅游的还是做生意的，他摇摇头，说他来找人。可他并不说找谁，而是流连于南市场的酒馆，喝了三天酒后，才开始打听辛永库和辛七杂。人们告诉他辛永库死了，辛七杂是个屠夫，住在北口最低处，屋前有屠宰棚。

季莫廖夫问清地址后，买了三瓶白酒，一只烧鹅，两斤酱牛肉，在一个阳光灿烂的正午，去了北口。辛七杂那时刚宰完猪，把猪肉装车运走。他洗掉手上的血污，站在院子里的白桦树下，用凸透镜取了太阳火，点燃一锅儿烟，正美美抽着，忽然发现一个穿灰衣的壮汉，像铁皮烟囱似的戳在他门前，吓了一跳。季莫廖夫指着辛七杂的烟袋锅儿，竖起大拇指，显然他看见了他取太阳火点烟。辛七杂听说红日客栈住进了一个俄罗斯酒鬼，他想眼前的人就是他了。

季莫廖夫进了屋，把吃食放在饭桌上，搓了搓手，冲辛七杂笑笑。他的笑容讳莫如深，辛七杂有点发毛，问他找他干啥，季莫廖夫摊开双手，说找他喝酒。辛七杂说自己在龙盏镇不算能喝的，要想比试酒量，他帮他找几个人。季莫廖夫说，他只想跟他喝酒，因为他要喝兄弟酒。辛七杂一头雾水，问兄弟酒怎么讲？季莫廖夫说兄弟酒就是兄弟酒。辛七杂不解，但他想喝顿酒没什么大不了的，抽完那袋烟后，他把烟锅儿往鞋帮一磕，坐下和季莫廖夫喝酒。

他们边喝边聊。辛七杂知道了季莫廖夫是个农夫，住在西伯利亚一个有一千多人口的农庄，有个比他小四岁的老婆，他们育有一儿两女。说完这些基本情况后，他像个小品演员似的，开始展示才艺，一会儿唱歌，一会儿跳舞。他每表演完一项，入座后都要和辛七杂碰杯，为自己喝彩。看着单纯快乐的季莫廖夫，辛七杂不由得喜欢上了他。黄昏时分，他们喝干了酒，吃光了肉，季莫廖夫用湿纸巾擦掉手上的油污，郑重地从上衣口袋里掏出三张照片，两张黑白的，一张彩色的，递给辛七杂。

黑白照一张是单人照，一张是合照。辛七杂觉得单人照中的中年妇女看上去似曾相识，她坐在收割后的麦田里，头顶白云，戴一块三角巾，瓜子脸，娇俏的鼻子和下巴，目光秀丽，但透着忧郁之色，具有东方女性的神韵。另一张是她怀抱婴儿，坐在窗前一棵花树下的情景。她的脸圆润了许多，梳着光亮的发髻，眼睛里有了笑影，她怀抱的婴儿两三岁的模样，胖墩墩的，虎头虎脑，煞是可爱。最后一张彩色照片，是这女人老年的形影，她头发花白，皱纹满面，目光平静，和一个胡子拉碴的灰眼珠老头坐在中间，他们左右，立着两对青年男女，膝下则蹲着五个孩子。季莫廖夫指着黑白单人照上的女人，对辛七杂说，她是我们的妈妈。辛七杂以为听错了，说你说她是谁妈？季莫廖夫再次指着照片中的东方女人说："我妈妈，你妈妈，一个妈妈，秋山爱子，日本人。"辛七杂本来喝得晕头晕脑的，这下完全醒了酒了，他目瞪口呆地看看照片，又看看季莫廖夫，然后把他拉进里屋，在东墙的镜子下和他并排站定。辛七杂发现他们的脸形、眉骨、嘴唇惊人地相似，不同的是自己是黑眼珠，而季莫廖夫是灰蓝的眼珠。辛七杂的心颤抖了，他撇下季莫廖夫，来到院子里。斜阳四射，他取出凸透镜，想取太阳火点烟，但没有成功。他进了屠宰棚，从灶前取了火柴，点燃烟锅儿，抽完一袋烟，走到摆着屠刀的松木条桌前，看着父亲身体里烧出的弹片，无比伤感，号啕大哭。

辛七杂的哭声没有惊着季莫廖夫，他已躺在里屋的炕上，像回到自家一样，呼呼大睡了。

龙盏镇人听说季莫廖夫是秋山爱子的儿子后，都说幸亏辛开溜死了，不然他知道自己终生怀恋的女人，竟然跑到对岸，嫁了个老毛子，同他生下孩子，白头偕老，他气也气死了。季莫廖夫说，他父亲老季莫廖夫是个猎民，那年秋天，他在山中打猎，发现了迷路的秋山爱子。她是趁着黄昏，偷了打鱼人的小船，从界江逃出中国的。她踏上那片土地，是为了寻找她的日本丈夫。她上岸的地方，山高林密，荒无人烟，如果不被老季莫廖夫发现，她早就没命了。老季莫廖夫正愁身边没女人，救下她，把她带到林中小屋。季莫廖夫说，他父亲怎么征服的日本女人，他们村庄流传着多种说法，但不管怎么说，秋山爱子在林中小屋，给他父亲生下一双儿女——季莫廖夫和他妹妹。

老季莫廖夫有了老婆孩子，走出森林，回到农庄。他见秋山爱子对日本丈夫念念不忘，便托在西伯利亚兵营的哥哥打听他的下落。结果令老季莫廖夫大喜过望，秋山爱子的日本丈夫，当年作为战犯，在苏联修筑铁路时，死于伤寒。战犯死亡档案里，有他的姓名、籍贯、死因和照片。秋山爱子不信，老季莫廖夫就带着她去找哥哥，让她亲眼看到那页档案。秋山爱子确认了她日本丈夫的死讯后，消沉了两年，最终认了命，和老季莫廖夫平静地过日子了。

季莫廖夫说从他记事起，母亲就教他学说中国话。她从来没说过她在中国有丈夫孩子，直到老季莫廖夫去世，秋山爱子风烛残年时，才告诉季莫廖夫，他有个哥哥叫辛七杂，在中国松山地区的龙盏镇。她的中国丈夫叫辛永库，待她很疼爱的。秋山爱子说自己对不起他们，希望有朝一日，他能见到他们，代她忏悔，她之所以教季莫廖夫学说中国话，为的就是这个。

辛七杂不知九泉之下的父亲能否原谅母亲，反正他是不原谅的。那天他在屠宰棚哭过后，用一盆凉水，把季莫廖夫泼醒，叫他滚蛋，说他此生只有父亲，没有母亲和兄弟！

季莫廖夫被逐出家门后，金素袖来了。辛七杂跟她说了季莫廖夫的事情后，金素袖长叹一声，说："你们是一个妈养的，再不高兴，也不能给弟弟泼凉水啊。"辛七杂说："凉水那是客气的，我没用杀猪刀对付他，算这毛子走运！"话虽如此说，季莫廖夫真的离开龙盏镇后，他想起他和自己相似的模样，想起南市场的业主们说的季莫廖夫醉酒后的种种趣事，还是有些怅然若失。从来不信鬼神的辛七杂，有一天带着香烛和猪头肉，去了土地祠。人们说他羡慕季莫廖夫有三个孩子，他也想有，可他和金素袖已过了生育年龄，他期待奇迹出现，求土地老赐子。

自从有了毛边，安雪儿做什么事情，首先想到的是儿子。天冷了，她先给毛边加衣；天热了，她先给毛边戴上凉帽；饭熟了，她要先喂饱毛边。她出门时，看见别的小孩子穿时髦的新衣，她会想着给毛边也买一件；看着年轻的小伙子骑着漂亮的摩托车，她想毛边长大了，也要给他买一台，暗暗记下摩托车的牌子。毛边不喜欢梨子的滋味，本来爱吃梨子的她，就觉得梨子是天下最难吃的水果，再不买了；毛边爱吃苹果泥，她就觉得每个苹果，都是一张红通通的笑脸，招人喜欢；毛边爱吃鸡蛋羹和鸡肉糊，她就觉得鸡是最可人的家禽。她怕毛边长不高，将刻碑赚来的钱，都给他买营养品了。毛边很争气，没白吃好吃的，跟同龄孩子差不多高，也壮实，这让安雪儿悬着的心，渐渐放下来。她在院子里刻碑时，已学会走路的毛边，像只快乐的小松鼠，在墓碑间穿来穿去。若是他在碑上发现了蚂蚁或是瓢虫，就会伸出胖乎乎的小手去捉。虫子跑了，他的哈喇子却流到墓碑上了，安雪儿刻字时，就得先擦拭墓碑。

绣娘去了，唐眉也不像从前似的，经常来看她了，安雪儿没有可说知心话的人了。她也有怅惘的时候，尤其是在深秋的夜里，窗外风声一阵紧似一阵，总让她心里涌起潮汐，无限怀念过去的自己。那时她能从云朵、石头、闪电和露珠中，看出命运。能与风雪、河流、花朵、树木、星星对话，她们的对话无需设置，随时随地。可自从她长高了，尤其是生下毛边后，虽然她看见晨曦、晚雾、溪流和月亮，依然心有所动，但与大自然息息相通的感觉，再也没有了。她在夜里怀恋着过去的自己时，泪水常常打湿了枕头。她安慰自己，一个毛边，抵得上自然界的万事万物，有他就是大千世界了，可她还是为现在的自己伤感。她常拿出毛边纸画册，看那上面的船，看船上的人，一看就是一两个钟头。她放下画册的时候，看什么都像船了。

龙盏镇已下过三场霜了。前两场是轻霜，后一场是重霜。轻霜将最后一季花朵，送回了泥土，重霜则让园田的作物停止了生长。人们开始收土豆和萝卜，下到地窖，储存冬菜；开始用菜刀"嚓嚓"地砍大白菜，在晴朗的日子里腌酸菜，让盐和水和着冬日的时光，在酸菜缸里静静发酵，为冬季围炉吃酸菜白肉汤，备好食材。从不与寒流为伍的大雁，排成人字形阵列南飞了，虫子也销声匿迹了。

但霜也有热烈浪漫的一面，它浸入树叶的肌肤，用它的吻，让形形色色的叶片，在秋天如花朵般盛开。松树的针叶被染得金黄，秋风起时，松树落下的就是金针了。心形的杨树叶被染成烛红色，秋风起时，它落下的就是一颗颗红心了。最迷人的要数宽大的柞树叶了，霜吻它吻得深浅不一，它们的颜色也就无限丰富，红绿交映，粉黄交错，秋风起时，柞树落下的，就是一幅幅小画了。这时你站在龙山之巅，放眼群山，看层林尽染，会以为山中所有的树，一夜之间都变成了花树。但霜打造的绚丽，是离了水的美丽的鱼，摇头摆尾不了多久，强劲的秋风，终会吹落树叶，最后只剩光秃秃的枝桠，空对蓝天。树叶落了，树上的绚丽就转移到了树下，林地成了一张无限宽广的柔软的花毯，但这花毯也存在不了多久，雪一来，它就被掩埋了。

冬天就要来了！

土地祠

安雪儿闻得到冬天的气味。天会少有的蓝上几天，蓝得不存一丝云；空气中含着冰碴，吸一口鼻翼有被刮疼的感觉；鸡鸭鹅缩着脖子，不爱出窝了；老人们总嫌炕凉，起夜频了；摸一下石质墓碑，会有彻骨的寒意；还有，格罗江瘦了，流水声小了，雾气也不见了。这样的日子持续个七八天吧，天变灰了，太阳也小了一圈似的，哪一天忽然阴起来，雪就来了。雪的到来不像雨，雨胆子小，来到人间，常有雷声闪电为其开路；雪豪气冲天，无所畏惧，总是独自来，一夜之间，就把大地改换了颜色。初雪柔软，会形成妖娆的树挂，这时森林所有的树，又成了花树了。它们这时只开白花，无比灿烂。

十月十七号，从早晨开始，天就阴了，安雪儿察觉到雪要来了，赶紧给毛边换下秋裤，穿上棉衣。午饭过后，她哄毛边睡下，喝了一碗茶，刚在窗前坐下，准备刻碑，陈美珍来了。

陈美珍披红色羊绒大衣，拎着两只烧鸡，一只烧鹅，还有一篮子鸡蛋。她的现身让安雪儿很意外，一时不知该说什么好。陈美珍放下吃食，先去炕上看了看毛边，夸赞他长得招人稀罕，然后坐在炕沿，跟安雪儿道歉，说是她坐月子时，自己太忙，没来下奶，现在补上。

但安雪儿感觉她来另有其事，难道她要提前为哥哥备下墓碑？人们说陈金谷就是不被判死刑的话，他遭了这么大的难，以他的身体，也活不长了。

陈美珍说完下奶的事情，接着谈天气，说外面太冷了，估计雪要来了。安雪儿附和一句，是啊，又要过冬了。陈美珍叹口气，说："能过冬的，都是有福之人，也不知我哥，还能不能过去这个冬天。小仙，我家出的事情你也知道，我想现在能救下我哥的，只有你了。你不是神灵么，你发发慈悲，救下他吧。你爱毛边，我实话告诉你吧，毛边他爸死了，但他的肾还活着，活在我哥的身上！我哥陈金谷，是毛边的亲爷爷啊，你求求各路神仙，让他保住命，我们陈家几代人，给你当牛做马都行！"陈美珍说完，"扑通"一声，给安雪儿跪下。

陈美珍将辛欣来的身世之谜，告诉了安雪儿。也将辛欣来被执行死刑后，陈庆北怎样带人取了他的肾，疾驰到林市医学院换给陈金谷，告诉了她。

安雪儿颤着声说："这么说，毛边他爸还没全死？他还有颗肾活着？"

陈美珍说："就是这样，小仙！你要是能保我哥不死，说真的，瘦死的骆驼比马大，我们陈家再遭难，底子还摆在那儿，毛边以后上学，找工作，买房，结婚，都不用你管，我们全权负责，你就不用这么辛辛苦苦刻碑了。"

"可我喜欢刻碑——"安雪儿低声说。

陈美珍大声哭着，乞求着，把脸上的妆容弄混了，也把毛边惊醒了。毛边翻身坐起，见家里来了个老女人，跪在地上，脸上花里胡哨的，啊呜啊呜地哭，他被吓哭了。安雪儿把儿子抱在怀里，轻轻摩挲着他的头，念叨着："毛边不怕，毛边不怕。"她让陈美珍快起来，不要吓着孩子。

陈美珍又给安雪儿重重地磕了三个响头，这才起身，拱手作揖，千恩万谢地离开了石碑坊。

天色昏暗，雪就要来了！安雪儿哄好了毛边，给他喂了苹果泥。毛边吃完，又打起了瞌睡，她轻轻把他放回到炕上。

安雪儿穿上蓝地白花的薄棉袄，蓝棉裤，留下一只烧鸡给毛边，把另一只烧鸡和烧鹅拎在手上，关上石碑坊的门，走向山顶的土地祠。自这座祠建起，她一次也没去过。想着毛边她爸还有颗肾活着，她悲欣交集，特别想跟土地老说说话。行至半山腰时，雪花开始飘落。而等她登上山顶，雪已漫天狂舞，山下一片白茫茫的了。她朝山下望去，山是白的，小镇是白的，大地上只有一线蓝黑色，那是还没封冻的格罗江，依然激情四溢地、融化着来自天庭的蝴蝶。山顶静悄悄的，飞雪之中，安雪儿看见了樟子松焕发的不凋的绿色。这样拥有白雪和绿色松针的山顶，是冬天，也是春天！

她推开土地祠的木门。随她入祠的，是初冬的风，还有翩跹的雪花。她把陈美珍带去的烧鸡烧鹅，供奉在土地老面前的条桌上，说："土地老爷，天冷了，吃烧鸡烧鹅吧。今天来得急，忘了给您带酒——"这时她忽然听见土地老身后，传来咳嗽声。难道土地老伤风了？她朝神态怡然的土地老望去，忽然发现他背后闪出一个人影——是穿着蓝色球衣的单夏！

安雪儿以为这种天气，单夏不会守在祠中呢。她释然一笑，对他说："我有话要跟土地老单独说，你拿只烧鸡，回家和你妈吃去吧。"

单夏笑着，慢慢走过来。他那口好看的白牙，在昏暗的祠里闪光。他没有取条桌上的烧鸡，而是走到安雪儿面前，一把抱住她。

单夏抱着安雪儿，深深低下头，哆哆嗦嗦的，将唇贴向她的唇。他那毛茸茸的小胡子，就像谁遗落的琴弦，要在这个时刻，演绎出动人的乐章。安雪儿躲闪着，使出全身力气，想挣脱他。但单夏是个成年小伙子了，力大无穷，她的挣扎有点蚂蚁想要征服雪山的意味，毫无作用，她动弹不得。安雪儿哭着向他乞求："单夏快放开我，你不能欺负没爸的孩子的妈！再说土地老看着你呢，你不听话，他会生气的！你放开我，我给你买奶糖，买新衣，买皮鞋，买帽子，买自行车！你要是不听话，我就给你刻块碑，让阎王爷把你收了去！"

可单夏不听她的，终于吻住了她。他时而蜻蜓点水地浅浅地吻，时而惊涛拍岸地深深地吻，边吻边流泪，边呓语，边欢笑。

安雪儿只好在他不吻的间隙，大声呼救："天呐，土地老爷睡着了，快来人啊，我要回家，毛边该睡醒了，快来人啊！"

一世界的鹅毛大雪，谁又能听见谁的呼唤！

2012 年 12 月—2014 年 5 月初稿

2014 年 7—8 月改毕

2014 年 10 月定稿

后记
每个故事都有回忆

　　二〇〇一年八月下旬，我和爱人下乡，在中俄边境的一个小村庄，遇见一位老人。我在当年的日记中这样记载："进得一户农家，见到一位七十多岁的老人，他衣衫破烂，家徒四壁，坐在一块木板上，望着他家菜园尽头苍茫的黑龙江水……他对我说他是攻打四平的老战士，负伤时断了三根肋骨，丢了半叶肺，至今肺部还有两片弹片未取出来。他说'文革'时他挨批斗，揍他的人说，别人打江山都成烈士了，你能活着回来，肯定是个逃兵！老人说到此气得直哆嗦。他说政府每月只给他一百多块的补助，连饭都不够吃，前几天他刚赊了一袋米回来。老人的儿媳抱怨老人这种状况无人关照，前两年有记者来访，走后也是不了了之。我觉得很悲凉，一个打江山的人，是不该落得如此下场的。我给了他一点钱，他坚决不收，说毛主席教导我们，不拿群众一针一线。我说这只是让你买袋米的钱，他这才泪汪汪地收下。"

　　我还记得从那儿回来后，我爱人联系这座村庄所属县域的领导朋友，请他们了解和关注一下老人的事情。不久后他还跟我说，事情有了进展。可是八个月后，他在归乡途中遭遇车祸，与我永别！与爱人相关的人和事，在那个冰冷的春天，也就苍凉地定格了。直到几年前，我听说某驻军部队的一名年轻战士在陪首长的客人游玩时溺亡，最终却被宣传成一个救落水百姓的英雄。这个故事，唤醒了我对那位老人的记忆，也唤醒了我沉淀着的一些小说素材。

爱人不在了的这十二年来，每到隆冬和盛夏时节，我依然会回到给我带来美好，也带来伤痛的故乡，那里还有我挚爱的亲人，还有我无比钟情的大自然！社会变革过程中产生的各类新规，在故乡施行所引发的震荡，我都能深切感受到。

比如火葬场的建立，在它开工之初，很多老人就开始琢磨着死了。因为故乡的风俗，七十岁以上的老人，大都为自己备下了一口木棺材，而火葬场的烟囱一旦冒烟，他们故去，就不能带棺材上路了。我还记得火葬新规是那年十月一日生效的，在此之前，民政部门的工作人员，对那些濒临死亡的老人做了普查，告知亲属，凡是死在这个日期之后的，必须火葬，棺材要么自己处理掉，要么上缴，统一焚毁。我姐夫的母亲，由于心肺功能严重衰竭，昏迷多日，仅靠氧气维持微弱的生命。医生都以为她活不过九月的，家人也为她打下棺材，可她却顽强地挺到十月一号，成为那座小城火葬的第一人。只因多活了一天，她的棺材只得劈了作烧柴，让儿女们痛心不已！那天送她的人很多，人们都围着焚尸炉转，想看看它是怎么烧人的，因为那儿也是他们最终的去处啊。活过那个日子的老人们，对有朝一日会被装进骨灰盒充满恐惧。我外婆在世时，提起火葬就咋舌，埋怨自己活得长，不能带着棺材去见我外祖父了。

处决死刑犯改为注射死亡法，在老百姓中也引发了不少的议论。有人说，杀人偿命不用吞枪子了，死刑犯死得舒服了，是不是杀人的罪犯就会多了？我知道在山间法场发生的故事即将消失，在回乡过年时，特意去采访老法警，他们讲述的那些裹挟在死亡中的温暖故事，令人动容。我母亲当时还冲我撇嘴，说大过年的，采访杀人的事做什么？

一个飞速变化着的时代，它所产生的故事，可以说是用卷扬机输送出来的，量大，新鲜，高频率，持之不休。我在故乡积累的文学素材，与我见过的"逃兵"和耳闻的"英雄"传说融合，形成了《群山之巅》的主体风貌。

对这样一部描写当下，而又与历史有着千丝万缕纠葛的作品，哪种形式进入更适合呢？我想到了倒叙，就是每个章节都有回忆，这样方便我讲故事，也便于读者阅读。

闯入这部长篇小说的人物，很多是有来历的，比如安雪儿。离我童年生活的小镇不远的一个山村，就有这样一个侏儒。她每次出现在我们小镇，就是孩子们的节日。不管她去谁家，我们都跑去看。她五六岁孩子般的身高，却有一张成熟的脸，说着大人话，令我们讶异，把她当成了天外来客。她后来嫁了人，生了孩子。我曾在少年小说《热鸟》中，以她为蓝本，勾勒了一个精灵般的女孩。也许那时还年轻，我把她写得纤尘不染，有点天使化了。其实生活并不是上帝的诗篇，而是凡人的欢笑和眼泪，所以在《群山之巅》中，我让她从云端精灵，回归滚滚红尘，弥补了这个遗憾。

再比如辛七杂。在我们小城，有个卖菜的老头，我们家一直买他种的菜。有年春天他来我家，问我们想要多少土豆、白菜和萝卜做越冬蔬菜，他下种的时候，心里好有个数。他肤色黝黑，留着胡子，裤子和鞋上尽是泥，但面目洁净。那天太阳好，他站在院子里，说着说着话，忽然从腰间抽出烟斗，又从裤兜摸出一面凸透镜，照向太阳，然后从另一个裤兜抽出纸条，凑向凸透镜，瞬间就把太阳火引来了，点燃烟斗，怡然自得地抽着。我问他为什么不用打火机或是火柴，他撇着嘴，说天上有现成的火不用，花钱买火是傻瓜！再说了太阳火点的烟，味道好！所以这部作品的开篇，我让辛七杂以这样的方式亮相。

辛七杂一出场，这部小说就活了，我笔下孕育的人物，自然而然地相继登场。在群山之巅的龙盏镇，爱与痛的命运交响曲，罪恶与赎罪的灵魂独白，开始与我度过每个写作日的黑暗与黎明！对我来说，这既是一种无言的幸福，也是一种身心的摧残。

伏案三十年，我的腰椎颈椎成了畸形生长的树，给写作带来病痛的困扰。再加上更年期的征兆出现，满心苍凉，常有不适，所以这部长篇我写了近两年，其中两度因剧烈眩晕而中断。记得去年夏天写到《格罗江英雄曲》一章时，我在故乡，有一个早晨，突然就晕得起不来了，家人见状吓坏了，不许我写作，说是命要紧，还是小说要紧？我躺在床上静养的时候，看着窗外晴朗的天，心想世上有这么温暖的阳光，为什么我的世界却总遇霜雪？无比伤感。想想小说中那些卑微的人物，怀揣着各自不同的伤残的心，却要努力活出人的样子，多么不易！养病之时，我笔下的人物也跟着"休眠"，我能更细致地咀嚼他们的甘苦。

从第一部长篇小说《树下》开始，二十多年来，我在持续的中短篇写作的同时，每隔三四年，会情不自禁地投入长篇的怀抱。《伪满洲国》《越过云层的晴朗》《额尔古纳河右岸》和《白雪乌鸦》等，就是这种拥抱的产物。有的作家会担心生活有用空的一天，我则没有。因为到了《群山之巅》，进入知天命之年，我可纳入笔下的生活，依然丰饶。虽说春色在我面貌上，正别我而去，给我留下越来越多的白发，和越来越深的皱纹，但文学的春色，一直与我水乳交融。

与其他长篇不同，写完《群山之巅》，我没有如释重负之感，而是愁肠百结，仍想倾诉。这种倾诉似乎不是针对作品中的某个人物，而是因着某种风景，比如滔天的大雪，不离不弃的日月，亘古的河流和山峦。但或许也不是因着风景，而是因着一种莫名的虚空和彻骨的悲凉！所以写到结尾那句"一世界的鹅毛大雪，谁又能听见谁的呼唤"，我的心是颤抖的。

长篇完稿，并不是画上真正的句号了。我将稿子传给了我始

　　　　　　每个故事都有回忆

终喜爱的《收获》杂志，人民文学出版社的杨柳，以及九久读书人的杜晗。杨柳率先检阅了它，对它给予肯定，给我吃了颗定心丸。接着是杜晗，她说喜欢这部长篇的气韵。我静心等待《收获》的意见，程永新编务繁忙，直到中秋假日，他才抽出时间，集中精力读完这部长篇。他在邮件中写道："你的小说构建了一个独特、复杂、诡异而充满魅力的中国北世界——"只这一句，我觉得所有的付出都值得了。在出版之前，最后一个读它的是李小林老师。她既是我尊敬的编辑家，又是一位能够交心的朋友，她的艺术感觉一直那么敏锐。她在读完作品后，与我有过电话长谈。她欣赏它，但针对其中一章，提出了非常有见地的意见。我综合编辑们的意见，在十月又改了一稿，在落叶声中，终于将它定稿了。

尽管如此，我知道《群山之巅》不会是完美的，因为小说本来就是遗憾的艺术。但这种不完美，正是下一次出发的动力。

让我在五十岁的秋天，以一首小诗来结束《群山之巅》之旅吧。

> 如果没有地壳亿年前的剧烈运动，
> 没有能摧毁和重建一切的热烈熔岩，
> 我们怎能有与山川草木同呼吸的光辉岁月！
> 激烈的碰撞和挤压，
> 为大地插上了山峦的翅膀，

造就了它的巍峨！

也许从来就没有群山之巅，

因为群山之上还有彩云，

彩云之上还有月亮，

月亮背后还有宇宙的尘埃，

宇宙的尘埃里，

还有凝固的水，燃烧的岩石

和另一世界莫名的星辰！

星辰的眸子里，

盛满了未名的爱和忧伤！

如果心灵能生出彩虹，

我愿它缚住魑魅魍魉；

如果心灵能生出泉水，

我愿它熄灭每一团邪恶之火，

如果心灵能生出歌声，

我愿它飞越万水千山！

我望见了——

那望不见的！

也许那背后是银色的大海，

　　　　　　　每个故事都有回忆

也许是长满神树的山峦，

也许是倒流的时间之河，

也许是无垠的七彩泥土，

心里身外，

天上人间，

一样的花影闪烁，

一样的五谷丰登！

2014 年 10 月 18 日　哈尔滨